始于青春 葳蕤于岁月

达　墨◎著

中国财富出版社

图书在版编目（CIP）数据

始于青春　葳蕤于岁月 / 达墨著. —北京：中国财富出版社，2019.8

ISBN 978-7-5047-6949-7

Ⅰ.①始…　Ⅱ.①达…　Ⅲ.①长篇小说—中国—当代　Ⅳ.①I247.5

中国版本图书馆 CIP 数据核字（2019）第 117134 号

策划编辑　李　晗　郝婧婕　　责任编辑　郝婧婕　李小红

责任印制　梁　凡　郭紫楠　　责任校对　刘瑞彩　　责任发行　董　倩

出版发行　中国财富出版社

社　　址　北京市丰台区南四环西路 188 号 5 区 20 楼　　邮政编码　100070

电　　话　010-52227588 转 2098（发行部）　010-52227588 转 321（总编室）

010-52227588 转 100（读者服务部）　010-52227588 转 305（质检部）

网　　址　http://www.cfpress.com.cn

经　　销　新华书店

印　　刷　北京京都六环印刷厂

书　　号　ISBN 978-7-5047-6949-7/I·0294

开　　本　710mm×1000mm　1/16　　版　　次　2019 年 10 月第 1 版

印　　张　17　　印　　次　2019 年 10 月第 1 次印刷

字　　数　245 千字　　定　　价　56.80 元

前 言

《始于青春 葳蕤于岁月》这本书写的既是个人、家庭，又在一定程度上体现了国家的发展。小说以现实主义哀叹与吟唱的手法，通过“三哥”这个人物的成长与家庭的一系列变化，探索这个时代发展的奥秘。

小说以“三哥”为主线，书写了这家人跌宕起伏的命运。从“三哥”身上我们能看到，一个人的价值，更多是由这个人为了所设立的目标努力奋斗的程度而决定的。譬如几个兄弟都因为从军而改变命运，这对当时的农民子女来说，是唯一可能改变命运的途径。因此在“穷二代”这个现实的命运之途上，他们竭尽所能去积极改变，这，正是本书要反映的那个时代现实的所在。

而“三哥”这个人物也正是从这种生活的视角里跳脱出来的一个普通个体，其中有些故事情节未免有夸大和臆想，体察也往往不够那么透彻深刻，但对于历史和未来而言，“三哥”这个人物有着独特的意义，甚至这个意义在今天这个有些急功近利的时代，依然有着引领人的作用。

芸芸众生总是有着各自的命运，但并不是每个人物都对时代有着那么强而有效的说明性，也不是每个人的命运都足以穿透笼罩在世道人心之上的迷雾。从这个角度上说，人的价值平等，但人物的文学价值往往相去甚远，因此“三哥”对研究中国的发展史，尤其是中国改革开放四十多年以来的历史进程，有着积极的意义。

可以说，在“三哥”命运的剧烈变化中，隐藏着一代人最深刻的秘密，那就是在他们那个年代，虽然当了“主人”，且每个人都有机会成长、学习、发展，但严酷的现实是，那只是为底层人打开了半扇窗户而已。

“三哥”也许只是一个时代的符号，虽然本书只是写“三哥”一家人的故事，但其背后却有着时代与人性的整体思考与把握。正如福楼拜在《包法利夫人》中讲的不只是爱玛的故事，或者德莱塞在《嘉丽妹妹》中所讲的不只是嘉丽妹妹的故事一样，它们都是关于一个时代的故事，也是人心世道的故事。这些故事，对于今天的我们来说，既可以帮助了解不同时代，还可以让我们认识自己并为自己处于这样的时代而感到幸福与美好，尽管还有许多不尽如人意的地方，但请相信，明天一定会更美好！

故事概要

《始于青春　葳蕤于岁月》讲述了在苏中平原某地，主人公彭礼和及其兄弟的跌宕人生，以及整个家庭的时代境遇之事；通过五兄弟的发展历程来诠释中华人民共和国成立后我国农村家庭的变化和在那个时代人们如何与命运抗争。小说前部分以企业家彭礼和在病床上回忆的方式，回忆了他艰苦却快乐的童年，并引出小说中与他相关的几个重要人物如大贵、夹桃、大队书记缪大虎以及彭礼和的母亲吕桂芳等。

小说中间部分主要写彭礼和如何辞掉公职选择“下海”的故事，讲述了他从一名企业销售人员到成为几个企业的厂长期间，如何大力推进企业变革，如何抓住机遇推进企业人事改革，如何用人，如何把三个濒临倒闭的企业救活并发展成为当地知名企业的故事。通过企业发展，彭礼和又迈上了新的台阶，成为当地经济开发区管委会副主任。

最后一部分重点讲述了彭礼和勇立时代潮头，在下海经商中失败与成功的经验。其间穿插了兄弟五人在时代发展中的爱情故事、创业故事以及奋斗故事，有些故事不为人所知，有些故事人人皆知但少有人做到……

这部小说是对那一代不畏艰苦、勇于创新的奋进者的见证。

目　录

一

彭礼和怎么也没想到，自己这一生，命运真是多舛，竟会与癌症相遇，这是他做梦也不曾想到的，尤其在他走向成功，登上顶峰，看到人生最美风景的时候。值得庆幸的是，手术相当成功。于是彭礼和在病床上把童年、少年时看到、听到的事，像过电影一样，一连在脑海中重复了好几遍，这是记忆的血痂。

没想到，重复到最后，一个早已经被遗忘在心底深处的人，突然就出现在他脑海里，随即心里便如扎了一根锐利的钢针一样，痛得发抖。准确地说，是缪大虎的悲惨人生狠狠地戳痛了他，他死得实在太惨了，是被大贵活活折磨死的，虽然是从大人口中得知的，不一定准确，但身体强壮的缪大虎死在被大贵劫走以后，确是事实。

也许老天捉弄人吧，又因为大贵的出现，从某种程度上说，歪打正着，成就了彭礼和后来的辉煌人生，当然也成就了很多人。于是，大贵，不！此时的大贵已经摇身一变成为林君雄了，而且身居县委书记这一高位，这是二十多年后彭礼和才发掘出的真相，但他没有去勇气去揭开真相，毕竟真相有时候极其丑陋！

彭礼和之所以能够认识身居高位的县委书记林君雄，这得从他那时担任太县江堰消防水带厂厂长说起。那是彭礼和人生中，又一个重大转机。由于他在江堰服装厂工作出色，从销售员干到销售科长再到厂长，把一个小厂办得风生水起，乡领导觉得他是个人才，能者多劳嘛，就将他调到消防水带厂担任厂长。

步步高升，彭礼和那叫一个高兴，高兴得几夜都没睡好，是大展宏图的跃跃欲试，是风光人生的再现，三哥再一次声名鹊起。然而，彭礼和到厂里一了解情况才知，这个厂不仅亏损上百万元，设备也大多老化，工人半年都没发工资了。

不当家，不知柴米油盐贵。身为厂长的他得对全厂几百人的生计负责呀。正在难题无处可解之时，彭礼和无意中听到蔺乡长的一位老领导在江苏省林业局当局长，他仿佛一下子找到挽救消防水带厂的密钥。他想，如果消防水带厂能够申请国家资金支持，那厂子的升级改造就好办了，产品有了竞争力，企业就有活力了，发展就有希望了。

想到这儿，已然不年轻的彭礼和心里那叫一个激动。然而，小曲好唱口难开。激动之后，现实的问题又来了，因为那时他跟蔺乡长并不是太熟，而且是上下级关系，沟通似乎并不是那么容易。

“就这样冒冒失失地去找领导合适吗？要是领导一下子拒绝了怎么办？”彭礼和犹豫了。他知道找领导办事是一件不容易的事，他心里不仅忐忑，还有种说不出的难过。

事已至此，退路是没有的，他最终决定不再患得患失，觉得身为厂长，应着眼于眼前群众的利益，着眼于企业的发展，个人的得失算得了什么。于是，他鼓足勇气来到江堰乡蔺乡长的办公室。

敲开蔺乡长办公室的门，迎接他的并不是想象中的冷脸。面对和蔼可亲的乡领导，彭礼和一下子放松了许多。聪明睿智的彭礼和一开始没有把申请国家扶持资金的事说出来，而是决定来一个“曲线救厂”——顾左右而言他。他先是跟蔺乡长汇报了消防水带厂目前的生产状况、销售情况，以及他的一系列改革措施。

蔺乡长听了他的一番汇报后，对他的工作表示认可并给予了赞赏。听话听音，彭礼和见蔺乡长很支持他的工作，于是他又将企业中某副厂长将单位生产材料拿回家建房、把单位电话拉到自己家中私用等以权谋私的几件事说了出来，还说对那位副厂长进行了严肃处理。

一听到他把单位的副厂长都给严肃处理了，蔺乡长心里着实叫一个惊讶，眼睛都睁得大大的。蔺乡长对这位副厂长的人脉关系多少了解些，其关系网十分复杂，不是那么好“惹”的。对此，蔺乡长不太相信地追问道：“那你怎么严肃处理的?”

彭礼和不假思索地说：“当然是让他退回企业的生产材料。”

蔺乡长睥睨着他又问：“这件事你就这样处理的?”

其实蔺乡长是不相信他能够这样处理那位副厂长的，结果彭礼和领悟错了。彭礼和以为领导责怪他处理轻了，便又掷地有声地回答：“这样处理当然不行啊!”

面对他干脆利落又一身正气的回答，蔺乡长又好奇地问：“那你还怎么处理了?”

彭礼和清了清嗓子，说：“还在全厂通报了他，并让他在全厂职工大会上做了深刻的检查。”

“在全厂职工面前做深刻的检查?”蔺乡长此时心中又是一个大写的惊讶。他心想：那位副厂长可是在那个单位干了多年，关系网织得比铁丝网还牢，以后肯定少不了给彭礼和使绊子、穿小鞋，再说彭礼和这个外来的“和尚”去了厂子还未站稳脚跟，就放“一把大火”，人家肯定要打击报复。

“你就不怕得罪人?”蔺乡长点了一支烟说，“就不怕人家上面有人，打击报复你吗?”

“不怕！反正我行得正，站得直，怕什么！领导你也知道，这制度和规矩的口子一开，往往难以控制。”

蔺乡长听罢，心里很是佩服，但并没有说出来，而是用眼神表达出莫大的赞许与支持。彭礼和看了领导一眼，聪明过人的他，自然知道乡长是支持他的，他知道接下来可以谈正事了。

这时蔺乡长又问：“你不知道他上面有关系吗?”

“有关系也好，没有关系也罢，反正损公肥私在我这儿就不能坐视不管，在我这儿就是行不通!”

在又一次佩服中，蔺乡长接着问：“你不怕人家说你来到厂里就拉帮结伙，是在借机整别人吗?”

彭礼和脸一沉，回答道："反正我行得端，坐得正，让别人去说好了。"

"那有人找你给那人说情了没有？"

他一愣，淡淡一笑，轻描淡写地说："有，但被我一口回绝了。"

蔺乡长心里又是深深的佩服！佩服他一身正气，佩服他敢于跟权力做斗争的勇气。这种正义凛然，在当今的社会中实在太缺乏了，社会太需要他这样的人了。

对此，蔺乡长沉默几秒后，说："厂里的员工们应该是支持你的吧？"彭礼和脸一扬，便略带欣喜地说厂里的员工都非常支持他这样做，很多员工说消防水带厂之所以由一个发展势头和经济效益好的企业，走到发不出工人工资的地步，其根本原因就在于一些厂领导的私心太重，把权力用在谋私上了，把权力用在自肥上了……

蔺乡长听着听着，觉得他说得很有道理，心里一下子就放心了。他当然知道这是一个有几百号人的大厂，工人们一旦出现不稳定的情绪，去闹事、上访，这就是大问题了。只有群众拥护，工人们齐心协力支持厂长，企业才能办好。

看到蔺乡长陷入久久的沉默，彭礼和误以为领导为难了，给领导的工作添麻烦了。为此他转移了话题，把消防水带厂的发展规划，细细地说了出来——从发展规划的制订，到当前企业如何开发资源、如何自救，再到消防水带厂的发展前景……彭礼和思维缜密、条理清晰的汇报，虽然都是设想，但都是他认真思考过的。

尤其说到大口径消防水带的发展前景时，彭礼和特别强调说，消防水带产业将是一个在未来很多年需求量非常大的产业，因为随着高楼拔地而起，随着产业的集聚，随着中国大发展的需求，消防水带与经济发展联系越来越紧密。

说到激动之处，彭礼和还举了远洋货轮、森林消防、住宅小区建设等都急需消防水带的例子。

在滔滔不绝中，在美好的展望里，彭礼和看到蔺乡长的眼睛明亮起来，并时不时投来赞许、肯定的目光。他觉得时机到了，是时候亮出此行的目的了，于是便把企业目前需要资金来进行转型升级、老厂房改造的事说了出来。

“你是来要钱的对吧？”蔺乡长摊开手，一脸无奈，仿佛在说：“要钱你找错地方了。”

彭礼和早就预料到这种结果，乡长也不是财政局局长。“乡长，我不跟您要钱。”他嘿嘿一笑说，“我知道您肯定没钱，但是国家有钱啊。”

蔺乡长立即好奇道：“国家的钱我哪能弄得到？那你跟银行去商量贷款吧，我这儿又不是银行对吧。”

彭礼和被不阴不阳地堵了回来，知道乡长没有明白他的意思。他犹豫了一下，说：“听说乡长您有位老领导在省林业局，据可靠消息说现在可以申请国家扶持资金……我们厂想生产大口径消防水带。”

“不会吧，道听途说的吧？”蔺乡长问，“你怎么知道我跟那位领导是老朋友？”

彭礼和难为情地嘿嘿一笑，生怕出卖了朋友，连忙以退为进说：“乡长您就说有没有这层关系吧？”

“倒是有这么一个人。”蔺乡长也很干脆，“不过已经好久没有联系了。”

彭礼和心里还是一喜，两手抱拳央求说：“那领导您就帮我们问问吧，企业现在实在太需要钱了，我都急得快跳楼了，我代表全厂员工感谢您！”说完还露出莫大的感恩的神情。

“嘿嘿，”蔺乡长连忙说，“我的彭厂长啊，你这样恳求，我可不敢当啊。”听到这儿，彭礼和脸色立即就难看起来。不过，蔺乡长又接着说：“为了几百号人能吃上饭，为了企业的发展，我当然应该帮你们啊……不过……”

蔺乡长话锋一转，还是答应愿意帮他试试。

事难不难办，关键在找没找对人。大口径消防水带生产扶持项目就此展开。

申报材料在经过十多次的反复修改后总算可以申报了，可是等他们将申报材料交上去后，人家不是说他们书写不规范，就是说材料还不够齐全。于是彭礼和又带着他的手下们加班加点补充完善。几经周折，申报材料总算在初审环节过关了。

彭礼和这时才长长地松了一口气。然而他也知道这只是“万里长征”的第一步，层层报批是计划经济时代的特点，部门相互扯皮也是计划经济时代的“惯例”。这些他都不怕，他觉得只要有路，就不怕走不通。接着他不顾劳累，带着企业里的相关人员开始跑省厅，即所谓“跑部钱进”。

说起来容易做起来难。作为一个企业的负责人，一个穷企业的负责人，出门要花钱这是必然。坐车要钱，请人吃饭要钱，递烟要钱，可是企业根本没有钱。于是他只能自己掏腰包垫资。可是他也没多少存款，只能另想办法了。

那时，从太县到省会南京可不是一件容易的事，坐车要转好几个地方才能够到达。一番舟车劳顿后他终于到达南京，但省农林厅的有关人员翻阅材料后，告诉他申报的材料不规范，需要打回去重新整理。

此时，彭礼和心里那叫一个说不出的苦。但这样的苦他也只能往肚子里咽，退却就意味着前功尽弃，这不是他的个性。心里苦，但脸上还要挂着笑。

如此反复，终于在第三次，申报材料的这一关总算过了。可是，申报的材料要送到国家部委去审批，而且能不能批下来还不一定。然而，路已经走到这一步，他无法退却了。

北京这个地方一直令他向往，却又令他敬畏。那时交通还不十分发达，千里迢迢，光坐火车就要三十几个小时，而且去了交了材料也不一定能批得下来。

彭礼和陷入深深的担忧。去一趟北京多么不容易，人力物力财力的耗费也不小。但他觉得事情既然要做就要做成功。他思来想去，决定“背水一战!”

此时，他又想到蔺乡长，相信只有他能够帮自己。于是，他又来到蔺乡长的办公室。蔺乡长听了他要去北京“跑部钱进”的想法后，认为这是在为几百名员工办好事，值得帮助，对他的想法表示肯定，并说这是事关全厂工人吃饭的大问题，事关群众利益的根本问题，愿意全力去帮他。

听了蔺乡长的一番话后，彭礼和很是感动，觉得有这样一位为人民群众利益考虑的领导实在是他人生的幸运，也是全厂工人们的幸运。因此，他对申报更加有信心了。

为了节约开支，给厂里省一点儿钱，他们一行人尽量选择便宜的旅馆住，至于一日三餐，除了面条还是面条。

清晨的北京，彭礼和放弃了一切出行工具，伴随着按捺不住的心跳，沿着长安大街徒步向东走去。

求实者的步伐总是匆匆忙忙，瞻仰着天安门城楼上伟大领袖毛主席的画像，看着五星红旗高高飘扬，彭礼和的心情是复杂的，想到毛主席说的“下定决心，不怕牺牲，排除万难，去争取胜利”，这话没错，可是行动起来，却是那么难。

好事多磨。彭礼和深切体会到了。在一次次碰壁中，他背诵着伟大领袖毛主席的诗篇——“怅寥廓，问苍茫大地，谁主沉浮？”是呀，谁主沉浮？他在心里问着，又在心里回答着，主沉浮的是人，是那个奋斗中的自己。也唯有自己不断奋斗，才能主宰自己的命运。

困难面前最能考验人的意志力，困难面前最能体现人的才能。彭礼和知道，也许他们就差那么一点儿就会成功。他记得奥斯特洛夫斯基说过：钢是在烈火和急剧冷却里锻炼出来的，所以才能坚硬和什么也不怕。我们的一代也是这样的在斗争中和可怕的考验中锻炼出来的，学习了不在生活面前屈服。

坚持才能胜利。果不其然，正如他所预料的那样，最终，他们的真诚和不放弃的精神，感动了相关部门领导，在苦苦等待中，他们申报的材料通过了复核审查，获得国家部委的正式批文。

拿着盖着大红章的批文，彭礼和的心情无比美丽。他觉得江堰消防水带厂有希望了。一千多万元的资金支持，这个数字在当时来说，可真是一个天文般的数字啊。

江堰消防水带厂的员工得知这一消息后，顿时欢呼起来。沸腾的人群中，只有作为厂子掌舵人的彭礼和一点儿也高兴不起来，因为他知道这只是消防水带厂发展过程的第一步，后面还面临着企业改造升级、产品创新等许多问题。他知道一个企业若要发展，重点应放在产品上，输血不如造血。

产品没有竞争力，一切等于零。

对于这件事，当时国内一主流媒体以“强将手下无弱兵”为题对彭礼和做了专访报道，轰动一时！

二

那篇千把字的报道出来后，彭礼和的故事很快在江淮大地传开并引起当时已经成为太县副县长林君雄的注意。那时正值国家大力提倡发展乡镇企业拯救国民经济，因此林君雄看到报纸后就通知秘书，说要到这家企业去看看。

这是十多年来林君雄第一次准备踏上家乡的土地，怀旧情绪和故乡情结，像潮水一样在他胸口涌动着，之所以这么多年没有回过家乡，是因为当年他将一个叫缪大虎的人害死了。而这件事，在当时引起了很大的轰动。这是他心中隐藏的巨大秘密，也永远不想打开秘密的缺口。

因此，自从那场闹剧结束以后，他再也没敢回过家乡，他害怕被乡亲们申申而詈甚至打死。他跑到百里外的泰州改名换姓，在一家企业从事销售工作，然后一步一个脚印，干到车间主任，再到厂长。后来，头脑灵活的他，不知怎么就又挤进政府机关，然后再一步一个脚印，干到股长、科长……

往事不堪回首，他以为自己从历史里走出来了，其实鞋底还沾着过去的泥巴。如今，二十多年过去了，他变黑了也发福了，脸上出现了暗斑，脊背也挺不直了，肚子上堆积了一些标志着富足生活的赘肉，已经谢顶的脑袋有了闪烁的光亮。他相信已经物是人非了，就算有人认出他来，他身居不大不小的官位，也没人能把他怎么样。他越这样想，回家乡看看的愿望就越发强烈。

当然，他决定回故乡看看，既不是去救赎自己堕落的灵魂，更不是为自己曾经的张狂忏悔，而是游子归来，衣锦还乡。

一听说县里的领导要来企业视察，身为厂长的彭礼和激动之情溢于言表，做了精心准备，不仅在厂里的道路两边插上了彩旗，还组织了队伍敲锣打鼓欢迎。

车流缓缓进入厂区，一个秘书模样的人下了车，恭敬地站在车门旁，只见他拉开车门，胳膊往车门上一横，一个秃头的中年男人便从黑色轿车里钻了出来。乡镇的领导们立即迎了上去，左一个“林县长好”，右一个“林县长好”……完全是接待贵宾的样子。

彭礼和挂着一脸的笑，迎了上去，在四目相对中，两人均是一愣，林副县长脸上的肥肉明显颤动了一下。不过林副县长反应极快，跟他都算不上握手，只是轻轻搭了一下他的手，便问：“你就是厂长？”彭礼和连忙答是的，就往厂里面走。

彭礼和边走边想，这位林副县长怎么有些面熟呢？抓了抓脑袋，就是想不出此人在哪儿见过。而林君雄林副县长呢，也对眼前的这个人有着似曾相识的感觉，仔细一想，心中立刻一惊：“不会是彭家庄大队的那个‘三淘气’吧？”

林君雄下意识地挠了下脑袋，怎么也想不起大名鼎鼎的“三淘气”的大名了。别看他那时年纪小小的，倒是那帮孩子的领头雁，他一句话掉地上，仿佛能立即砸出一个坑来。

他开始竭力回忆“三淘气”的名字，这一想不要紧，再联想到他初见自己时的一愣，几乎把他吓了一跳。“肯定是他！”他在心里说。

林君雄怎么也没想到，事隔二十多年，居然跟这个冤家又碰到一起，还真是应了一句老话：所有的分别都是为最后的相聚，不是冤家不聚头。林君雄心想千万不要让他认出自己来，否则自己过去做的一切就会露馅儿，那处心积虑的包装就会毁于一旦，为此，他十分懊恼，后悔不该来这个厂视察。

在参观了几个车间后，彭礼和按照上级的安排把他们引进会议室，开始汇报企业情况。这是组合拳中的规定动作，必须圆满完成任务，这样领导来考察才有成效，单位也有荣耀。彭礼和之前接待过一些部门的领导，因此讲话稿是现成的，加上他天资聪明，业务熟，汇报起来简直就是如鱼得水，他像一个有了身孕的女人期待孩子出生一样，抑制不住激动与兴奋。

那位林副县长呢，不时地对他点头，表示极大的赞许。

汇报完毕后，开始落实组合拳中的另一规定动作，请副县长一行人就餐。大概因为面前的林副县长很面熟吧，彭礼和酒席上自然地就跟他亲切起来，加上林副县长会议上对他大加赞扬，说他把一个亏损企业搞得如此出色，说发展乡镇经济就是要他这样的人才……

如此这般的赞扬，让性格豪爽的彭礼和，那叫一个受宠若惊，一杯一杯敬起酒来，像喝水似的。而林副县长呢，也是性格豪爽之人，那是来者不拒，跟一圈人喝下来，像没事人一样。这下可把乡镇领导为难坏了，没想到他这么能喝，乡镇领导频频给彭礼和使眼色，彭礼和多聪明，立即从包里掏出大哥大，给厂办主任打电话，说多派几个能喝酒的大姑娘、小媳妇来陪酒。

总以为一些往昔的人和事会随时间流逝而遗忘，但每每追忆时，却发现依旧如昨。林副县长边喝着酒边想着心事，记忆如狗，总在身边转悠。

“县长好!”很快，四个长得不错的女人，带着拘谨暧昧进入包厢。美女们一口一个县长地叫着。面对美女们的到来，林君雄眼睛发直、目不转睛地盯着那四个女人，他随即情绪高涨，激动地撸起袖子，看着彭礼和说：“你这个厂长当得不错，有魄力，真会办事……”

林君雄说着又主动盯着一个长得漂亮的女人说：“我得考验一下彭厂长是不是强将手下无弱兵了。”对此，那位叫春兰的女工，故作含羞地说：“激动的心，颤抖的手，我给领导敬一杯酒。如果领导嫌我丑，咱们喝完这杯我就走。”

林副县长立即为她的才华惊呼：“哎哟，彭厂长，果然强将手下无弱兵。”他几乎是迫不及待地碰了下杯就干了，然后说，“真会说话，我喜欢。”说完，眼睛死盯着春兰不放，眼睛里流露出万千宠爱，好像在说：“咱们为什么不早点儿认识。”

林副县长眯着眼睛打量着，像在检验她是不是猎物。彭礼和看在眼里，却是疼在心里。他是心疼他的酒钱，心想：你们这样喝下去，几个工人的工资都没了。但是，他又不得不迎合。镇领导、乡领导都在场，哪个也得罪不起。他只得硬着头皮说：“承蒙县领导看得起，今天一定把领导陪好。”

一席话，就激起他的其他三个“女将”的“斗志”，开始向林副县长发起了进攻。此时，林副县长的酒已经喝得差不多了，情绪异常高涨。他非常激动地接话，对着镇里、乡里的领导说：“你们这个彭厂长真不错，是个难得的人才啊，你们要好好培养培养。”镇里、乡里的领导马上表态说，一定按照您的指示办。

实在太幸福了，衣锦还乡也不过如此。林君雄时不时假装不高兴批评说：“今天就破个例，以后不要这样喝酒了，实在太浪费了！”镇里、乡里的领导连忙说：“保证下不为例，但今天您一定得喝好。”对此，林副县长嘿嘿一笑说：“好，既来之则安之，宁让胃里破个洞，咱也不能让感情裂个缝，对吧？”

酒过三巡后，林副县长也喝得醉倒了。一位乡领导便凑到林副县长耳边说：“县长，要不咱们晚上再喝，先去歌厅醒醒酒怎么样？”

林副县长一听，倒是说到他的心坎上去了，立即兴致大发，语无伦次道：“你们这些人就是想得周到，这么周到的安排不怕我经常来吗？”

“欢迎县长常来，就怕县长日理万机没有空啊！”大家几乎是异口同声。还有人补充：“这里就是县长您的家。”林副县长开心得嘴里的涎水都流了出来。

伴着港台歌手柔美的歌声，肥胖而高大的林副县长抱着春兰在跳舞，不，准确说是在打着踉跄跳，就像一棵随时要倒的枯树一样晃晃悠悠。春兰那柔若无骨的身体像风一样缠住他，引得他衰老的体内，发出山崩地裂的咔咔响声。

大概林副县长的秘书怕他倒下出丑吧，像是上前征询他的意见似的在他耳边说了些什么，结果，林副县长手一挥，大声嚷嚷说："我没醉，你去吧！"一脸的怒气，把秘书吓得尴尬地离开了。

酒不醉人人自醉，色不迷人人自迷。他真的没有醉，而是在享受着女人温暖的身体和女人身上发出的莫名体味，味道好极了，实在太美妙了，太让人陶醉了！什么面子也不顾了，也不管什么县长副县长了。

春兰像一只特大号的大虾弓着腰抵抗着。他感到她在发抖，像小猫似的在发抖。他的手向她身体敏感部位滑去，就在她颤抖的一瞬间，林君雄觉得自己又年轻了好几十岁。他心想，人们都知道蝴蝶是从毛毛虫破茧而出的，但有谁第一眼看到花蝴蝶会想到恶心的毛毛虫呢。

春兰在忸怩中，用力抓住林君雄的手，他反而更放肆了，用另一只手把她绕得更紧。如此这般，并不妨碍他推开她的青春之门，那双布满纹路的手继续在她紧绷的体表上探险，他感到口干舌燥，一阵接一阵的眩晕感让他把尊严丢弃一边，他不需要那东西了，再也不要了！能够重新找回生命，比什么都强！

三

好花不常开，好景不常在。抓住青春的尾巴，已经成为林君雄这类人的心理常态。他们害怕时光流逝，害怕就此老去，还有太多的诱惑令他们不能说不行，于是他们心理变得扭曲起来，只要一有机会就会不遗余力，决不放过……

连续几支舞曲下来，春兰已经气喘吁吁了。不仅是身体上，身体里面也有一种说不出的涟漪。她开始用眼神四处求助，可是舞台上实在太暗了，没人能知道她要干什么。挣扎，妥协，再挣扎，终于在不堪承受中，她使了一个心计，跟林君雄说，今天差不多了，县长以后只要来，随时都可以陪他跳舞。林副县长莫名地怔了一下，在她臀部上狠狠掐了一把，说："那好吧！"然后垂下脑袋，仿佛像一个蹩脚的殉道者，一头扎进冰凉的河水。春兰知道，这是男人的欲罢不能。

他真的是意犹未尽，回到座位上喝了一口茶，就恢复常态说要到厂里去跟彭礼和聊聊企业发展的事，说这种地方太消磨人的意志，容易误事，又说让彭礼和看看企业还需要什么帮助，今天一并都给解决了……彭礼和一听，高兴坏了，心想，投资的回报开始了。

林副县长问："目前产品销路怎么样？"

彭礼和脱口答道："今年 1 月到 11 月，我们厂净增利润已经达到 20 万元左右，还有增长空间，季节性的销售旺季马上就要到来，产品覆盖全国 20 多个省、市、自治区，并销售到新加坡等国家。"

林副县长欣喜地问："听说你们要在国外办分厂对吗？"

彭礼和思索了一下，坦然一笑说："这也是我们将来发展的规划之一，走出国门是企业发展的路径之一……"

"你就那么有信心？"

"当然！"彭礼和信心满满地回答。

"真是好样的！"林副县长发出赞叹，充分肯定了他的工作，还说，目前中国的乡镇企业正值改革开放的大好时机，是千载难逢的机遇，抓住了机遇就是抓住了经济效益，县里就需要彭礼和这样的人才……

赞语总是激荡人心，何况还是副县长的称赞呢。对此，彭礼和一激动，把他在服装厂当销售员的骄人业绩说了出来——

一次非常偶然的机会，经熟人介绍到江堰乡服装厂上班，当了一名销售员，后得知千里之外的秦皇岛某机械制造厂需要生产用的工作服。这是一家大型生产企业，需要大量的工作服，所以这是一笔非常大的订单，这家机械制造厂对于他们这个小厂来说，是难得的大财神。可是人家得知他们只是个小厂时，很不信任地拒绝了，但他并不气馁，真诚地开始做工作，经过多次商谈，那个厂的负责人总算同意将订单交给他们厂做，但前提条件是必须将工厂的缝纫机搬到他们的厂子现场制作，否则一切免谈。

这明显是在使绊子，出难题。要知道，九十年代中国的交通还不是很发达，秦皇岛离太县一千多里远，没有高速公路不说，就是国道也破破烂烂泥泞不堪，即使是乘坐火车，也得经过多次倒车才能到达目的地。因此，这几乎是一个不可能完成的任务。

彭礼和说他知道这是人家工厂给他出的一道难题，担心他们厂子无法完成这一任务，故意这么说，想让他自己打退堂鼓。他已经在人家那儿软磨硬泡了十多天，把人家厂领导磨得既烦躁又感动，最后人家才决定给他一个机会，但开出很难满足的条件，好让他知难而退。

"怎么办？怎么办？"彭礼和皱起眉头，倒真是让他非常为难了。把厂里的机器搬到一千多里之外不易不说，没有机器厂里的生产怎么办？厂领导会同意吗？一系列的难题摆在面前。

一想到如此大的订单，还是软磨硬泡才接到的，他在思考一番后，就自作主张跟那个厂子的领导拍着胸脯说："保证机器和工人十天就到位，一个月就把一千多套工作服生产出来，否则赔偿一切损失！"

他掷地有声，那家企业的领导为之动容。面对做出如此大胆决定的年轻销售员，那位厂领导用疑惑的眼神看着他，不太相信他，觉得他一个小销售员怎么可能做得了这个主呢？当他看到彭礼和坚定的眼神时，还是半信半疑有些不放心，不想跟他签下合同。

见对方继续犹豫着，彭礼和嘴微微一咧，进一步保证道："保证说话算数，如果不能按时完成生产任务，愿意承担一切损失，合同中也写上违约赔偿条款。"面对眼前这位年轻人的保证，秦皇岛那家机械厂的负责人勉强跟他签订了生产合同。

等他回到单位向厂长汇报后，白厂长立即为难了，先不说他们这个小厂接下一千多套工作服，有点儿小蛇吞大象的意思，仅仅就当时的交通情况来说，光那二十多台缝纫机就很难运到千里之外！而且那二十多台缝纫机还有随时都需要更换的配件，这些东西一起运过去，可不是一件简单的事情。

当彭礼和看到厂长脸上的表情时，便知道他有些为难了。彭礼和立即拍着胸说，白厂长你就别为难了，把这事交给我，保证能够完成任务！之后，他说了他的想法。看他说得十分坚定，厂长非常担心地问："你所说的真的可行吗？"

彭礼和又拍拍胸脯道："这件事就交给我吧，保证完成任务。"事已至此，厂长便交给他处理。拿到厂长的"尚方宝剑"后，彭礼和顿时更加有底气了，按照计划，立即开始在服装厂挑选人员。

这真是矮子里面拔将军，用铁人王进喜的话来说："没有条件创造条件也要上。"最终，加上他自己，才凑足一支比较能干的二十多人的队伍。不过，在这二十多人中，大多数人是多面手，有的员工不仅会剪裁，还会缝纫；有的不仅会熨烫，还会锁边等。这令彭礼和有些高兴，对完成任务更加充满信心。

看到彭礼和他们这一队人员，秦皇岛那家机械厂的领导们有些意外，在感动的同时，依然有些担心，因为大部分是身体单薄的女人们。彭礼和看出了他们的担心，再一次拍着胸脯保证：你们放心好了，一定按时保质保量地完成任务。

“东方欲晓，莫道君行早。”为了按时、保质保量地完成任务，他们一行人卸下担子，顾不上休息，就开始加班加点安装机器……拼搏的人生，书写了精彩的篇章。

工友们动作娴熟，有条不紊；虽然安装过程中的道道难关接踵而来，但大家不急不躁，心思缜密，那忙碌的身影如辛勤的蜜蜂，有种“采得百花成蜜后，为谁辛苦为谁甜”的幸福。

二十多台缝纫机“嗒嗒嗒嗒”一齐工作起来。这声音从白天到黑夜，又从黑夜到白天，响彻不停。彭礼和既是现场的指挥员，又是战斗员。

为了防止质量出现问题，他又主动承担起服装质量检查的督导工作。他知道，产品质量是以后江堰服装厂立足的根本所在，不得有半点闪失。因此，彭礼和一旦发现有“走线”的地方，立即要求工人返工。

他必须一炮打响！

夜幕降临了，鸟儿归巢了，他和他的二十多名工人还依然在“嗒嗒”声中忙碌着。为了赶工作进度，他将队友们分成几组，息人不息机器，几个班组轮流上。缝纫工人累了，就裁剪师傅上，累了困了就坐在边上休息一会儿，饿了就啃一块廉价的面包。

艰难困苦没有压倒他们，就这样，在一个月的时间内，终于将一千多套工作服加工出来，不但保质保量，而且是经过彭礼和一件一件检查过的。秦皇岛那家机械厂的负责人验收他们生产出来的服装时，非常意外和震惊，对他们一行人的工作给予了高度评价，称赞他们生产的工作服款式新、质量好。

“真是好样的！”林副县长站起来，一脸佩服，拍拍他的肩膀说，“看到你就看到乡镇经济发展的希望了。”

彭礼和连忙说：“这都是领导关心的结果。”

林副县长回以一笑说："好好干，你的前途不可限量。"说着就往外走。

这令彭礼和有些失望，以为林副县长会给点经济援助，结果全是空话、套话。正当彭礼和失落地发愣时，已经走出门的林副县长突然问道："厂长家是哪儿的？"彭礼和随口答道："彭家庄大队的。"林副县长随即一愣，有点儿慌不择路，大步流星地走了。

天空中的太阳突然间亮得惊人，刺得林副县长眼睛一眯，他心里陡然一惊，怎么也没想到，眼前的这个人真是冤家"三淘气"。天意啊，天意！他心想，你就是一条千年的鲤鱼精，在我手下，也无法翻身了。

佛说，若无相欠，怎会相见？

林副县长疲惫不堪地躺在车上假寐。一闭上眼，那个女人丰满的胸脯，妩媚的身姿……各种香艳的画面出现在他的脑海中，令他像荒野之中饥渴交加的饿狼——"到底年轻啊！哪个男人不喜欢小腰一扭，屁股一翘的小妖精！"

四

成功之人，总是令人瞩目，尤其令上级组织关注。彭礼和在消防水带厂取得的巨大成功，迅速让他成为当地知名的企业家。一时间，只要提到彭礼和，无人不知，无人不晓。发展乡镇企业是当地乃至全国各级政府主抓的一项工作。

常言说得好，人一出名，便顺风顺水起来。一纸调令，彭礼和又到了另一个企业：燃气钢瓶厂。虽然同是江堰乡的企业，但不同的是，那家在当地声名赫赫的燃气钢瓶厂，亏损已经非常严重，企业里的一千多名职工已经好几个月没有拿到工资了，人们预测这个厂气数已尽，如一个病入膏肓的病人，即将走到人生的尽头，因为燃气钢瓶厂不光发不出工资，更是资不抵债，上门讨债的人倒是真不少。

生存难，是当时社会发展中，许多乡镇企业共同面临的难题。这些企业无资金、无技术、无后台，更无外援，完全是瞎子探路，走到哪儿算哪儿，有点儿自生自灭的意思。

危难之中方显英雄本色。何为担当？此谓担当！彭礼和知道领导是让他去当消防队员“救火”的，是让他去打破困局、改变企业的命运的。铁肩担重任他很清楚。所以他没有选择退缩，这么多年来，也正是这种性格成就了他。努力的人总会发现，机遇无处不在！

面对他这位新厂长的到来，燃气钢瓶厂的职工们还是报以极大期待的，那一张张陌生的脸上写着欢欣，人们希望他能够扭转当下的局面。因为他本人，彭礼和，已经在当地非常有名气了，甚至可以说大名鼎鼎。

燃气钢瓶厂的工人们知道他曾经在江堰乡消防水带厂扭亏为盈的壮举。人们认为他来了，江堰燃气钢瓶厂兴许就有了希望。工人们的要求很简单，就是希望厂兴我荣，能够过上幸福的好日子。

在他刚去厂子的那些天里，燃气钢瓶厂的工人们几乎每一个都投给他以信任的目光。信任和期待能够令人奋进。面对燃气钢瓶厂工人们的信任，面对领导的重托，彭礼和深深地意识到，自己唯有把燃气钢瓶厂救活，唯有把企业一步一步发展起来，让工人们拿到工资，才能不辜负大家。

他们成长于物资匮乏的年代，经历了动荡的岁月，为了生存，他们竭尽所能，甚至一定程度上不择手段。何况一个有责任的人，总是绝世而立，心里面有担当。上千人生存的重担压在他的肩膀上，压力可想而知，尤其对于他这种好强、一诺千金的企业领导来说，只许成功不许失败已经成为他人生的追求。

“沉舟侧畔千帆过，病树前头万木春。”大概因为有了上一次担任消防水带厂厂长的经验吧，彭礼和已经在别人心里打下必然成功的标签。这一次，他没有急于火燃三把，更没有下猛药医治这个资不抵债的工厂。相反，他深深知道，一个好好的企业落到今天的这种地步，一定有着深层次的原因。

于是，他用他这代人最可靠的工作方法，最打动人心的方法来挽救这个厂子——深入群众，了解群众，团结群众共渡难关。他来到燃气钢瓶厂的工人们之间，他要与他们促膝谈心，要与他们以心换心交朋友，要与他们推心置腹找原因。因为他知道，只有这个厂里的工人们才最有发言权，只有他们才对燃气钢瓶厂知根知底。唯有找出亏损的原因、找到问题的所在，才能够找到正确的对策。

在聊天中，有的人说燃气钢瓶厂之所以发展到亏损的境地，其中有原厂领导不作为的因素，当然也有经营不善的因素；还有人说，钢瓶厂亏损到今天，既有用人不当的因素，也有人心不古的问题。几天了解下来，收集的意见一“箩筐”。

找到了企业亏损的原因，就像医生诊断出了病人生病的病因。但是彭礼和也知道，这“对症下药”也不是一个简单的事。重新整理思绪后，他又一次有了面对未来的力量和信心。这时，他才开始像许多新官上任一样，将三把火燃了起来——

经过厂务会研究决定，首先在福州、苏州的太仓和国外的菲律宾创建分厂。这个决定当然是彭礼和提出来的，大家听到后都感到非常意外。之所以在燃气钢瓶厂当前严重亏损的情况下，再开办分厂，是他基于认真调查研究后才做出的决定。因为燃气钢瓶厂太需要“造血”了。

主要结论是：燃气钢瓶厂生产的“山水”牌钢瓶并不是缺少销路，也不是产品质量不行，相反，就目前而言，燃气钢瓶在全国市场很大。因为传统的老虎灶需要烧煤球，煤球不仅生火麻烦，而且污染较大，危险性较高。

更重要的一点是，他关注了相关新闻报道，当年在全国各地因烧煤球取暖、生火做饭等出现的二氧化碳中毒或死亡事故有几千例，人们迫切需要一种新能源来代替传统能源，而当时国家也正大力提倡使用天然气。

一个胸怀宽广、眼界开阔的人也总能把握住机会。当燃气钢瓶厂的工人们得知彭礼和的这一决定后，原本的热情和希冀瞬间被浇灭了，他们又失望起来，而且是深深地失望。因为他们觉得，在燃气钢瓶厂目前严重亏损的情况下，再扩大生产规模无疑是雪上加霜，这个道理谁都懂得啊，你这新厂长怎么就不懂呢？工人们有太多的疑惑和不解。

有的工人认为彭礼和不是在帮大家渡过难关，相反是在成就自己，迎合上级。大家莫衷一是，弄得厂里人心惶惶。

好事不出门，坏事传千里。对彭礼和种种不好的议论，甚至是诋毁很快就传到他的耳朵里。此时此刻，他心里真是有说不出的苦涩，甚至还有些恼怒了。他觉得自己一腔热血，为厂子寻出路，吃不好睡不着不说，还没有落个好，实在太冤了。

然而，当他静下心来换位思考后，觉得工人们有怨言也是正常的，也在情理之中。工人们还不了解企业亏损的内情，更不知道天然气将来有一天会大行其道，天然气这种新能源，一定会走进寻常百姓家，成为生活的重要组成部分。于是他觉得应该向全厂工人们做好解释工作。

彭礼和知道，只有团结才有力量，才能战胜困难，只有让大家理解厂务会的决定，才能取信于他们，进而得到他们的支持。很快，在他的安排下，从厂里的中层再到厂里的领导，全部分头行动起来。

他走进企业的车间，走到工人身边。白天没有时间，就晚上到工人家中去做工作。然而，有些工人并不认为他的分析判断是准确的，也不相信开办分厂就能让老厂起死回生，并说现在产品的销路并不好，要是再扩大生产，生产的产品不就越积越多，产品越多不就亏损越大吗？简直就是瞎胡闹嘛！

筚路蓝缕，自古就是成功者所必须要经历的。此路，依然不是那么畅通，人多嘴杂，一个好决策被传成了歪理。为此彭礼和又及时调整工作思路，及时召开全厂大会，给工人们分析燃气钢瓶厂的产品之所以销量不好，是因为运输成本高，自然产品成本也高，定价相应变高，如此一来，他们企业的产品才卖不出价钱，只赚了一个吆喝……

几番苦口婆心的解释，燃气钢瓶厂的工人们渐渐地相信他了，觉得他说的话也有几分道理。譬如，当时厂子的生产材料一直从上海的宝钢进货，进一批生产材料，不仅要用汽车拉，还要转水路用船载，这样几经折腾，钢材的成本几乎提高了一倍。结果等到工人们将产品生产出来后，再往全国各地发货，又免不了用汽车、火车或走水运才能到达销售目的地，生产成本必然又一次提高了。如此一来，他们厂生产的燃气钢瓶售价比其他的要高，自然就在市场没有竞争力了。

账不算不清，灯不拨不明。在当时那种处境下，彭礼和以他的智慧，赢得了工人们的支持，这让他有了开拓创新的群众基础和前进的力量。然而，巧妇难为无米之炊，开分厂的资金成了最大的困难。

找镇领导去申请？这倒是一条路。集体的企业嘛，当然得找领导了。结果，镇里的领导听了他的汇报后，也显得非常为难，因为燃气钢瓶厂已经在银行贷过款了，现在再去，银行是不会放款的，人家银行也要生存，也怕出现坏账，可能还时常惦记着，你什么时候能够还上款?

此路行不通，那么多工人没饭吃怎么行?镇领导权衡了一番，还是出面与银行方面进行了协商。幸运的是有一家银行的行长答应给十几万元贷款，然而，等彭礼和找到那位行长时，人家却又反悔了，他前前后后跑了十多次银行，就是拿不到贷款。

情急之下，彭礼和心一横，就在行长家门口的走廊上等着。就这样，他一站就是一晚上。当时的痛苦、屈辱，只有他自己知道。

功夫不负有心人，资金最终到位了，总算有“米”下锅了。于是彭礼和带领热情满满、空前团结的工人们，充满信心地开始拼搏奋战起来了……

随着几个分厂的先后兴建，江堰燃气钢瓶厂渐渐展露出兴旺发展的势头。太仓首先传来好消息——因为减少了生产成本，他们厂生产的“山水”牌钢瓶，凭借价格低、产品质量好的优势，迅速在上海、浙江、江苏等地受到了人们的欢迎，渐渐赢得了好评。当年仅太仓这一分厂就实现了盈利一百多万元。

成功总是令人鼓舞，盈利更加振奋人心。工人们意识到彭礼和的决策是正确的。没人敢接的烫手山芋，没人敢接的亏损企业，正是在彭礼和的领导下，重振雄风。

一顺百事顺。接下来，福州钢瓶分厂的建成，再一次证明彭礼和决策的正确性，这个分厂的创建，不仅解决了当地工人们的就业，分厂生产的“山水”牌钢瓶也迅速占领了东南地区的市场。

当时，在福州这种东南沿海地区的发达城市，只要一提起“山水”牌钢瓶，那叫一个无人不知无人不晓。可谁知道，彭礼和之所以要把江堰燃气钢瓶厂办到福州去，办到福州闽喉那个偏远地区去，完全得益于他对军事地理知识的掌握。

闽喉之所以称为闽喉，是因为它是进入福州的门户之地，这个地方自古就是兵家必争之地。加之当时太县燃气钢瓶厂并没有多少流动资金，在闽喉开分厂，不仅厂房租金低，劳动力成本也相对较低。

如此一来，江堰燃气钢瓶厂的经济效益也开始好转，仅福州这个分厂，年收入就达到了三百多万元，还促进了当地群众就业，带动了当地经济的发展，可谓是一举多赢。

五

梦里梦外都是你！林君雄在工作之余，时常思念起那个令他不能自拔的春兰。亦如诗中所写：

> 我出东门游，
> 邂逅承清尘。

那是他心中的风景，眼里的美人。到了五十多岁的年纪，对性事也就兴趣寥寥，可自从遇到了她，还是禁不住咂摸起来。就像嚼着一片口香糖，开始很甜，到最后甜味越来越淡，越淡就越用力想嚼出甜味来。这一咂摸，他全身热血沸腾了，设想着怎么与春兰来个枯木逢春，她带给他的感觉实在太美妙了，是一种从未有过的美妙。

虽然他身边根本不缺这样的女人，但他总觉得她们那些人跟春兰比，少了点儿什么。少了点儿什么呢？林副县长挠了一下脖子，猛地发现，是朴实的真诚，不像机关单位里的那些女人，做一切事情都只有一个共同的目的！

为此他害了相思病，尤其在夜深人静的夜晚——

怀着一丝兴奋，他摸到春兰的房门前，轻轻推开了它。春兰的呼吸声暴露了她的床的位置，碎银似的月光洒下来。他不知道她是醒了还是睡着了，像匹僵死的马呆站着，用颤抖的声音叫她："春兰。"立即，春兰像刚睡醒的小猫，笑着转向他，甜甜的香味像几十枝百合同时盛开。

"睡了吗？"

“没有啊。”

他感觉问了一句废话，顿时两颊发烫，好在有夜色的掩护。

“我想……”

“嗯?”

空气像夏夜喷射的火一样灼热。挨着她喷香柔滑的身体，林君雄激动不已。这才是最棒的女人啊!

他以为自己枯萎了，没想到还活着。他冲动起来，抚摸着春兰的躯体，雄姿英发，腾身而起。

关键时刻她根本帮不了他，他浮想联翩，内心涌动起一种惊羡与绝望，她反而像一个无耻之徒嘲笑他、唾弃他。他想张口骂她，可是喉咙里像堵住了什么东西，说不出话来。对方在哼哼唧唧，仿佛带着鄙视地说：“你怎么装狗熊了？还像不像个男人!”他气得攥了攥右手又松开，醒了。

欣喜只是一瞬间。眼前有两个拦路虎，一是“三淘气”，那位名叫彭礼和的厂长。他相信“三淘气”至今对他还停留在有点儿面熟的阶段，毕竟二十多年过去了，过去的容貌早已被岁月无情地带走，这一点他并不怕，即便认出来，只要不承认，谁能把他这个副县长怎么样？再说，“三淘气”也不是那么没有脑子的人，不可能对一个顶头上司寻根究底，除非他脑子坏了。二是没有正当理由见面。才过几天，怎么就又去那厂视察呀!

他既执拗又犹疑。

那个叫欲望的东西令他夜夜失眠，他感到身体像一盆烧透的木炭，隐隐地持续发热。那是惑于似是而非的虚，迷离飘忽的幻，但这些都不能让他从巨大的欲望中脱离出来。

“怎么办？怎么办?”林君雄在心里一连说了两个“怎么办”。正应了“花自飘零水自流，一种相思，两处闲愁。此情无计可消除，才下眉头，却上心头。”不过，随即他眼珠一转，突然有了注意。

当彭礼和再次见到林君雄时，已经是一个月之后了，他都快忘记这个人了。

那天晚上彭礼和正在陪客人吃饭，酒过三巡，正喝得酣畅，也许是周围吵闹或酒喝多了的缘故，当他在“大哥大”里听到一个遥远又苍白的声音时，不客气地一连问了好几遍对方是谁，结果对方说你好好猜猜，林君雄觉得这个游戏很刺激。结果，彭礼和毫无兴趣，说他猜不出来，再不说就挂了。情急之下，林君雄才扫兴地报出姓名。

“林县长您好啊!”彭礼和跑出门外，一连说了好几个“不好意思”。几杯酒下肚后的林副县长，那干枣似的脸上开始泛起红晕，一道道皱纹互不相让地挤了起来。

男人好色，黄皮包骨。

林君雄开始摆起派头来，无不责怪地说：“彭厂长高升了连我的声音都听不出来了。”彭礼和连忙说这酒席太吵了，一时没有听出来，请县长批评。林君雄微微一笑说：“跟你开玩笑的，上次不是跟你们说了，都是一家人，不要客气。”对此彭礼和连忙问县长有什么指示。

“指示谈不上。”林君雄在电话中打了个饱嗝说，“这次最多是个‘微服私访’来看看你们。”彭礼和马上知道林副县长来乡里了，连忙说：“县长您在哪儿，我立即过去。”

等彭礼和风风火火地赶到饭店时，林副县长已经在酒精的作用下面红耳赤，正龇着牙用牙签像剔螺蛳肉一样，悠闲地剔着牙。见到彭礼和一头汗水地跑了过来，他多少有些感动，略带责备地看着蔺乡长说：“这彭厂长调动得也太快了吧，不利于企业稳定发展啊。”

蔺乡长脸一窘立即站起来，弓着腰连忙说：“对不起，这件事是我考虑不周，没有来得及跟您请示，下不为例，下不为例。”

“县长不管你们的人事，”林君雄嘿嘿一笑说，“开个玩笑，开个玩笑。”

蔺乡长脸上这才露出笑容来，说：“县长您真是太谦虚了，这全县都归您管……想调整谁那不是您一句话的事。”

林君雄一脸得意，坦然接受着恭维。“好了，”他站起来，“你别恭维我了。以后可不要这样说啊，这样容易让人误会，会影响班子团结啊。”

“县长您看安排点什么活动好?”蔺乡长转移话题道。林君雄伸了个懒腰，看看蔺乡长，又把注意力放到彭礼和身上，自言自语说：“这天天忙着批文件，屁股都长出老茧了。”

蔺乡长立即带着谄媚说：“县长您可是全县的领路人啊，不爱惜身体怎么行?”说完对着彭礼和说，“安排一下活动，让林县长活动活动筋骨吧。”彭礼和当然知道蔺乡长的意思，连忙用征求的眼神问是去唱歌还是跳舞。蔺乡长连忙看向林君雄。林君雄又伸了下懒腰，说：“客随主便吧。”

男人喝酒，最后一道美味的“下酒菜”肯定是女人!

“那咱们去唱歌吧?”彭礼和脱口而出。因为他的歌唱得不错，最拿手的是《草原上升起不落的太阳》，想借此机会在林副县长面前露一手，以显示企业人不是什么都不会，也能歌善舞。蔺乡长也正有此意，他也喜欢唱歌，最喜欢唱《何日君再来》，毕竟他才是真正的父母官。

对此，林君雄有些不高兴了，心想我都给你们伸了两次懒腰了，你们也太不长眼了。要是在县里，领导咳嗽一下或低一下头，手下的人都知道他要干什么。

因此他不无责怪地说：“乡镇干部就是乡镇干部啊。战争年代，打鬼子那么辛苦，领导们都会安排大家跳跳舞。为什么要安排大家跳舞呢？因为这是一个高雅的活动。同志们，咱们也要紧跟时代发展啊!”

“是是是，”蔺乡长几乎要打自己的脸了，忙说，“今天咱们也去高雅一下。”

听罢，林君雄便起身迈步，他太需要这些东西麻醉自己了，因为像他这种人总觉得自己错失了许多机会，因此想要在各个方面抓住青春的尾巴。这时，彭礼和才想起那天林副县长跳舞的细节来，心里不由一阵窃喜。

来到歌舞厅，蔺乡长跟彭礼和又遇到一个难题，谁陪林君雄跳舞?

乡镇的歌舞厅，舞伴之间都是自由组合，没有谁会选一个秃头老男人当舞伴，为此，彭礼和急着去找歌舞厅的老板娘，老板娘两手一摊无奈地说："这里面都是买票进来的，没办法要求谁必须跟领导跳舞。"

等他来到林君雄面前时，林君雄已经有些不高兴了，谁不贪恋滚烫的肉体？见此情形，蔺乡长几乎是命令彭礼和道："赶紧从你们厂找几个人来陪林副县长跳舞。"谁知，林副县长先声夺人说："就让上次那几个人来吧。"意思很明显了，谁不懂得？

"赶紧去呀！"蔺乡长推了彭礼和一把，"还愣在那儿干吗！"彭礼和难为情地搓着手，嘴动了一下，没敢把话说出来。他心想，这么晚了，又没有电话，就是有电话，也不一定有随叫随到的小姐啊。再说他现在又不是消防水带厂的领导了。

"赶紧去呀！"蔺乡长又催促。

"乡长，这……"

"这什么？"蔺乡长有些愠怒了。

彭礼和把心里的话说了出来。蔺乡长一想也是，又看了林君雄一眼，说："那也得想办法啊！"这时，林君雄站起来说："彭厂长说的也是，要不明天再说吧。"蔺乡长立即找到台阶说："您来一次也不容易，多在这里休息两天，明天一定安排好。"

"好吧，"林副县长拍拍蔺乡长的肩膀说，"那我就客随主便一次。"彭礼和提议："我们陪县长搓搓麻将？"说着还做了一个熟练的手势。林君雄装作勉为其难的样子，笑笑说："我这个新手就陪你们练一下手吧，可别玩儿大了啊。"他们连忙恭维，说县长真是谦虚，保证都不是县长的对手。

林君雄立即露出诡异一笑。

六

人都会随环境而改变。有人变得善良，有人变得邪恶，这是现实的需要。现实是残酷的，它能让人随环境的变化而变化。林君雄亦是如此。

这不，随着地位的提升，他变得和善了，仇恨少了。就像高空的鸟儿，顺着风飞啊飞，眼界一下子开阔起来，对当年的“三淘气”更是欣赏有余。年轻时的气盛，渐渐被现实磨去，现在倒是真有领导干部的模样了，能说会道，似乎无所不能。

就拿打麻将这个全民娱乐项目而言，自然是林君雄的强项之一，他打麻将的水平比喝酒的水平要高许多。一开局，林副县长就来了个清一色，自摸，大家开始恭维他麻将打得好。听了人们的夸赞，林君雄春风得意地说：“麻将打得精，说明思路清；麻将打得细，说明懂经济……”

在哈哈大笑中，有人拍马屁道：“出手有高招，说明水平高。”说话间林副县长来了一个杠上开花，这时有人赞叹：“世界上最美的花就是杠上花呀！”林副县长嘿嘿一笑，意味深长地说：“只要是花都好呀。”

然而好景不长，不一会儿林副县长就被彭礼和连捉了好几把，大把大把的票子往外流，这下子他的脸上有点儿挂不住了，咂着嘴，郁闷之情溢于言表。

又过了一会儿，林副县长边抓牌边自言自语地说：“这牌是怎么了，给我先尝个甜头就完了？”彭礼和琢磨起这番话，记得上次跟镇领导一起打麻将，一位领导也说了同样的话，结果镇办公室的张主任本来牌特别好，可他却忙将手里的牌往出过的牌里一混，说："领导，我的牌出多了，我认输，每人罚十点。"当时大家都知道张主任是故意的，所以也没说什么，几位镇领导还表扬了张主任。

想到这儿，彭礼和顺手多抓了两张麻将牌插入手里的牌中，说："哎呀，对不起，我多抓牌了，我愿意受罚。"说着，就将手中的麻将牌推倒在打出的牌中。只见林副县长满脸不高兴，对着他道："你是傻子啊！麻将几张牌都不知道，你心里到底在想什么呢？不打了！"说完，将手中的牌往桌子中间一推。

完全不能生搬硬套！原来林副县长手中的这把牌非常好，彭礼和有点儿聪明反被聪明误了。蔺乡长马上站起来打圆场，说："对不起县长，就给他一次机会，让他赔。"大家都为彭礼和捏了一把汗。谁知，林副县长却嘿嘿一笑说："那我就再给你一次机会。"于是，蔺乡长跟彭礼和开始不断"放炮"，林副县长又露出笑脸。

时不时，林副县长还用似是批评似是得意的语气说："现在知道姜还是老的辣吧？"其他人又开始恭维道："县长真不愧是全能型的领导，我们以后得好好跟您学习学习……"

彭礼和一边打牌，一边观察起林副县长来。那是一张泛青的老脸，皱纹密布，额头处尤其明显，就像一团揉皱了的卫生纸。身材臃肿，肥得流油，乍一看还以为是个贪污犯，每当他哼哼唧唧说话时，就有一种似曾相识的感觉。在哪儿见过他呢？彭礼和回忆着。

彭礼和试探地问："听县长口音跟我们差不多啊，不会就是我们这儿的人吧？"

林君雄随即一愣，嘿嘿笑道："怎么，想跟我攀亲戚呀？"

蔺乡长瞥了彭礼和一眼，赶忙说道："县长是见过大世面的人，这叫入乡随俗。"

谁知，林君雄略带挑衅地说："这里也是我的家乡啊！"话语中明显意味深长。没等彭礼和开口，蔺乡长连忙讨好："县长就是亲切没架子，这县城内外都是您的。”

“幺鸡!”林君雄重重将牌往桌一掷，看了蔺乡长一眼说：“不对啊，家乡只有一个啊。”

“县长不会就是我们这儿的人吧?”

林君雄看了彭礼和一眼，诡异一笑，算是回答。他觉得好刺激，像偷情一样。

彭礼和仍不甘心，试探地说：“第一次见到县长时就觉得面熟亲切。”

林君雄把手里的牌举在半空，停下看了一眼：“也许我们几百年前是一家吧。”蔺乡长附和说县长真幽默。

林君雄打着牌，故作不经意地问彭礼和家是哪儿的，家里有几口人。彭礼和一一作答。林君雄心里则是哈哈大笑着，心想：你小子谁不知道你？咱们可是冤家啊!

不过，此时他对彭礼和已经没有什么恨意了，人这一生，不过是跟自己和解的过程，要自我救赎，终究不可原谅的人，是自己。只有原谅了自己，才会睡得安稳。细思起来，觉得这小子倒真是个人才，居然能让几个厂都起死回生，这也是在为他这个分管经济的副县长做贡献呀。

往事历历在目，却不知从何开始。

七

“大海航行靠舵手，万物生长靠太阳。雨露滋润禾苗壮，干革命离不开毛泽东思想!”“三淘气”哼着歌一走进厕所，便看到缪敬亭和厚康正摆足架势掏着雀子。

“哥们儿等等我。”“三淘气”像拔萝卜一样，熟练地掏出了雀子。

“一二三……起起起……”随着急促的口令，三条水柱呈弧线喷出。

“嘿嘿，你的不行,”缪敬亭哈哈取笑道，“‘三淘气’还没有我射得高呀。”“我的也比三叔射得高。”厚康也笑道。“三淘气”斜了一眼左右两边的小伙伴，发现他们脖子涨红，眼珠都像鱼眼似的凸了出来。

英雄好汉看实力。眼看自己就要输给他们，一向不服输的“三淘气”大声喊道:“老子就不信你们的比我硬!”说着，夸张地将包皮往后一拉，小腹一个前挺，接着放了一个巨大的响屁，一道水柱越过了墙头。

“嘿嘿，你们输了，还是我厉害吧!”“三淘气”说着还骄傲地朗诵起来，“北国风光，千里冰封，万里雪飘。望长城内外，惟余莽莽；大河上下，顿失……”“滔滔”两个字还没说出口，女厕所那边就传来一声惊呼:“哪儿来的水啊!”随即就有女生反应过来，尖叫着:“哪个不要脸的，要流氓……”

他们仨立即骇得魂飞魄散，手忙脚乱。一跑出厕所，他们便学着江湖人物，相互抱拳，就此别过。

“‘三淘气’，你个兔崽子，快给我滚出来！看老娘今天不收拾你这个兔崽子！”字字句句像从嘴里吐出的飞镖，寒光毕现，扑向房子的主人。正在烧火做饭的吕桂芳向灶里恨恨地塞了一把柴，不祥的预感像滴入水中的墨水一样，在心中迅速扩散。

她一脸怒气，走了出来。

“‘三淘气’……”突然的四目相对，使来人的后半句骂人的话，一下子堵在了喉咙眼儿上，那哽着的神情，像深不见底的水井。

来人是西里湾的缪运英，不过，这三个字早被“不饶人”三个字所替代，因为她的嘴巴骂起人来实在太厉害，像小刀子一样。也有人私下叫她“大干部”，传说早年她睡了村里的治保主任，还吹嘘说谁也不怕，言下之意是她睡了大干部呢。

“不饶人”黑着脸，也不跟吕桂芳打招呼，双手叉着腰，眼里露出吃人的寒光，四处搜寻着并大喊：“‘三淘气’你给我出来！”吕桂芳被“不饶人”弄得云里雾里，她不知道儿子又闯了什么祸，牙顿时恨得痒痒的。

“‘不饶人’你这是要干吗？”吕桂芳带点息事宁人的意思，“‘三淘气’怎么你了？”

听到这话，“不饶人”像汽油遇到火星子，又像鞭炮被点着，一下子就炸了：“哼！还怎么了，你说还这么小就这么缺德，是不是太没家教了？”

吕桂芳立即脸一沉：“‘不饶人’你这样说话就不中听了！”

“哼！我说话不中听？你倒是问问你家‘三淘气’做了什么吧！”

“我又不能时时跟着他，哪知道他做了什么？”吕桂芳呛声道。

“不知道？你可以把他喊出来问呀！”

吕桂芳做了一个没看到孩子的表情，“不饶人”却用肯定的语气说：“是你把他藏起来了！”然后自己就去屋里寻找起来。

“‘三淘气’到底是拆了你家房呢还是抓了你家鸡呢？”

吕桂芳的话如火上浇油，令“不饶人”更加气急败坏：“这个缺德的，挨千刀的，找出来我非打死他不可。”

她的责骂令吕桂芳顿时生气了："'不饶人'你积点嘴德好不好，孩子还小，哪有你这样咒的，小心会烂嘴！"

"怎么着吕桂芳？""不饶人"从里面出来来到吕桂芳面前，"你家儿子做了坏事还不让说？"

吕桂芳也上前一步，提了提袖子："怎么着，你想怎么样？"

"我今天还就想打你！""不饶人"一伸手，瘦弱娇小的吕桂芳就一个趔趄。

"'不饶人'你给我住手！""三淘气"一声喊。声音虽是稚嫩，倒是真的尖亮。

"你个小缺德的，挨千刀的，今天我非打死你不可。""不饶人"说着就往"三淘气"面前冲去。

看到"不饶人"气急败坏要吃人的样子，机智的"三淘气"随手就抓起地上的一把铁锹。"不饶人"一愣，后退一步，亮起嗓子："来人啦……"然后又一屁股坐到地上大喊大叫，"'三淘气'打死我了！"声音尖利，简直歇斯底里。

村里的老少爷们很快就围了过来。因为"不饶人"的叫声太有号召力了，人们就喜欢看她跟人吵架撒泼，这是精神贫乏时代最好的戏目。见围观的人越来越多，"不饶人"一边在地上撒着泼，一边数落着"三淘气"，说他把尿撒到她闺女头上，这以后女孩子家没法见人了，夹桃那可是黄花大闺女呀，还说"三淘气"拿铁锹打她……

眼见为实，事实胜于雄辩。围观的人却哄笑道："'三淘气'是顽皮了点，小雀子也元气足，尿得高倒是很有可能的，要说他会打人那不太可能，毕竟才十来岁，看那一脸的蜡黄，明显营养不良，哪有力气打人呢？"

这一次，众人倒是真的说错了！别看"三淘气"瘦小，力气倒是大得很。至于"三淘气"为什么能够突然出现，是因为放学后，他深知自己闯了祸，便躲在家门前的草垛里睡起觉来。谁知还没睡一会儿，就听到"不饶人"的声音，于是他开始观察事情发展的动态。

看到“不饶人”凶狠的样子，“三淘气”追悔莫及。比什么赛，完全是没事找事，惹谁也不应该惹“不饶人”的家人啊。再说，夹桃还是他喜欢的女孩，瓜子脸，白白净净的，五官紧凑而标致。虽说他不知道那种喜欢是不是大人眼中的爱情，但他知道夹桃非常吸引他的目光。因此每次见到夹桃他浑身就热热的，尤其她鼓起的胸，令他多少次在梦中……

不过，那时候他还不知道那种无法描述的快乐是什么，直到上了初中以后，才知道自己睡觉没有尿床，那是遗精。

“三淘气”在懊悔中，静观事态的发展，还不时地舔舔皲裂的嘴唇。他见“不饶人”差点儿把他妈推倒，就在这一瞬间，还是真是杀了“不饶人”的心都有，于是那把铁锹成为吓倒“不饶人”最好的利器。

“好热闹呀！”大贵背着手，从人群中挤了进来，剜了他们一眼，说道，“你们这唱的哪一曲？”“不饶人”立即像见到救星似的，委屈地从地上爬起来说：“营长，你今天可得为我们家夹桃做主啊。”大贵立即脸一板，说：“怎么了？今天我给你做主了。”

“不饶人”腾地从地上起来，眼睛发亮，把“三淘气”撒尿撒到夹桃头上的事说了出来。大贵瞬间像被狗咬了一口，非常惊讶地“啊呀”一声，后退一步，意识到借机报复彭家的机会到了。

他带着一种破釜沉舟的劲头，嘴唇不停地颤抖着，摆出民兵营长的架势。突然他大吼一声“给我打！”便像一只竖起浑身尖刺的刺猬冲到了“三淘气”身边。

围观的人也起哄起来，有的喊“打”，有的喊“‘三淘气’快跑。”情急中，吕桂芳一声吼：“谁敢！”便像老母鸡护小鸡一样，一把将“三淘气”护在臂膀下。

“哎哟！”大贵不服气地将头伸到吕桂芳的眼前，声色俱厉道，“与天斗，其乐无穷；与地斗，其乐无穷；与人斗，其乐无穷。今天咱们就好好斗斗！”说着就冲上前去要拉“三淘气”。

吕桂芳则往后一退，指着大贵吼道："大贵你今天敢动'三淘气'一根头发，咱们就一命换一命！信不信！"

光脚的不怕穿鞋的，场面就此僵持。"不饶人"一看大贵被吕桂芳吓住了，连忙叫喊道："老少爷们儿，你们看看，'地富反坏右'做了坏事还这么猖狂，'地富反坏右'都是我们斗争的对象，我们一定不要忘记阶级斗争啊！"

"谁是'地富反坏右'了？"

"你吕桂芳就是！""不饶人"立即将她之前掌握的吕桂芳在苏州姨娘家长大的经历，添油加醋地说了出来，引起围观人一阵唏嘘。

吕桂芳对此也不否认，说："'不饶人'你个臭婆娘，你说的倒是不假，我是在姨娘家长大的，但人家不是什么'地富反坏右'，人家那叫大户人家。"

"你们听听！"大贵咂咂嘴，连忙接上话，"什么叫大户人家？大户人家不就是地主，不就是剥削我们贫下中农的剥削阶级……她说过她姨娘家冬天焐手炉子都是金子做的呢，这是什么人你们知道了吧？"

大贵上纲上线，很快占了上风，情急之下，吕桂芳眉毛一挑，瞬间变了脸："我就是吃着地主家的饭、喝着地主家的水长大的，你能把我怎么样？"

"你们瞧瞧，"大贵更加抓到了把柄说，"大家听听，她承认了。"

吕桂芳瞪着眼两手一叉腰，说："你是葫芦藤牵到黄瓜架上，乱缠！"

这话立即引起一阵哄笑，大家开始阴一句阳一句地说着，或帮衬着吕桂芳或取笑着什么。大贵哪受得了这样的还击，一脸阴云，指着天说："问苍茫大地，这世界谁主沉浮？"

吕桂芳愣了一下，掷地有声地说："当然是毛主席他老人家了！"

"吕桂芳你错了，"大贵一转身，挥手道，"毛主席他老人家哪管得了这么宽，这里就是我主沉浮！"

"那你主不了沉浮！"

他俩你一言我一语，针尖对麦芒，更加引得在场人不断发出哄笑声。大贵的面子彻底挂不住了，气血冲顶，怒气全上来了。

“本人是彭家庄大队的民兵营长，信不信我随时叫民兵把你们抓起来!”

吕桂芳见他理亏词穷，开始蛮不讲理，就更加不甘示弱了。“民兵营长算什么东西!”吕桂芳一摆手说，“我儿子还是中国人民解放军军官呢!”

真是哪壶不开提哪壶，大贵听了更加生气了，这正是他要借机报复的原因所在。这是一笔陈年旧账，虽然跟吕桂芳没有多大关系，但这笔账早就记在他的心里，是到了扬眉吐气的时候了。因为吕桂芳的大儿子彭仁爱硬是把他当兵的名额给挤掉了。

这件事当然不能怪人家，当时彭仁爱跟大贵身体体检都合格，但名额只有一个。带兵的军官觉得彭仁爱文化程度高，字也写得好，就选择了彭仁爱。但大贵却不这样想，他认为如果没有你彭仁爱，如果不是你字写得比我好、书读得比我多，我不就顺理成章地当兵了?

混账的思维一旦占了上风，仇恨的种子便野蛮生长。“来人啦!”大贵脖子上青筋突起，指着他的小兄弟民兵班长李武说，“集合队伍把这对母子给我抓起来!”

“谁敢!”吕桂芳一挥手，“大贵你就是屁股上插芦花——假充大公鸡，咱也不怕!”

正在这时，人群中突然传出一声尖叫：“你们闹什么闹啊!”人们看到夹桃从人群中挤了出来。一时间，大家都愣住了。正当大家愣神时，夹桃又一跺脚吼道：“乡里乡亲的也不怕人笑话!”

“不饶人”觑了闺女一眼，掩饰不住一脸的挫败感，到嘴边的话又滑进肚里，随即又从肚里不服气地跑了出来，边哭边骂：“‘三淘气’，你个王八蛋……”一边抹着泪，一边低着头往人群中钻去。此时，哭泣和骂人仿佛成了她正在塌陷的生命之墙最底下的那层地基，她必须抓住，否则面子往哪儿搁?

"你……"大贵失望地挥着手，"'不饶人'你怎么走了啊?"在场的人又是哄堂大笑。对此，有人说大贵是狗拿耗子多管闲事；有人说大贵身为民兵营长，应该保卫人民群众，保证安定团结，怎么搞起分裂了；还有人说大贵是用无产阶级要流氓的人……

四面楚歌中，大贵狠狠吁了一口气，仿佛要把积在心头的污秽释放出来。他心想，老子就不信治不了你！他立即又颐指气使地对李武说："把他们给我押往大队部，等调查清楚再处理。"语气里已经听不出丝毫的沮丧。

"慢着!"还没有等李武动手，吕桂芳以她的聪慧，现学现卖，上纲上线说，"大贵，毛主席教导我们，没有调查就没有发言权，你在证据不确定的情况下，胆敢像对待阶级敌人一样对待军人的家属，毛主席他老人家知道了都饶不了你!"

大贵怔了一下，一时间畏缩、强势、不甘、犹豫全写在脸上，表情更加狰狞了，于是他瞪大眼睛说："你家仁爱怎么可能见到毛主席，毛主席他日理万机，才没工夫见你那……"

"那什么?"吕桂芳见大贵不敢往下说，便灵机一动说，"我家仁爱是毛主席的好战士，他老人家还给仁爱戴过大红花，和他一起照过相呢。"

"你说的是真的?"

吕桂芳看大贵被吓住了，头一扬说："信不信由你!"说着就护着"三淘气"往里屋走。

众人听到吕桂芳的大儿子仁爱见过毛主席，毛主席还给他戴过大红花跟他照过相，真是既羡慕又嫉妒。立即就有人看起大贵的笑话来，说大贵这是吃了豹子胆了敢动军人家属。有的说大贵把军属当敌人，这下娄子捅大了。还有人唯恐天下不乱，怂恿大贵说："别怕，抓流氓和抓特务也是你民兵营长的职责，只要证据确凿，军属家人也能抓，人家王子犯法，还与庶民同罪呢。"

大家七嘴八舌，大贵头大地挠了挠脑袋，眯眼望了望乱糟糟的现场，又底气十足地对着里屋说：“吕桂芳，今天先放过你们，等我调查清楚了，再来抓你们也不迟！”

人们发出了阵阵失望的叹息。

见大家很不心甘的样子，大贵很生气地说：“大家散了，散了啊，下次抓人我提前通知你们来观看。”谁知有几个调皮的家伙说：“算了吧大贵，你们一笔写不出两个姓，本是同根生，相煎何太急啊？”大贵尴尬一笑，又哼了一声，说：“同一个姓同一个家族又能怎么样？谁要胆敢在伟大领袖毛主席的领导下耍流氓，谁就是我们大家共同的敌人。”这话又引来人们一阵笑声。

见此，大贵开始就坡下驴：“等着看我以后怎么收拾你！”人们一脸失望地看着大贵离去，意犹未尽，就像看了一场没有结尾的电影。

夹桃气喘吁吁站在门口的栅栏旁，夕阳照在她那两条黑色长辫上，金光闪闪，微风拂起白色乔其纱裙子的下摆，露出修长光洁的小腿，绯红色脸蛋上沁着细密的汗珠，眼睛愤怒地盯着人群里的母亲，头稍偏着，扬着下颌，红领巾散落到起伏的胸脯上，几缕飘逸的长发随风起舞，拨动人的心弦。

彭家旺从地里一进村子，嘴巴快的人就连忙凑上前去添油加醋地说：“你们家出大事了！‘三淘气’耍流氓，民兵营长要抓他去大队部审问，村里好多人在看你们家的笑话。”老实巴交的彭家旺一听，立即火气往上蹿，一边走还一边骂：“这个讨债的，怎么能做出如此伤天害理的事，这不是把咱彭家的脸面丢光了！”

等彭家旺气急败坏地冲进家门，家里却是一片祥和，厨房里透出烧火做饭的烟气。彭家旺不知道发生了什么事，便大声叫着妻子吕桂芳的名字，正在洗菜的吕桂芳自然听出丈夫声音里的异样，思考片刻后，从厨房走出来先声夺人地责怪道：“今天这是怎么了，叫什么魂！”

一看妻子一脸平静，像什么也没发生，彭家旺张张嘴疑惑地问：“不是说……”

“不是说什么？”吕桂芳故意反问。

"'三淘气'那个讨债的呢?"

"听话着呢，在做作业!"

彭家旺知道她又在护犊子，便将肩膀上的农具往地上重重一丢，径直走向里屋。感觉大事不妙的吕桂芳顾不上锅里炒的菜，连忙跟了进去，可还是晚了一步。彭家旺像抓一只大兔子一样将"三淘气"抓起来往地上重重一丢，责问道:"胆子大了，敢要流氓了!说，怎么回事?"

看到儿子缩成一团蹲在地上流着泪，吕桂芳大吼:"彭家旺你要干吗?怎么不分青红皂白就打孩子!"说着就要上前去拉起地上的"三淘气"。

结果，彭家旺一把揪住"三淘气"说:"今天非打死他不可!"

吕桂芳当然知道丈夫的脾气，他对孩子们下手实在太重了。每一次打孩子都像是对自己痛苦人生的宣泄一样。有一次彭家旺打大儿子仁爱时，她气急了离家达半年之久。如果不是因为太想念儿子了，她是不会从苏州姨娘家回来的。不过，这一次的离家令丈夫的脾气改变了许多。但谁知他的暴躁脾气今天又犯了。

"彭家旺!"

彭家旺被她的声音吓得一愣，吕桂芳用力抱着他的胳膊无比愤怒地说:"如果你再打孩子，我就死给你看!"

威胁无效!他哪能就此罢休?在他的思想里，他是一家之主，至高无上，打自己的孩子那是天经地义的事。他抬眼看了看她，又扭头看了看"三淘气"，接着攒足力气吼道:"松开!"两眼充满了红红的血丝。

"那你先打死我吧!"

彭家旺心里犹豫了一下，然后用力甩开了"三淘气"，气哼哼地走了出去。他开始生吕桂芳的气，嘴里面念念有词:"我这辈子怎么这么倒霉，怎么养了这么个东西……"

其实，彭家旺打"三淘气"只是个借口，是为了发泄心里多年来的憋屈和郁闷。他彭家旺不听家人、朋友们的劝阻，竟与在资产阶级家中长大的小姐结婚，在那个年代，他需要多大的勇气才能迈出这一步?

换句话说，他是多么腐朽又不可教化？简直就是榆木疙瘩脑袋！他可是毛主席领导下的贫下中农啊！

一晃好多年过去了，时间非但不能冲淡他心中的怨恨和后悔，相反，这些正随着时间的推移日益膨胀起来。“等着我回来再找你们算账！”“你们”是他挽回自己面子的最好措辞。人一旦有了委屈，便与全世界为敌。

夜色正拉开帷幕。吕桂芳流着泪水抚摸着儿子的头，检查着他身体有没有摔坏。泪水顺着吕桂芳的脸颊流下，一滴一滴落在“三淘气”脸上，流进他嘴里，涩中有甜，“三淘气”就像小时候躺在妈妈怀里吸吮母汁一样满足。此时，他也十分悔恨，轻轻唤了一声“妈妈”，并将吕桂芳的腰抱得紧紧的。

“儿子，放心，有妈在！”

“是我不乖，以后再也不给你惹事了。”

吕桂芳蹲下身将儿子抱得更紧。

母爱，是看不见的钢铁长城！

八

大贵誓不罢休地冲到了夹桃家里，一副大胆猜测小心求证的模样。夹桃见此，吓得连连后退。越是这样，大贵越觉得异样，越想弄个明白。

大概是因为害羞或是其他原因，夹桃很不配合大贵的询问，要么不说话，要么说不想提这事了。“不饶人”为此急得团团转，拧着她的耳朵说：“你这个傻闺女啊，都被人家耍流氓了还不知道好好说话，怎么就养了你这么个不争气的东西。”

夹桃一跺脚，生气地想走开，大贵连忙拉着她，语重心长地说：“‘三淘气’这样做肯定是耍流氓不假，用老人的话说，男女授受不亲啊！”夹桃一甩手，不明其意，瞥了大贵一眼。大贵便把木椅往夹桃面前挪了一下。

像羊见了狼一样，夹桃随即将木椅往后移了一下。大贵有些气馁地说：“夹桃你看，‘三淘气’把尿都撒到你头上了，你们之间就有了说不清的关系。”夹桃不由得皱了皱眉头。大贵以为夹桃听了进去，便停止了啰唆。不过，夹桃心里却是欢喜的，因为少年的“三淘气”早已经是她心中的白马王子。虽然他们在同一个班上没有说过几句话，但平时体育课时她最愿意跟他在一个组，总是喜欢远远地看着他跟别的同学们疯。“三淘气”那顽皮的性格虽然在大人眼中那叫一个讨厌，但在她这儿，是一种说不出的喜欢，就像喜欢小人书中英雄的化身马本斋一样，让人忍不住去想。

见夹桃还是不语，大贵从和蔼的劝说变为情绪激动的呵斥：“‘三淘气’的行为，往小了说是不道德，往大了说那是耍流氓，是犯罪啊！如果我们不及时制止他，发展下去他很有可能成为强奸犯、人民的公害，所以我们必须挽救他。”

大贵说到这儿，夹桃眼睛突然一亮，小嘴巴动了下，似乎想说什么又忍住了。大贵仿佛看到了希望继续说：“我们必须制止‘三淘气’几个人的流氓行为，把他们送进劳教所改造，让他们重新做人，回报社会。”

正是这几句话，彻底打消了夹桃想说话的念头。因为她多少是知道劳教所的，只有犯罪的人才会去那种地方。大贵说完，只见夹桃眼睛失望地一闭，摆出一副你想怎么样随便你的样子，便不再看他了。见此，“不饶人”连忙推了推夹桃说：“你这孩子快说话呀。”“没什么可说的！”夹桃眼睛一瞪，站起来跑了。

大贵痛心疾首，知道此路不通，长吁一口气，一个甩手，恶狠狠地瞪了“不饶人”一眼，暗自决定去找另外两个“肇事者”。

当大贵找到厚康问他那天是不是参与共同“作案”时，厚康脸一沉，摆出一副死活不认账的架势。他之所以不认账，主要是因为怕遭到父亲的暴打，再说“三淘气”是他心中的三哥，不能随便说。

此路不通，大贵又找到厚康的父亲，厚康极其聪明地来了个先下手为强，假装冤枉吓得哭了起来，父亲见儿子如此委屈，很不客气地对大贵说：“你身为民兵营长，不要胡乱把脏水往我们老实本分的孩子身上泼，你这样做只会败坏我儿子的名声，他跳到南港河也洗不清，将来长大了怎么做人？”说到激动处，直接把大贵往外推，让他以后不要再来了。

大贵既失望又气恼。他知道他们不会那么乖顺地按照他的意思来，但受到打击的大贵并不就此罢休，又不太敢往下查，这个缪敬亭他有点儿惹不起，但一想到被吕桂芳羞辱，还有被大家笑话，大贵最终还是决定冒一次险。

这次他吸取前面的教训，决定秘密调查，心想怎么着也能够搞定一个学生吧。于是大贵守在缪敬亭放学的路上，把他给截住了。缪敬亭当然知道大贵想干什么。缪敬亭跟“三淘气”是好哥们儿，更重要的是，他爸还是大队的书记。有了这个护身符，他平时的底气也就比一般人足。

还没等大贵开口，缪敬亭先他一步问：“大贵你想干吗?”这样的称呼令大贵心里很不是滋味。在大队里，在那方圆十里的地方，敢直呼他名字的没有几个人。而且缪敬亭的口气跟他爸完全一样，大贵心里那个恨呀，恨得直咬牙，脸上却不能显示出来。

缪敬亭人小鬼大，但大贵办法更多。大贵转变了一下思路说：“听说你尿撒得老高，要不我们比试一下?”

缪敬亭扑哧一笑，学着大人的样子说：“你那把老枪怕是没用了。”

“小……家伙口气不小。”他本来想说“小崽子”的。

“怎么比?”缪敬亭说着就要掏出家伙，“比输了你请我吃黄桥烧饼好吧?”

“你们是不是经常在学校厕所里比赛?”

缪敬亭知道他在套话，假装不明白，笑了笑问：“比什么?”

“当然是撒尿啊!”

“那有什么好比的。”说着就绕开大贵往回走。一时间，大贵气得火直往上蹿但又无法发泄，好像一拳打在了棉花上，无处使力。

情急之下，大贵只好微笑着诱导：“男子汉大丈夫，敢做敢当才对是吧?”

缪敬亭一扭头说：“我有什么不敢当的?”

“那你说说你们那天把尿撒人家女孩头上是怎么一回事?”

“大贵，你别血口喷人啊!”缪敬亭说完又补了一句，“小心回家我告诉我爸你冤枉我。”

简直是狗仗人势，简直是拉虎皮做大旗。大贵为此非常生气，不过只是闷在心里。他心想，你个兔崽子，等着瞧，老子早晚得把你们父子俩全给收拾了。你老子平时待我不像个人也就算了，你个小流氓凭什么也敢欺负我？于是，他很不服气地说："这是新中国，是新生的人民政权，只要是耍流氓，无论是谁，权力有多大，都会受到处罚！"

正当缪敬亭再想反驳时，丁零一声响，缪大虎骑着自行车威风凛凛地冲了过来。大贵惊愕得半张着嘴，连忙弓着腰，赔着灿烂笑脸，迎了上去。

缪大虎心里虽然藏着疑云，但并没有打算下车，反倒是缪敬亭迎了上去，缪大虎一伸手把他拦了下来。"干吗呢，小兔崽子？"

"这个……"缪敬亭犹豫了一下说，"你得问大贵呀！"

缪大虎愣愣地看了大贵一眼，然后把目光移到儿子身上，责怪道："这孩子怎么这么没礼貌！"

大贵连忙转移话题："书记你这是要去哪儿？"

"去喝酒！"缪大虎跨在自行车上说，"公社又来了几个人。"说完又突然想起什么问："你真去彭家旺家抓人了？"

大贵一看他板着一张风雨不透的脸，就知道有人告状了，心下一惊，便支支吾吾把那天发生的事情说了出来。他说的时候，脸上的表情是严肃的、正义的，是势在必行的，好像在说自己多么明察秋毫，事情多么严重。

缪大虎笑了笑问："就为这个你去人家家抓人？"

这话听着像责怪，可仔细一想，却好像就是在责怪，大贵当然知道他在责怪是谁给自己的权力去抓人，于是他为自己辩解说："书记你不知道，别看那帮兔崽子年纪小，个个人小鬼大，再这样下去，可不止耍流氓，会成为强奸犯，会破坏咱们这里的安定团结啊！"

一听平时没正经的大贵开始"上纲上线"，对不关他的事却要实行无产阶级专政，赶着去喝酒的缪大虎从车上下来，像从来都不认识大贵一样，上上下下认真地看了他一遍，用质疑的语气说："真有这么严重？咱们这里怎么会出现强奸犯！"

大贵一听缪大虎的话，连忙掌了自己一嘴巴说："瞧我这张嘴，嘿嘿。"

“你都上了人家‘不饶人’的床了是不是也算耍流氓?”

一瞬间，大贵的脸红到了脖子根。看到大贵尴尬的样子，缪敬亭立即学着缪大虎的口吻说：“大贵呀大贵，你都干了这种事了还说别人耍流氓，你才是老流氓啊!”

“不要瞎说!”缪大虎脸一沉吼道：“你个兔崽子!”说着还做出举手打人的样子。

缪敬亭也不惧父亲，讪讪一笑说：“不都是你刚才说的?”

“我那是瞎说，大人说话小孩子别听。”

这时大贵连忙辩解说：“书记听到的那些都是别人瞎说的，你说我身为民兵营长，是保卫人民群众的，怎么会欺负人民群众呢，是吧?”

“军民团结一家亲嘛。”缪大虎说着又拍拍大贵的肩膀说，“‘不饶人’就是嘴巴差点，人倒是长得不错，对吧?”说完，以一种既羡慕又嫉妒的眼神看了他一眼，推着自行车就要走。结果缪敬亭说了句：“爸，大贵说我耍流氓!”缪大虎一下子怔住了，回头指了指儿子，接着又拍了拍胸，意思是他的儿子怎么可能耍流氓。

大贵厚厚的嘴唇动了一下，被噎得说不出话来。缪敬亭是想阻止大贵继续调查。“三淘气”不仅是他心中的三哥，还是他心中的英雄呢，因为“三淘气”凡事总是冲锋到最前面。再说那天他也参与了，调查下去必然调查到他的头上，虽然大贵不能把他怎么样，毕竟传出去坏了名声。

僵持了几秒，大贵连忙双手抱拳做出求饶状说：“书记我真没有说他耍流氓，我只想问一下敬亭那天有没有看到是谁在厕所耍流氓。”缪敬亭看到大贵一脸的奴才样儿，非常得意地冲着他挤眼，有些幸灾乐祸。

“兔崽子你看到没有?”缪大虎没好气地指了指儿子，“看到赶紧告诉大贵，咱们绝不能放过一个坏人，也不能冤枉一个好人。”

缪敬亭头一摆，说：“我什么也没有看到!”又冲大贵做了一个鬼脸。

然而大贵错误地领会了缪大虎的意思，献媚地说请书记放心，绝对不会放过一个坏人，也不会冤枉一个好人。于是缪大虎跨上自行车，扔下一句话："绝对不能冤枉好人啊。"大贵坚定了继续调查下去的信心。

大贵之所以这样做，不仅仅是为了讨好"不饶人"，还有他心中不可告人的目的。当然，"不饶人"这个婆娘他真的太喜欢了。自从他当上民兵营长跟"不饶人"好上以后，像是喝了迷魂汤一样，那是一种无法言表的感觉。"不饶人"的风骚，"不饶人"人的身体……总之"不饶人"带给了他从未有过的快乐。

一想到"不饶人"，大贵瞬间有了成就感。"不饶人"可是当地曾经的一枝花啊！五官长得像明星，脸上更是白里透红，一笑倾倒人，尤其胸前那对大兔子，走起路来跟真的兔子一样，一跳一跳的。多少人做梦都想得到她。

想她的人多了，"不饶人"开始水涨船高，身价也随行就市起来了。大贵作为众多觊觎者之一，也曾受到过"不饶人"的冷落。正当他要死心不再想她时，机会来了，他当上了民兵营长。于是大贵那凹陷的眼睛开始射出饿狼一样的光亮，而此时，"不饶人"开始对他有了笑脸。

大贵枯死的心又复活了。后来他俩总眉来眼去的，在一个风和日丽的日子，大贵把"不饶人"按倒在了草地里。

从此大贵明白一个道理：有些女人是喜欢权势的。因此他做梦都想坐上缪大虎的位子，可是人家缪大虎根深叶茂，这棵大树搬不动，他就想着从小缪身上打开缺口！

九

儿子要流氓的事件，被一向老实善良的彭家旺定性为彭家的重大耻辱事件。打他记事起，他们家族在当地就是出了名的家风好，这家风怎么能毁在他的手上？当然，他也知道“三淘气”的顽皮是出了名的，但怎么也没想到他会做出如此有辱门风之事。

听爷爷说过，他们彭家的祖宗那可是大彭国的国君呀！尿是什么？跟屎一样，都是污秽之物啊！人家夹桃还是黄花闺女，干净得跟一张白纸一样，这叫人家以后怎么嫁人？万一人家以后嫁得不好，日子过得不好，岂不是要让人怪罪一辈子？

彭家旺越想越觉得事态严重，越想越觉得他们家负不起这个责任。因此，他决定买些东西到“不饶人”家去赔个不是，以争取人家的谅解，再说他也是个讲究礼制的人。

然而行动起来时，才发现口袋里连一分钱都没有。思来想去，他把眼睛瞄向了鸡窝，脸上顿时露出了笑容。他看到家里的那只大黄鸡正在里面下蛋呢。他后退几步坐在门口的台阶上，随手从身边的柴火垛里的棉柴上扯下几片叶子一卷，一根纯粹土产的烟就成型了，点着后猛吸一口，接着便是掏心掏肺的咳嗽声，那只大黄鸡被声音惊醒，从鸡窝跑了出来。

“起来了正好。”彭家旺自言自语地说着。上前一看，他顿时心里凉了半截儿，鸡窝里面空空如也。“这是咋的了？大白天的撞见鬼了不是，蛋呢？”他一转身看到家里那只平时叫得最响亮的大黄鸡正直直地看着他。

“看什么看，老子宰了你!”彭家旺瞪着眼睛吼道，突然就又有了主意。他猫着腰一步一步向大黄鸡逼近。大黄鸡好像知道他的目的一样，来了个“你进我退，你退我进，你不动我也不动”。

眼见逮不住那只大黄鸡，彭家旺万分心痛地调整了策略。不过在实施前，他犹豫再三，最终咬咬牙，才从已经见底的米缸内收集起一小撮米来。

要知道，这几十粒米可是一大家人放在菜粥里的精华啊，他舍不得拿出来，又做了好一番思想斗争后，彭家旺才来到大黄鸡不远处，唤了几声，将米粒掷了出去。可是大黄鸡错误地理解成他要打它，便扇起翅膀一跳一蹦闪开了。舍不得米，逮不住鸡！彭家旺决定加大投放量，随手从身边抓起一只筐子，将手里的米由远及近投了出去。这下计谋开始奏效，大黄鸡在诱惑中把持不住了，一步一步向彭家旺投米的地方走去。不过，大黄鸡十分谨慎，走一步，停一会儿，看一会儿。又趁主人眨眼的瞬间，快速上前啄一粒米，然后快速退回原地。

大黄鸡这样几次反复，把彭家旺弄得恼怒至极。他嘴里不停地骂着大黄鸡：“怎么比日本鬼子还要狡猾，日本鬼子就是再狡猾不还是被中国人民打败了。我看你就是韩德勤。韩德勤又怎么样？你韩德勤的 89 军一万多人不还是被我新四军打败了！”

虽然嘴上这样说着，可还是制服不了大黄鸡，他头上都急得冒出了细密的汗珠。眼看地上的米粒将要被大黄鸡一粒一粒地蚕食掉，彭家旺决定孤注一掷，他愤恨地丢下手中的筐子，又随手捡起一根扁担，接着趁大黄鸡再次上前吃米时偷袭，并大叫一声：“老子今天就要打死你个韩德勤！”

“彭家旺你发什么疯!”突然传来一声尖叫，急促而锐利。吕桂芳突然出现了。彭家旺的扁担在地面上削出一个大坑，大黄鸡也猛地飞了起来，地上随即发出“啪”的一声。

等彭家旺回过神来，发现“啪”在地上的是一枚鸡蛋。吕桂芳也发现了，她真的恼怒了，是前所未有的恼怒。她冲上前就撕扯着丈夫说："你在家发什么疯，拿鸡出气，你知道全家就靠这只大黄鸡下的蛋换一家人的油盐，'三淘气'你摔也摔了，骂也骂了，就算他是耍流氓也不至于你这样发疯啊！"

"够了没有！"彭家旺一挥手挣脱她的撕扯，怒道，"俗话说三岁看大，七岁看老。你看'三淘气'从小就一直顽皮，长大了准没个好！"

"谁说的？"吕桂芳反驳道，"人家还说了从小顽皮的孩子都聪明，长大了成大事！"

"我说不过你！"

"那你说说干吗拿咱家大黄鸡出气？"吕桂芳依然生气道，"告诉你彭家旺，今天要是把咱家大黄鸡打出三长两短了，咱们就离婚！"

"离婚就离婚，把你那五个讨债的全部带走！"

这话令吕桂芳更加生气了："彭家旺，那五个讨债的是谁的种啊？自古以来，打虎靠的是亲兄弟，上阵靠的是父子兵，他们将来长大了可都是你的部队啊！你怎么能够舍得！"

"我不想听你胡搅蛮缠讲什么大道理。"

"难道不是吗？"

彭家旺气得跳脚，说："晚上我要好好收拾收拾这几个讨债的。"

"你敢！"吕桂芳凌厉地回道。

彭家旺气馁地看了吕桂芳一眼，然后眼睛一闭，算是妥协了。见丈夫蔫了、十足地妥协了，吕桂芳心中倒是陡生出几分歉疚来，孩子毕竟是闯祸了。设身处地想，如果"三淘气"真的把尿撒在人家女孩子头上，倒是真有些晦气。这个她有责任，平时也的确对孩子们太宠爱了。舍不得吃，舍不得穿，累死累活也舍不得打他们一巴掌，怕也是真的是让孩子们忘了形了。

想到这些，她主动妥协地上前拉着丈夫的手，轻声细语地说："家旺，这件事吧，我昨天晚上也想了半夜，咱们老彭家门庭是敞亮的，人也是明事理的，你看咱们是不是去看看人家孩子，赔个不是，大家和解好不好？"

此话正合彭家旺的心意。于是他原本垮着的脸恢复一些，并看着吕桂芳动了动嘴唇。吕桂芳便征询道：“你觉得这样做怎么样?”彭家旺眼里涌出感激的光，嘴唇用力动了一下说：“我刚才就是想把咱们家大黄鸡抓去，赔不是的。”

话一出口，吕桂芳便不轻不重地一巴掌打了过去。“你昏头了，彭家旺?”吕桂芳恨铁不成钢指着他，“你不知道全家油盐就指望着这只大黄鸡啊!”

“那你说怎么办?”彭家旺一脸疑问。

瞥了他一眼，吕桂芳便在怀里摸索起来。彭家旺也不知道她在干什么，疑惑地看着她。“给，刚才我在地里捡了一窝鹌鹑蛋，送去跟人家好好赔个不是吧。”

“我不去!”彭家旺退后一步，“我可丢不起这个人!”

吕桂芳本想骂他，可一想觉得也是，便垂下眼睛不说话，却又突然不由自主地抿嘴笑起来。也是，一个大老爷们儿怎么好去跟人家孤儿寡母说那种事。“好吧，我去，一会儿孩子们放学回来了不要打他们啊。”说着，吕桂芳捋了一下头发，就将十多个鹌鹑蛋用一块旧布一包，往外走去。

彭家旺这才露出几分释然。他又从柴火垛上扯了几片棉花叶，卷了起来，一边卷一边想着怎么给这帮讨债的一个下马威。他彭家不能再出这样的事了。几代人生活在这南港河畔，方圆几十里的，还没人说过他老彭家的闲话。他丢不起这个人，要是败坏了门风，孩子们以后连媳妇也娶不到。

思绪如抽丝，抽呀抽，总也抽不完。正在这时，五岁的闺女秀凤从外面走了回来。看着秀凤一身尘土，鼻涕还糊在脸上，彭家旺想生气又忍住了。虽说丫头是“赔钱的货”，但因为她前面是五个男孩，他多少对秀凤有些另眼相待，平时似乎更喜欢她一些。

秀凤不知道爸爸彭家旺此时的心情，依然像平时一样，看到爸爸坐在那儿在抽烟，喊了一声“爸”就跑了过去，并习惯地爬上彭家旺的肩膀上拨弄着他的头发。彭家旺终归是没能忍住，说：“去去去，去村口等你几个哥回来，我有事。”

如果在平时，他会转身抱一抱她。秀凤虽小，但还是多少能听出爸爸的语气的。她愣了一下，看了爸爸一眼，往外跑去。秀凤还没跑出几步，上高中的彭家二儿子忠一突然走了进来。

“你今天怎么来了？”彭家旺没好气地问，因为忠一过继给村里一个亲戚当儿子了，平时很少回来。忠一不知道家里发生的事，便随口说：“今天下午学校没课，就回来看一下你们，妈呢？”说着要往里屋走。

“你站住！”忠一回过头，转身来到彭家旺身边。彭家旺也不说话，父子俩就僵在那儿。这时，彭家旺最不想看到的“三淘气”也回来了，后面还跟着老四睿智、老五诚信。

“你们哥几个这是约好的啊？”彭家旺皱着眉站起来，“正好，你们给我站好了。”说完他却一转身走向里屋。兄弟几个面面相觑。他们从父亲彭家旺的脸上明白了暴风雨即将到来。他们太了解这个父亲了，平时话虽不多，打起人来那可是……轻则屁股上挨鞋板，重则头上吃“五指麻花”，鼓起几个大包那是常事。

这个中的滋味只有“三淘气”领教最多，所以“三淘气”更是吓得瑟瑟发抖，低下了头，在他的影响下，睿智、诚信也低下了头。他俩知道，“三淘气”的事还没有完，他免不了一顿毒打，甚至还会殃及他们。唯有忠一跟尚不知事的秀凤，当什么也没有发生，一脸淡然。

不一会儿，彭家旺就从里屋板着脸，走了出来，不过，手里多了一个发黄的小本子，他们几个彻底蒙了，不知道父亲要干什么，他们以为父亲不是去拿鞋子就是去拿棒槌。

他们还没反应过来，便听到彭家旺怒吼一声“都给我跪下！”声音异常响亮。他们不由一惊，吓得一哆嗦，纷纷跪了下去。

他们知道这是要挨鞋板了。鞋板，是父亲常用的“兵器”，以打屁股为主，打脸为辅。不过，大家总算还是松了一口气，挨鞋板总比挨棒槌轻松得多。

大家吓得低着头等待暴风雨的来临，有的猜想着一人会挨几下打，有的猜想着父亲下手会有多重，还有的眼睛一闭、心一横，反正是砧板上的肉，随他去吧。结果几分钟过去了，父亲彭家旺只是重重地咳嗽了一声，然后把一口浓痰吐在地上。他严厉地问道："知道今天为什么让你们跪下吗?"没有人敢应答，更没人敢抬头。

彭家旺觉得自己很威风，当然也很无趣，毕竟都是自己年纪尚小的孩子。于是他在孩子们面前来回走了几步，像皇帝教训臣子一样吼道："'三淘气'的事想必你们也都知道了，丢人啊！丢我这张老脸啊!"说完还用力跺了一下脚，又从老彭家世世代代与邻居和睦相处，从来不偷不抢，说到"三淘气"身上。

"三淘气"却开起了小差，心想谁信你的话呢！谁说我们世世代代不抢的，你以前还跟我们讲过咱三爷爷当过土匪挖过自家祖坟，说不定我的匪气还是继承你们的。想到这儿他突然咧着嘴想笑，却被父亲突然停止的话语给吓住了。他以为父亲发现他在走神，连忙把头压得更低。

十

骂声如疾风骤雨，但骂来骂去都是些恨铁不成钢和丢尽脸面的话。孩子们低着头一声不吭，彭家旺说得自己也觉得无趣，然后又重重地咳嗽一声，将一口浓痰吐在地上，突然用大得吓人的声音说：“忠一你出来！”

大家这才担惊受怕地抬起头，张口结舌地看着眼前的父亲，感到既熟悉又陌生。彭忠一愣了几秒，连忙站了起来。

“你过来。”彭忠一不知道父亲要干什么。心想，我又没把尿撒到人家女孩身上，找我干吗呢？

“忠一，你领着他们读家训一个时辰。”彭家旺递给忠一一本发黄了的《彭氏家谱》。

几个人这才暗暗地松了一口气。而此时彭忠一心中有些欢喜，他觉得正是因为自己有文化，父亲才会让他带领其他人读家谱，顿时生出几分自豪感，还带着点儿幸灾乐祸的表情读了起来——

第一条，严于自律，长辈带头。

第二条，见贤思齐，苦学明理。

第三条，孝老抚幼，勤劳朴素。

第四条，禁赌戒色，积善积德。

第五条，惩恶扶弱，仗义执言。

第六条，仁爱慈悲，睦邻团结。

第七条，健体创业，激情以恒。

第八条，踏实肯干，诚实守信。

第九条，忠勇担当，位卑护国。

第十条，奉公守法，忠于国家。

……

声音清朗而响亮，一声声传出破败的庭院。孩子们没想到父亲平时不显山不露水的，内心却藏着这么大气的东西。

听着那朗朗的声音，此时，彭家旺的脸上才露出几分为人父的得意，毕竟大儿子仁爱也是读书之人，上了高中还去参军当了军官；二儿子忠一吧，学习也不错，也上了高中；至于“三淘气”礼和吧，顽皮是顽皮，学习倒也不错……

这么一想，彭家旺的心里就豁亮起来。然而，正当他高兴之时，外边的大门“吱呀”一声被踢开了，门随着惯性撞在墙上发出“砰”的一声，把几个孩子吓了一跳，诵读声戛然而止。

“彭家旺你又在发什么疯?”

一看妻子吕桂芳气咻咻的样子，彭家旺就知道她是被人家打了脸，而且打得不轻。他不由自主地笑了，不过是藏在心里。当着孩子们的面他是不可能笑出来的，绝对不可能，那多失尊严！于是他用不温不火的语气说：“去里屋说。”

“你怎么又在折磨我的孩子?”受了一肚子气的吕桂芳一边跺脚责怪彭家旺一边往里屋走。

“这怎么叫折磨你的孩子?”彭家旺反问，“难道不是我的孩子?”说完他又补充说：“我这是在教育孩子，让他们读家训。”

“家训?”

他点点头：“这是我们家传家宝，你不知道了吧?”

吕桂芳有些莫名其妙，指责道：“那也不能跪在地上啊，孩子们都是嫩肉嫩骨头的，跪坏了身体怎么办?”

见妻子不领情，还挑他的毛病，彭家旺原本欣喜的脸垮了下来，说："哪有那么娇贵。"吕桂芳则是眉毛一横不说话看着他。"怎么了，'不饶人'给你吃屁股了吧？"

"哼！什么东西，一个破鞋，居然说我们家'三淘气'是小流氓，说要到派出所去告状，还说要让他去坐牢。"说到这儿吕桂芳停顿一下，更加生气了："谁是小流氓了？她才是大流氓！不守妇道！谁看到我们家'三淘气'要流氓了？谁看到了！"

"你跟我吼什么啊？"彭家旺顶了她一句。

"还不都是因为你我才去受这么大的气！"彭家旺这才知道"不饶人"真不是那么好惹的，也不是他想的那样抓只鸡去跟人家道歉就会罢休的。

一想到"不饶人"要去派出所告状，彭家旺的气就不打一处来，气呼呼地就要往外走。

"你回来！"吕桂芳大声说道。彭家旺回过头，黑着脸看了妻子一眼。吕桂芳又问："你要干吗去？"

"我……"彭家旺一挥手说，"我去把那个小畜生打死算了。"

"彭家旺你敢！"

"那你说怎么办啊？"彭家旺跺着脚烦躁道。

"把忠一叫进来，让他给老大仁爱写信，让他快马加鞭赶紧回来，就说有人要陷害革命家属……"

"快去呀，还傻愣在那儿干吗？"彭家旺似有所悟，冲着外面喊了一嗓子，彭忠一便飞快地跑进了屋。

"什么……什么事？"于是吕桂芳开始细细道来……

十一

月亮在白莲花般的云朵里穿行，晚风吹来一阵阵欢乐的鸟儿叫声。厚康、缪敬亭、“三淘气”三个死党坐在高高的麦草堆上，还在有说有笑地说着今天比赛谁尿得高的事情。

仨小伙伴之所以这么快就又碰到一起，主要是因为“三淘气”有些疑惑，他太想知道到底是谁把尿尿到夹桃头上的。一来他不想背黑锅，他预感到这事还没完，说不定弄清楚以后就有对策了。今天，若不是他妈出手阻止得快，他受一顿皮肉之苦在所难免。这二来吧，他对夹桃也有着说不清的感情。反正每次见到她时，总是害怕与她的眼神对视，甚至有时候会脸红。他不知道那是一种什么样的感觉，反正夹桃在他眼中，跟别的女生不一样，就是不一样。

“你们说今天是谁尿到夹桃头上的?”“三淘气”试探地问。

“当然是我呀,”缪敬亭的屁股在麦草堆上扭动了一下，“你们的都不行!”

厚康连忙不服气道：“怎么可能呢！肯定是我，雀子是我先掏出来的，尿也是我先射出去的。”

“穷嘴!”缪敬亭立即推了他一把说，“那你怎么知道就是你尿到夹桃头上的?”

厚康一怔，便嘿嘿一笑问：“是呀，那你知道当时夹桃在厕所哪个坑?”缪敬亭被问得一时语塞，怔了几秒，又不服气道：“那也不能因为你先尿就说是你尿到夹桃头上的吧，你肯定是尿在了那个‘保温桶’的身上，不然她怎么叫得那么响亮?”

“才不是!”厚康双手一伸就掐住缪敬亭的脖子说，“我的尿就那么背时不长眼睛呀!”缪敬亭嘴中的“保温桶”叫李胜男。大概她爸一直想生个男孩，将来可以让他干干重活儿吧，可没想到她这个老五依然还是丫头。不过，这李胜男倒是满足了她爸干重活儿的愿望，皮肤黝黑不说，还长得又胖又壮。因此在学校里，常常不受男同学们待见。

见他们俩争得如此起劲，“三淘气”有些得意地问:“你们争什么争呀，夹桃找你们算账时你们还敢承认吗?”

缪敬亭立即与厚康对视一眼，拍着胸说:“怎么可能，就是夹桃她妈来找我我也敢承认啊!”说完看着厚康。

“看我干吗?”厚康面带难色说，“夹桃她妈挺厉害的。”

“就知道你关键时刻当逃兵。”缪敬亭又拍拍胸说，“她再厉害我也不怕她呀!”

厚康撇撇嘴说:“她怕你爸!”

“那也是怕呀!”缪敬亭说着推了一把“三淘气”说，“是吧，兄弟?”“三淘气”并没有回答，而是分心走神到“不饶人”那儿去了，他在想怎么报复一下这个女人。

少年壮志胆子大。今天“不饶人”在他家实在太张狂了，弄得他爸又是要赔鸡蛋，又是打他骂他的，还把他妈气得够呛。他心里那叫一个恨!直到缪敬亭重重地推了一把“三淘气”，他才从怎么报复“不饶人”的沉思中回过神来。

“你们刚才在说什么?”

缪敬亭身体往草堆上一倒，不高兴道:“不告诉你!”“三淘气”怔怔地看着他不语。缪敬亭又问:“你小子又在想什么?”

“三淘气”把他拉着坐起来说:“要不咱们去夹桃家去看看吧?”

“嗯，不去!”厚康摇头并且做了一个害怕的表情。缪敬亭则用疑惑的表情看着他，意思是他要去干吗?

“你们不是都说喜欢她吗?”“三淘气”故意激将。缪敬亭和厚康对视了一下，缪敬亭屁股一扭，说:“去就去，我怕什么嘞!”然后，就从十几米高的草堆上像坐滑板车一样溜了下去。从草堆上下来是他们的强项，再高的草堆都不在话下，小时候他们还经常进行爬草堆比赛。

见缪敬亭已经站在下面，三淘气一拉厚康，俩人哧溜一下就站在了缪敬亭面前。

吕桂芳前脚刚气冲冲地离开“不饶人”的家，民兵营长大贵后脚就笑眯眯地走了进去。还在生气的“不饶人”以为是吕桂芳又回来了，没好气地问：“你怎么又回来了？”

“谁回来了？”大贵一脸蒙。

“死鬼，怎么是你？从哪儿冒出来的？”

“怎么就不能是我呢？”大贵疑惑地问，“刚才谁来了？”还没等“不饶人”回答，他又问：“老缪书记来了？”

“不饶人”一下子从凳子上跳起来，指着他鼻子责怪道：“你把我当什么人啊，我和老缪书记虽然是出了五福的亲戚，但怎么着我们都姓缪，也不可能发生那样的事啊！”

“这就对了嘛，”大贵色眯眯地上前，将“不饶人”一把抱住说，“你是我的人，对吧？”说着就开始动手动脚。

“死开！”“不饶人”一甩手，“今天没心情！”

大贵并没有就此罢休，边摸边问：“今天这是在生谁的气呢？”

“气死我了！”“不饶人”便把吕桂芳来“求和”的事说了出来。说完还重重往地上吐了一口痰说：“在地里捡几个鹌鹑蛋就想把我打发了，也太不把我‘不饶人’当回事了吧，那夹桃可是嫩得像桃子一样，鲜着呢，那可是黄花闺女啊！”

“‘三淘气’的妈真的来了？”

“你驴耳朵啊！”“不饶人”扯了扯大贵耳朵说。

大贵猛地松开“不饶人”，说：“有了，有了，这下他们不认账也得认账了，耍流氓要坐实了。”“不饶人”一脸疑惑地看着他。大贵又往她身边凑了凑说：“‘三淘气’不承认他耍流氓，对吧？”“不饶人”点点头说是。“可是他妈来赔不是还给你送礼了，对吧？”“不饶人”又点点头。“这不就对了？他不认账，他妈认了，这事不就坐实了？”

“不饶人”这时才有些明白了。不过她又问：“这样可行？”

“怎么不行？人没抓住但为这件事赔礼道歉的东西在呀，你笨啦！”“不饶人”又有些糊涂了。大贵眼睛在屋里扫了一圈问：“鹌鹑蛋呢？快拿出来，我去报案。”

“不饶人”一愣，懊悔地两眼一闭，说：“鹌鹑蛋我没要！”

“蠢啊！蠢！”大贵暴躁道，“你‘不饶人’真是聪明一世，糊涂一时，多好的机会啊！完了，完了。”

见大贵如此暴躁如此生气，“不饶人”有些不理解了，说道：“那‘三淘气’好歹也是你彭家的后生，你干吗要这样往‘死’里弄他呢？”

“你不懂，妇道人家！”大贵越说越生气，“你以为生活就像你脱裤子那么简单？！”

“放屁！”“不饶人”气愤得一巴掌打了过去。大贵知道自己说错话了，一边佯装扇自己嘴巴子，一边赔不是：“看我这张臭嘴说的什么话……”

终于，“不饶人”被大贵的甜言蜜语哄得笑盈盈的。于是，大贵回到正题，说他已经去找了另外两个女孩，女孩们说当时只听到缪敬亭、厚康和“三淘气”的声音，至于是谁的尿她们也不知道。

“那有什么用？”

“这你就不懂了，听到了他们仨的声音，那尿尿的人肯定就在他们之中。再加上吕桂芳送来鹌鹑蛋，指定就是‘三淘气’了，他不承认也得承认。现在可好，你居然把送上门的证据给毁了。”大贵说这话时，急得脖子上像柳条一样的青筋一条条鼓了起来。

“那我去把蛋要回来？”

大贵在原地转了一圈，像个谋士一样，看了看屋顶，又看看自己脚尖说：“那……那也只能这样了，去吧。”

“回来！”大贵招招手，“咱们先……”说着就把“不饶人”往里屋拉。

“呀呀呀，要死啊，这夹桃去她奶奶家吃饭去了，一会儿就回来了。”

他则露出孩子般的笑容，宠溺地看着她，在这种注视下，她的身体也开始痒了起来。他嘴唇吻过的地方都会朝他投降。她想到他们在一起时的许多画面，只有赤身裸体相对的场景最真实，其他都显得苍白无力，而这种苍白无力又消散在新一次交媾中……

一路上，“三淘气”走在前面，一直不语。缪敬亭则跟厚康时而讨论见到夹桃后敢不敢主动承认是自己把尿撒到她头上的，时而又争辩夹桃到底是喜欢他俩中的谁。缪敬亭说：“我之前就说过，男子汉大丈夫，敢做敢当。当然是喜欢我啦。”厚康立即反驳：“你都不知道，那夹桃平时见到我都是低着头走。”对此，缪敬亭嘿嘿一笑说：“那是因为你长得太丑，人家那是不敢看你。”

长得高大帅气的厚康很不服气，说：“你看电影里面，刘三姐见到阿牛哥都是害羞地低着头对吧？”缪敬亭一听，更加不服气了，一拍巴掌说：“厚康你小子说得太对了，夹桃每次看我的眼神，就像那刘三姐看阿牛哥的眼神……”

“三淘气”时而在听，时而恹恹地想着自己的计策。他们俩的话时不时传到他耳朵时，他真的很想哈哈大笑告诉他们：“你们想多了，夹桃是我的！谁也抢不走！”

眼看快要到“不饶人”的家了，“三淘气”还没有想出怎么报复“不饶人”，是偷她家鸡呢，还是把她家猪放出来吃生产队地里的庄稼？这样生产队发现了就会扣她们家工分。

想了好半天，觉得偷她家鸡显然不行，鸡见到熟人都会叫，更别说生人了，那不一下子就发现了？最终，“三淘气”觉得放猪出来比较保险，既可以不让“不饶人”发现，还让别人觉得是“不饶人”没关好猪舍造成的。

有了主意，“三淘气”心里开始高兴起来。他们来到“不饶人”家门口，缪敬亭自告奋勇地上前轻轻推了一下门，发现她家的大门关得严严实实的。正当他一脸失望时，“三淘气”如带头大哥般，转身带着缪敬亭和厚康就来到“不饶人”的屋后。

“你要干吗啊?”厚康疑惑道。

“嘿，你不会想翻墙进去吧?”缪敬亭也疑惑地问。

“三淘气”故弄玄虚地小声说:“夹桃不会有事吧，得进去看看。”然而他的心思，只有他自己知道。

“三淘气”蹑手蹑脚地在房后摸索了一阵，发现院子围墙上有一处裂开的缝隙，于是就地取材找了根木头，用力插进缝隙，然后向后退几步，再向前一冲，踩着木头借力就爬上了围墙。随后将厚康和缪敬亭也拉了上去，再借着靠在墙上的梯子，像是进菜园一样轻松进入院内，他们看到“不饶人”家偏房的小窗户露出昏暗的灯光来。

“三淘气”看了他俩一眼，做了一个神秘的手势，于是三个人一起蹑手蹑脚地向有灯光的屋子摸去。

来到窗前才发现，窗户离地面太高了，“三淘气”给厚康做了一个手势，厚康便立即蹲在地上，“三淘气”撑着墙就站在他的肩膀上，把头伸向窗户。

等他眯眼一看，心下一惊，险些摇晃着掉下来。“怎么啦，三哥?”缪敬亭压低嗓子问。“三淘气”向他挥了挥手。等到“三淘气”再眯着眼，透过窗户向里看时，看到“不饶人”跟大贵纠缠在一起。

“不饶人”正嬉笑着小声说“不要不要”什么的，还像蛇一样缠绕着大贵。大贵则猴急，又是拉，又是扯，他将所有对性的好奇和索求，付诸在行动上……如狼似虎地扑了上去。

“不要，不要……”随着“不饶人”的叫声加大，大贵越发疯狂、越是不肯罢休……“三淘气”无法形容此时的心情，他无法理解男人女人的世界了。他还不理解，在那个理想被柴米油盐压垮的时代，几乎所有人的精神需求都是那么可怜，也根本无与匹敌远远不能满足的物质需求，于是，肉体上的需求反而多了起来，孩子也多了起来。

第一次看到一个女人光着身体跟男人干那事，“三淘气”既紧张又好奇。看得心怦怦直跳，看得喉咙也发干，全身几乎所有的血液都集中到一处，令他幼稚的雀子硬了起来。

“你看到了什么?”缪敬亭再次压低嗓子问，还做了一个要把他往下拉的动作。“三淘气”头也不回，又是很神秘地一挥手。这时，厚康也受不了了，小声喊：“三哥我快撑不住了。”“三淘气”又是头也不回，再次挥了一下手。

房间的人体搏斗终于在挣扎中，突然结束了。“三淘气”这才回过头来做了一个别吭声的手势，轻轻下来后长长吁了一口气。“你看到什么了?”厚康耸耸肩膀，压低声音问道。“三淘气”摇摇头，定了一下神，竭力地压抑着笑声说：“一会儿你们自己看。”说着便往地上一蹲，缪敬亭抢在厚康前面站了上去。结果，一探头，房间内的耳鬓厮磨令他像触电一样。

屋内，刚得到雨露滋润后的“不饶人”一个翻身，依偎到大贵身边说：“死鬼，你这次倒是好上心啊。”她抚摸着大贵的头问，“难道真对我们家夹桃好?”

大贵诡异一笑说：“是，也不是全是。”

“不饶人”立即坐了起来：“哼！我就说你大贵怎么这么上心了呢!”大贵一看“不饶人”生气了，便讨好一笑将计谋说了出来。“你真的好阴毒啊!”“不饶人”指着他的额头，用又恨又爱的语气说，“你这叫那什么一箭三雕，对吧?”

“连鸟儿心中都有霸主，谁越凶狠，谁就越能拥有广阔的天地不是?还不是为了我们以后更好。”

“算了吧，你是想通过‘三淘气’把缪敬亭拉进去，然后把老缪书记拉下来。”

“算你聪明!”大贵在“不饶人”的胸前用力捏了一把说，“无毒不丈夫，对吧?”说完又一翻身把“不饶人”压在下面。

此情此景，缪敬亭和“三淘气”一样，既惊讶又好奇，于是他在大贵激烈的动作中，情不自禁失声道：“我天!”

“不饶人”一惊，叫道：“外面有人!”

十二

他们四散而逃，飞奔着上梯越墙，笑容里藏着不为人知的秘密，顷刻间，就不见了踪影。大贵衣服都没来得及穿便打开门看，他什么也没看到，只听到落叶沙沙作响。

对此，大贵骂了一句“狗日的什么东西”就又回到床上。

“不要脸！”夹桃一推开门，就看到母亲缪志兰和大贵正从里屋往外走，他们说笑着，一个在整理头发，一个还在提着裤子。十一岁的夹桃一眼就看明白了，毕竟她那时正处在青春期，再说男女之事她多少懂得一点，何况大贵跟她妈的丑事她早有耳闻呢。

夹桃重重将书包往地上一摔，说了声“全是臭流氓！”转身便跑了出去。“夹桃，夹桃！”“不饶人”声音尖亮，她知道这下坏大事了，一边焦急地喊着，一边急急忙忙追了出去。大贵用力踹了一脚房门，做贼似的溜了出去。

夹桃黯然神伤，哭着骂着，无奈地摇着头，她怎么也没想到她妈居然跟大贵真的像传言中说的那样。出乖露丑，羞死人咧！“破鞋”“臭女人”等不堪入耳的词句在她纯洁的脑海中交织闪现。

在无比绝望地哭了一阵后，夹桃一个人无助地漫步在芳草萋萋的港南河堤岸，望着河流里一个旋涡消失，又一个旋涡出现，在晕眩中，她仿佛一瞬间长大了——她不能冷眼旁观！

“找我干吗？”“三淘气”见到夹桃猛地一惊，胆怯地说，“那天我不知道你在里面。”夹桃绝望地看了他一眼，“三淘气”以为她是来找他算账的，连忙解释，“那天我真的不是有意的，只是几个小伙伴在一起觉得好玩才……”

“别说了!”夹桃声嘶力竭，“我不想听!”还用双手捂住了耳朵。

“三淘气”一脸愕然，没好气地问：“那你想怎么样?”夹桃用衣袖擦了一把眼泪，看着他欲言又止，最终是落寞地低下了头。

时间如港南河的水，在一个个旋涡中激荡流逝。他们就此僵持在那儿不知所措。“你找我出来到底要干什么啊?”“三淘气”终于忍不住问。

“我要把臭流氓的事公之于众!”

“谁臭流氓?”“三淘气”生气地说，“我都说过了我不是故意的，干吗没完没了啊!”

“不是说你臭流氓。”

“那谁是臭流氓?”“三淘气”脖子一梗，上前一步，却把夹桃吓得一个后退，于是他们无声地对峙着，目光却是望着远方的某处。

“谁是臭流氓?谁是臭流氓了?”

夹桃摇摇头叹了一声：“唉!”然后说不是他。

“三淘气”一愣，接着本性不改地顽皮一笑问：“那谁是臭流氓?”

夹桃嘴巴一张一合，晃动了一下身体没能说出来，她垂下眼皮沉默起来，似在寻思，又像是茫然不知所措。

“说呀!”“三淘气”上前一步，“是厚康对吧?”

“不是!”夹桃急忙说，“我不知道怎么说。”说完脸上写满了女孩子才有的害羞，还有几分耻辱。

“不说我要走了啊?”“三淘气”故意威胁道。

“我说!”夹桃头一低说，“是那个大贵。”

“三淘气”一愣，明知故问道：“大贵怎么是臭流氓了?”

“反正他是!就是!就是!”

“三淘气”心里一惊问：“他怎么你了?”

“想什么啊!”夹桃扭捏了一下，“哎呀，我说不出口!”

“那就不说了，我要回家做作业了。”“三淘气”又故意这么说道，他在想她是怎么知道她妈偷人的。

“我看到大贵跟我妈在一起!”夹桃仿佛用尽了全身的力气说。

“三淘气”佯装一惊，问:“在一起怎么了?”

夹桃犹豫了一下，把看到的画面说了出来。

“好个死大贵啊!”“三淘气”故意惊呼道，“自己搞破鞋还找别人的茬儿!”

“谁破鞋了!”夹桃生气地一跺脚，“也没看到别的。”

“三淘气”知道说错话了，连忙向夹桃道歉。“你就为这个找我?”

看着“三淘气”不以为然的样子，夹桃脸一扬矢口否认:“才不是!”

“那是为什么?”

“哎呀!”夹桃脸色涨红说，“那事我不怪你。”声音如雨丝，滋润了心田。“三淘气”反而一下子难为情起来。他的沉默和看似不动声色让她迷惑不解了。

“你个死丫头怎么跑这儿了!”“不饶人”擦着额头上的汗责怪道，“跟我回家!”她想以气势压倒女儿。结果走近一看，立即被“三淘气”莫名的眼神给镇住了。“你们这是?”“不饶人”惊愕地看看“三淘气”，新仇旧恨涌上心头，狠狠地瞪了他一眼，然后又像找东西似的把目光集中到夹桃身上。

“我不想看到你!”夹桃腰一弓，愤怒道。

“不饶人”立即自己找台阶说:“你看你这孩子，年纪小小的心眼还挺多。”说着就上前去抱夹桃。夹桃一转身，“不饶人”扑了一个空。

“好了，别演戏了!”　“三淘气”少年老成地说着，嫌弃地转过身去。

此话亦如火上浇油，“不饶人”立即把袖子往上一提，开始连珠炮似的说起来:“‘三淘气’你的事我们还没有完，你知道你把尿撒我闺女身上是什么性质？你这个臭流氓一定会被我送进劳教所……”

气息如洪流，字字如针扎。“三淘气”眼睛一闭，像是一只兔子受到猎人调戏一样，突然他睁开眼睛，那大大的眼睛里充盈血丝，他愤怒起来。“不饶人!”“三淘气”一握拳亮起嗓子，“别以为你跟大贵的事我不知道!”

“不饶人”一听，恨铁不成钢地瞪了夹桃一眼，开始责问起“三淘气”来……她几乎是疯了，指着“三淘气”的眼睛说：“今天你不把你刚才的话说清楚，我跟你没完！小小年纪敢败坏老娘的名声，不学好的东西，从小就要流氓，吕桂芳这是怎么教育你的……”

“好了!”“三淘气”一跺脚，怒气冲冲地说，“别以为这样就能掩盖事实。”

“我掩盖什么事实了?”不饶人做出要撕破他嘴的样子伸出了手，结果被“三淘气”一挥手，挡了回去。这令“不饶人”更加生气了，责骂加动作一齐招呼了过去。

“你们还有没有完!”夹桃用力一弯腰尖叫道。“不饶人”跟“三淘气”同时一愣，惊讶地看着夹桃。正在这时，大贵听到了声音走了过来。

“你们这是?”大贵一脸道貌岸然地说，“怎么着，小流氓，还想欺负长辈不成?”

“三淘气”一听那三个字，立即回敬道：“你才是真正的大流氓!”

“哎哟小兔崽子，反了你不成。”说着就要上前揍他。

“大贵!”夹桃扯着嗓子喊道，“你要干吗?”

大贵一怔，很不服气地说：“你这孩子就不懂理了，我这是在帮你妈说话。”

“哼!”夹桃恶心地看了他一眼说，“你是在帮你自己吧。”

“嘿!”大贵看了一眼“不饶人”说，“你看这孩子怎么这么不懂事呢?”说着意犹未尽地舔了舔自己的厚唇。然后又不甘心看着“三淘气”问：“刚才你说谁是大流氓了?”

“你！就是你!”

此话正中大贵下怀。于是他恶狠狠上前问：“我怎么是大流氓了?”

"三淘气"一下子哑然了，眼睛看向夹桃，也不知是在求助，还是在询问，终究还是没能说出话来。

这下大贵更有底气了，加大声音问："我怎么是大流氓了?"整个人几乎欺到'三淘气'鼻子尖上了。

"三淘气"忍无可忍地说："你自己心里清楚!"

"我不清楚!"大贵狂傲不羁地用土话骂道，急得像是要蹦高一样说，"走，跟我去大队部说清楚!"说着，人高马大的大贵像老鹰抓小鸡一样，扭住"三淘气"的胳膊就要走。

弱小的"三淘气"也不甘示弱，边挣扎边骂大贵"耍流氓，搞破鞋"。如此一来，大贵就更来气了，他生气地揪住"三淘气"的耳朵，拼命往前拉着走。夹桃见此也慌了神，事情彻底闹大了，她不知如何是好。慌乱中，夹桃大声叫道："缪志兰我恨你!"

"不饶人"一听女儿都直呼她的名字了，立即就骂道："吃里爬外的东西，看我回去不好好收拾你。"说完还又不服气道，"丢死人了，气死我了!"说着跟在大贵后面走了。

"三淘气"在挣扎中，终究还是被大贵拖走了。夹桃见情况不妙，撒腿就往"三淘气"家跑去，她要去报信。结果到了"三淘气"家门口一看，门上挂着一把大锁。

情急之下，她决定去找缪书记，结果等她来到缪书记家，只有缪敬亭在。还没等她开口，缪敬亭脸一绷尴尬一笑问："你来干吗?"

"你爸呢?"缪敬亭一下着急了，五官瞬间挤在一起，以为她要找他爸告状，便激将似的说："你还不嫌丢人啊，找什么找!"

"你才丢人!"夹桃生气地问，"你爸呢?你爸呢?"

"不知道!"说完缪敬亭还不解气，又说道，"他在喝酒才不会管你那点事。"

"在哪儿喝酒?"夹桃焦急道。

"不知道!不知道!"缪敬亭不耐烦道。

"大贵把'三淘气'抓了!"夹桃说着眼泪都出来了。

缪敬亭一听好兄弟被抓了，立即好奇加紧张道："大贵为什么抓他?"

夹桃急得抹掉眼泪一跺脚说："我也说不清楚，你快去找你爸。"说着向大队部方向飞奔而去。

缪敬亭霍地丢下手中的书，也冲出门去，大喊着："我去找我爸，你等着。"

僵持了一阵子后，大贵看着"三淘气"吓唬他说："今天你不给我说清楚我为什么是大流氓，你今天就别想走出这个大门。"说着还故意把桌子上的空手枪套儿抖了抖并重重往桌上一丢。"三淘气"倒是真的吓得一哆嗦。不过，这位从小就天不怕地不怕的家伙，不一会儿就把大贵不当一回事了，他相信大贵拿他没办法。

对峙就此展开。

"三淘气"想起那年夏天与厚康一起抓青蛙的场景。夏天，是小伙伴们最喜欢的季节。在那个缺衣少食的年代，夏天，既可以少穿衣，还有许多天然的食品可以解决饥饿，因此他们时常想着"馒头诚可贵，米饭价更高，若有肉丸子，二者皆可抛。"

每当蛙声此起彼伏之时，几个在饥饿中成长的小伙伴便兴奋起来。他们听一些大人说青蛙肉又肥又嫩，在市场上能卖到钱。一听能够赚钱，"三淘气"立即就热血沸腾，那摩拳擦掌的样子简直跟着魔了一样。于是他约上厚康等几个小伙伴背上鱼篓，拿着手电筒去抓青蛙。在那个物资匮乏的时代，人们的价值观更多是"取"，从工作中获取，从社会中获取，从自然界中夺取，甚至不择手段地"窃取"，这是时代造就的。

为了不让大人知道，他们都是等大人睡着了偷偷出门。几个小伙伴一碰面，就兴奋地向水稻田冲去。借着手电的光，他们便会看到一只只肥大的青蛙正在四处张望着。见到眼前的猎物，他们变得蹑手蹑脚起来，不过，那些青蛙相当狡猾，一见到光就扑通一声跳进水里，然而也有呆呆地伏在田埂上不知所措的，于是他们有的用手捉，有的用网子捕，不到半夜，鱼篓就装得满满的了。

正当他们准备撤离时，危险也不知不觉来临了，一条夜行的巨大蟒蛇顺着手电的光蜿蜒而来，像是在追他们，又像是要与他们玩捉迷藏。几个小伙伴一脸惊愕，步步后退，胆子大的“三淘气”说了声“看我的”，举起手中的棍棒就迎面砸了上去。蟒蛇挣扎了一下不动了。于是他拎起蟒蛇的尾巴说，走，去养猪场收拾它们!

到了养猪场后，在欢笑声中，大家七手八脚，不一会儿，竟能“残忍”地把蟒蛇、青蛙收拾了。

看到丰硕的成果，几个小伙伴那叫一个兴奋。大家商议，第二天拿到蒋垛市场去卖。于是他们将“战果”悄悄藏好，天刚蒙蒙亮，就拿着东西到了蒋垛市场，不一会儿，就有一大群人围上来问长问短。

交易开始了，这是他们期盼中的样子。正当他们交易得热火朝天时，突然两位市场管理人员出现在面前，顿时把他们吓得两腿发抖，不知所措。

管理员把他们带到了管理室，问：“谁带的头？给我站出来!”

他们面无表情，鸦雀无声。

“咚！咚！咚!”领头的市场管理员用秤砣杆敲着办公桌，震人耳膜。“是不是你?”他目光犀利地看着“三淘气”问。这令其他两个人有些如释重负。

“不是我!”他别过头，一脸倔强。

“不是你?”管理员一脸狐疑，“那你说是谁?”

“我哪儿知道!”“三淘气”一梗脖子看了他的两个小伙伴一眼。

“哎哟，这倒是奇怪了，我怎么觉着就是你带的头呢?”说完还甩了甩手，摆摆头。

然后是一阵沉默。僵持了几分钟后，市场管理员忍不住开口了：“你们这几个不懂事的娃子，知道青蛙是保护动物吗？不怕蟒蛇咬死你们吗？……你们家长怎么教育你们的……”

他们还是不语。最终，市场管理员看在几个人年纪尚小的份儿上，只好把他们批评教育了一番，要他们写了保证书，才放了他们。

"三淘气"心想：人家工商管理人员，都拿我们这些未成年人没办法，你一个小人物还能把我怎么样？想到这里，心里的底气更足了，不由自主地轻蔑地看了大贵一眼。那眼神简直像箭一样直直射向大贵。

"说呀！"大贵恶狠狠地上前拎着他的耳朵，"今天不说老子揍死你！"

"老师说杀人要偿命的！""三淘气"一脸怒气一挥手说。

"嘿，小兔崽子还挺横。"大贵把手举在半空中，正要用力落在"三淘气"身上时，听到一声"住手！"他的手僵在了半空中，缪敬亭领着缪大虎和夹桃，出现在他的面前。

"书记你怎么来了？"大贵一脸愕然，指着"三淘气"说，"他……他……"

"怎么了？"缪大虎打量着"三淘气"，"怎么又是你？你怎么了？""三淘气"头一歪一脸不服气的样子，为此缪大虎生气地看着大贵说："上次他要流氓的事调查清楚了？"

大贵立即像遇到救星一样，说："这兔崽子就是罪魁祸首，别看他年纪小，居然血口喷人。"

缪大虎一听，知道他话里有话便问："怎么血口喷人了？"

"他……他……"

"他是大流氓！""三淘气"抢先说道。

"嚯！"缪大虎围着"三淘气"转了一圈问，"他怎么可能是大流氓呢？他可是我们的民兵营长！"

"再胡说老子把你嘴撕了！"大贵急了，说着就要上前动手。缪大虎一伸手拦住大贵说："今天这是怎么回事？""不饶人"见事情混不过去了，犹豫了一下，吞吞吐吐说起事情的经过来。

十三

“哎呀呀，不得了啦，彭家旺的大儿子带着部队上的人回来了，腰里还挂着枪。”还没等彭仁爱走到家里，嘴快的人便把仁爱回来的消息散布开来。

那是彭家庄前所未有的轰动。

真是哪儿都有嘴快的人，谁说不是呢。这也不怪人家嘴快，要怪得怪彭仁爱太争气了！

军人严肃正义、言行一致、时刻保持高度警惕的形象似乎已经成为人们心中的固有印象。自从收到弟弟忠一的来信后，彭仁爱就想起村中的一些人故意整他们家的事情。有一年，母亲为了多挣点工分，找到生产队长缪徐山理论，说你为什么老给我分工分少的活儿干，为什么给你的亲戚干的都是工分高的活儿。没想到，人家缪徐山说“怎么的，谁叫你不是我家亲戚?”气急败坏的母亲就要去大队告状。结果，缪徐山哼了一声，不屑地一笑说：“你去告好了，就是告到天边也没用，谁还没有个私心呢！谁不是胳膊肘往里拐呢?”他振振有词，说得理直气壮。母亲为此气得生了一场病。

还有一次，村里老谭家的牛吃了他家的庄稼，父亲彭家旺去评理时，人家不认错不说，还蛮横无理地推了他一把，说谁能证明他家牛吃了彭家的庄稼？牛不会说话，会说话的人也不会承认，更没有人敢站出来作证，因为老谭家仗着他家女婿是缪大虎。反正，从他彭仁爱记事起，他们家有理的事，最后都变成没有理。

父母亲常常吃哑巴亏，吃亏后总是唉声叹气的。彭仁爱看在眼里，并暗暗发誓，将来有一天一定得好好收拾这帮蛮横不讲理的家伙们。

彭家首先得到消息的是吕桂芳，那时她正在地里给棉花除草，当人们热火朝天地叽叽喳喳议论她儿子彭仁爱回来了时，她根本顾不上去听，以为又是女人们在嚼舌根。她全神贯注地挣着工分，家里一大家人等着吃饭呢，连儿子“三淘气”的事都忘记了。这是现实的必然，当下，人们追求的往往是世俗生活的阳光雨露。

吕桂芳累得汗流浃背，正抬头擦汗时，村西头的花艳大喊着提醒道：“桂芳，你还不回家啊，你家仁爱回来了。

“什么啊？”吕桂芳不相信地问，“她婶你说的啥？”

“都在说你们家仁爱回来了呢，威风得很呢！”吕桂芳先是一愣，然后丢下手里的锄头，拔腿往家里跑。

“儿子，你回来了？”一见面，吕桂芳喜极而泣，“儿子你总算回来了！”

“妈！”彭仁爱上前一步扶着她说，“咱们家现在怎么样了？”这时，吕桂芳才想起“三淘气”被大贵抓到大队部一夜未归。于是她重重地“哎呀”一声，伤心地说起事情的经过……

“真有这样的事？”彭仁爱一惊，立即说，“走，咱们去救老三去！他们反了天不成！”

“慢！”吕桂芳像是突然得到了尚方宝剑，不紧不慢地说，“不急的，儿子，我看他们能把我三儿子怎么样！”

“妈？”彭仁爱喊了一声，不明其意地看着母亲，等待下文。

吕桂芳捋了一下头发说：“昨晚得知‘三淘气’被大贵抓去大队部后，我去找过他们评理，但大贵说在事情没有调查清楚前，不可能放他回家……现在你回来了，咱们就不怕他们了！”

看到母亲长了气势的样子，彭仁爱被母亲的话弄得有些想笑。不过他还是担心地问：“他们给老三吃东西没有？”

“哼！谅他也不敢饿死我儿子！”吕桂芳说着重重往身边的椅子上一坐。那样子，像极了穷人翻了身，从此不再受压迫。

“不行。”彭仁爱说，“我得去看看。”

“不用，儿子!”吕桂芳站起来一招手阻止说，“这次你听妈的，他们不上门给老彭家道歉，咱们这事就没完!”说完还狠狠地往地上吐了一口痰。

“这样可行?”彭仁爱说着，疑惑地看着母亲。

“老大，这次老三没事，老三没有耍流氓，咱们没事就不怕事，你等着，他们会给把你三弟送回来的!”

“这不是仁爱侄子嘛，什么时候回来的?”正在说话间，缪大虎故意一惊一乍地走了进来。彭仁爱撇撇嘴想说什么，终究没有说出口，只是狡黠一笑，算是表示了回答。吕桂芳则是一转身子，把背给了缪大虎。

见彭仁爱一身戎装，缪大虎心里真是一惊：这彭家出大官了，不得了啊。在惊讶和羡慕中，他狡猾地赔笑道：“大婶子你这是在生谁的气啊?”

吕桂芳头一摆，盯着他责问：“我三儿子呢?”

“‘三淘气’怎么了?”他故意一愣，装作不知情的样子问道。

“明知故问是吧!”吕桂芳底气十足地说，“大贵把他抓去了你能不知道?”

“有这样的事?”缪大虎继续装傻，“这个真不知道。”

吕桂芳上下打量了一下他，话卡在嗓子眼儿中，无法判断缪大虎的话是真是假。结果什么也没看出来，于是她把“三淘气”被抓到大队部的事说了出来。还说大贵说了，这次不调查清楚就不放他回来。

听后，缪大虎心里却是坦然一笑。心想，幸亏他昨天从大队部出来得快，不然今天就没法跟吕桂芳碰面了。这事也得怪“三淘气”太冲了，去问他话时，不好好说话就算了，还一口一个“破鞋”的，像刀一样，刺痛了他的心。人家“不饶人”好歹也与他同床过，这要是按照古人说法，那叫一日夫妻百日恩，属于自己的女人了，再说，那“不饶人”倒是真的很让人喜欢，只不过，她是自己的远房亲戚，两人不能在一起。

“书记，你可是咱们的领路人啊!”彭仁爱收起笑脸，上前递了一支烟说，“这事你得给我们做主啊!”彭仁爱觉得缪大虎也许真的不知情。

“大侄子，”缪大虎点上烟，随着一口烟雾喷出，他精神抖擞起来，说，“如果真有这事，你放心，我一定让大贵给你们家赔礼道歉。”说完，还不解气道：“反了天了，哪能随便抓人！”

见缪大虎态度很好，彭仁爱带着十分歉疚的表情，连忙示好：“书记，你可是咱们彭家庄大队的一把手，这事你一定要给‘三淘气’一个交代。”

“放心大侄子，”缪大虎猛吸一口烟，“小孩子顽皮，没必要上纲上线的，对吧？”

“是的，还是书记顾全大局，明白事理。”彭仁爱借驴下坡说着，转身跑进了里屋，变戏法似的拎出一件军大衣说，“书记，你天天为咱们全村人操劳，太辛苦了，这件衣服是专门带回来给您的。”

一见到崭新的军大衣，缪大虎就眼神发亮，眼睛直勾勾地盯着军大衣，他简直是如获至宝，惊喜地说：“那多不好意思！”说话间已经伸手夺过了军大衣左摸摸右看看，随后说了句“你们等着”，抱起军大衣就往外冲，边走还边嘀咕：“反了这大贵，我去找他算账！”

情意真真，温馨感人。

人随“礼”变倒真是显人性，彭仁爱心里感叹了一番。

令缪大虎意外的是，没想到彭仁爱这么明事理，不像他妈吕桂芳只会跟人家吵架，空谈着要公平。他在心里不由感叹：这在革命大熔炉里受过教育的人就是不一样！不过，一想到大贵在处理“三淘气”这件事上怎么收尾倒真是把他难住了，毕竟昨晚他也在现场，也命令过大贵要深入调查。现在说变就变，让大贵把责任全部揽下，他不一定愿意，没准还会笑话自己欺软怕硬。

一路走着，一路想着。终于缪大虎有了主意。

“大贵你出来！”缪大虎走到大队部门口就大喊道。

立即，就远远地听到大贵说：“唉，来了！”

一出门，大贵就看到缪大虎板着个脸。“什么指示，书记？”大贵谄笑地问道。

缪大虎立即脸一板问：“你跟‘不饶人’是怎么回事？”

大贵一愣，梗着脖子，摇着头装出一副什么事也没有的样子说：“我跟那个女人会有什么事?!”

“那怎么昨天人家‘三淘气’说你是大流氓?”

“那个小兔崽子胡说八道!”

“什么兔崽子!”缪大虎脸一黑责怪道，“人家可是革命军人的亲兄弟!”

大贵有点儿蒙，看了他一眼说：“什么革命军人的兄弟，他就是一小流氓。”

不明其意的大贵把缪大虎惹得有点儿恼了。“我知道你跟‘不饶人’睡觉了，别不承认，她自己都认了。”

大贵心里一惊，低头看了一眼脚下，又抬起头，眼一闭说：“是她勾引我的。”

话一出口，缪大虎真的生气了，没想到大贵真的睡了自己的女人。以前他以为是大家说笑而已，正好也掩盖了他跟“不饶人”的关系，没想到是真的。

“啪!”缪大虎突然甩了大贵一个巴掌，打得大贵瞬间蒙了。大贵捂着脸，莫名想发火，但没有发出来。

“打你都是轻的。”缪大虎眼里露出凶光说。

“书记我错了，”大贵挥挥手求饶，“我错了，你怎么处置我都行。”

效果很好！缪大虎心里哈哈一笑，心想：正合我意。但他并没有就此放过大贵，而是盛气凌人地说：“你身为保护人民群众安全的民兵营长，怎么可以随便搞女人?”缪大虎本想说“人家的女人”，但话一出口便改成了“女人”。“人家”是谁，那不是他缪大虎嘛!“不饶人”现在可是寡妇。

“那你说怎么办?”情急中，大贵又扇了自己一嘴巴说，“书记，看在我一直对你忠心耿耿的份儿上，就饶我一次吧?”

缪大虎点了一根烟，思考了几秒，然后清了清嗓子，认真地看了大贵一眼，然后附在大贵耳旁小声说了句“你过来。”

十四

大贵不住地“嗯，嗯”，心已经凉半截儿了。缪大虎的话明显是要他去彭家受责骂不是？因此在怔忡中，大贵梗着脖子瞪了他一眼转身走了。他明知山有虎，可他还得往虎山行，就是像是一条狼进入某个神秘、幽深的洞穴，明知道前面是条死路，最好的办法是抽身往回走，但他却不能！尤其听缪大虎说彭家的大儿子彭仁爱回来了，就不由自主地打了一个寒噤。

“他妈会不会把我给打一顿?”想到这儿，大贵气馁得一屁股坐在地上。他思来想去，若是去了，皮肉之苦倒是不一定，革命军人是讲道理的对吧？打人那不可能！但被他们彭家人责骂一番肯定是跑不了了。太丢面子了不是？更可气的是，缪大虎居然让他把“三淘气”给背回去，这是什么意思？我好歹也是民兵营长啊，这不是让我自己打自己嘴巴嘛！还真是贴骨的肉香啊缪大虎！大贵心里开始咒骂：这个臭缪大虎，好人都让你做了！

这时，天空中似起了一阵风，把天上的云彩都吹散了。一时间，阳光如金丝铺洒下来，仿佛把整个彭家庄大队笼了个严严实实。一只花媳妇飞过来，正好落在大贵的胳膊上，大红的底子上，布满一个个黑点子，十分艳丽。他恨恨地捉住它，“啪”的一声拍打上去，花媳妇瞬间尸首四溅。

“‘三淘气’，回家了。”大贵满脸堆笑地拍了一下“三淘气”的肩膀说。

“三淘气”心里一凛，又恢复了倔强的本性说：“我还不回去了!”

大贵一愣，生气道："你个……你人小脾气还挺大的嘛！"他本来想骂"兔崽子"的，但一下子又憋回去了。

出门观天色，进门观脸色。"三淘气"一听大贵语气，再看看他的表情，就知道他没查出个所以然来，便更加得意起来了。看到"三淘气"小小年纪如此有想法，大贵气得真想像拍死那只花媳妇一样给他一巴掌。但是，现在不能了。于是大贵用温和的语气问："为什么不要回家了？"

"在这儿多好，""三淘气"发狠似的咬了一口红薯，"这儿还有东西吃。"这是"三淘气"的心里话，因为回家没吃的没喝的会挨饿。

大贵奇怪地问："红薯就那么好吃？"

"三淘气"白了他一眼，气愤地说："你们这些生产队干部当然不知道红薯好吃了，你们偷偷把队里的粮食私分了，别以为我不知道。"

"你放屁！"大贵情急之下伸手就要去抓"三淘气"，又赶忙缩了回去，说："谁说我们私分生产队里的粮食了。"

"三淘气"瞥了他一眼，做出一副看到过的样子说："你自己心里清楚。"他其实没有亲眼看到过，只是听父母说过队里干部私分粮食的事，没想到歪打正着，戳痛了大贵的心，准确说，是大贵一伙人的心。

做贼心虚不是？他们的确背着村里人，私分过生产队里的稻谷、麦子、黄豆等作物。否则，就靠他那点工分，怎么可能时不时吃上米饭呢。想到这儿，他开始重新审视眼前这个小娃娃来，觉得这家伙人不大却太可怕了，仿佛他什么都知道，也什么都不怕。因此他开始揣摩眼前的这个小家伙并想着怎么对付他。

这时二人都沉默了，各怀心思，"三淘气"则想起有一年，父亲为了让一家人过个好年，讨了一顿米饭吃的事来。他记得，有一年到年关时，父亲硬是步行了一天多到镇江亲戚家去借米。结果，不仅没借到，还被奚落一顿，亲戚对他说，你穷我也穷，谁叫你们生那么多。

这人一穷吧，就志气短。受到奚落的父亲死的心都有了。但是，一想到孩子们还踮着脚等着他回家过年，等着他带米回家做吃的，自觉受到羞辱的父亲一发狠，便一路讨起饭来。一路走，一路讨着。虽然遭到很多人的白眼，还几次险些被富家人的狗给咬了，但他最终还是讨回半盒的饭菜。

见到父亲一脸疲惫归来，他们兄妹六个几乎是一哄而上，围着父亲问借到了什么好吃的。父亲也不吱声，重重地将装着饭菜的布袋往桌上一放，才缓缓开口："拿去热热吃吧。"他们兄妹六个高兴得手舞足蹈，争相往灶里塞起柴火来。

饥饿让他们吃出了米饭的香甜。那一顿饭，"三淘气"觉得是人生中最香的一顿饭。直到第二天二哥忠一一声惊呼，大家才注意到父亲脚上起了好多水泡，父亲长长叹了一口气，欲言又止后，终于说出了事情的原委。"三淘气"听后不由地默默流下泪水。

"真的不回家了？"大贵佯装要锁门，拿起了锁。

大概"三淘气"还沉浸在回忆中吧，脱口就回了一句："回什么家呀？"

"真不回家我可要下地干活去了。"这下"三淘气"才清醒起来。不过他提了一个要求，这要求令大贵好生意外。

"三淘气"瞪着炯炯有神的大眼睛说："回家可以，你得让我多带几个红薯。"

大贵爽快地答："嘿！可以。"随即又不服气地说，"你这是得寸进尺啊！"

"谁叫你冤枉我把我抓到这儿来的，你得赔我损失才行！"

"谁冤枉你？"大贵有些冒火说，"你损失什么，你刚才还说有红薯吃。"

"三淘气"立即被问住了，但他依然不依不饶地说："本来就是冤枉！"

"谁冤枉你？"大贵更加冒火，"你撒尿撒到人家身上是事实吧？"

“谁看到了？找出证人来！”

“好好好，我大人不跟你小人计较。”

“谁小人了？”“三淘气”咄咄逼人。他有着自己的小算盘，想多拿几个红薯回家给妈妈吃，他知道妈妈经常舍不得吃，饿着肚子下地挣工分。

“老子说不过你，你就说你回家不回家吧？”大贵顾不上他哥彭仁爱了，这小子实在太令人生气了，混了这么多年，大贵从来没有受过这样的气，居然有人敢跟他较劲！

“回家！”“三淘气”说着就把地上的红薯拣最大的往裤兜里塞。大贵哭笑不得地看着他，没有丝毫阻止之意。之所以没有去阻止，也是想给自己一个台阶下，免得眼前的这个小家伙回家后，一通告状，到时候说不定彭仁爱真的会收拾他。

“要不我也帮你带两个？”看到“三淘气”全身上下都塞满了，大贵佯装讨好地问。

“不要你帮忙，我自己有手。”

大贵有些失望，不禁嘀咕一句：“你还不知好歹呢！”神情却是畏怯的。

“你跟着我干吗？”“三淘气”见大贵一直跟着他，有些莫名其妙。

“当然是送你回家呀！”“三淘气”更加奇怪了，停下了脚步，看了他一眼，嘴角动了动没说出话来。见此，大贵试探道，“是谁告诉你我们分生产队的粮食了？”

“哼！”“三淘气”一脸嫌弃，说，“你们以为大家不知道，其实大家早就知道了，只是敢怒不敢言。我妈说人做事，天在看着，小心你们偷吃多了烂了肠子。”

这话说得大贵脸立即红了，但是他决定不再发作了。毕竟彭家老大回来了，人家可是共产党的革命战士。先是这么一想，大贵心里就不是滋味。默默哀叹：真是此一时，彼一时啊！后悔不应该为了“不饶人”生事，现在弄得自己下不了台。

“‘三淘气’，你哥回来了。”走到村里一个拐弯处，缪敬亭突然冒出来喊道。

“真的?”“三淘气”又惊又喜，“我大哥回来了吗?”

“是啊回来了。”

“三淘气”撒腿就往家里跑。

大贵有些怅然若失地杵在那儿。见此，缪敬亭看笑话似的说：“大贵，你知道这次你闯祸了吧，看人家大哥不收拾你!”真是哪壶不开提哪壶。大贵气得指了指缪敬亭，想骂却什么也没骂出口，只是嘴张得大大的，像要咬什么没咬到又没合上一样。

“大哥，大哥……”“三淘气”捂着口袋冲进家中。正有说有笑中的吕桂芳几乎是纵身而起，冲上前就将“三淘气”一把揽进怀里，像丢失的东西失而复得。

“来，让妈看看他们打你没有?”

“三淘气”看了一眼他大哥，底气十足地说：“他们不敢!”然后挣脱吕桂芳的怀抱冲到大哥跟前，“大哥，你怎么才回来呀!”“三淘气”像见到救星一样，流出眼泪来。

见此，彭仁爱也连忙心疼地蹲下身，说他一收到信就请假回来了。说完他认真地盯着“三淘气”，说：“你也这么大，不应该再淘气了，不应该给妈找麻烦……”

“三淘气”抹抹眼泪，支支吾吾地说：“我……我……”

“好啦，以后不可以再犯错误了啊。”彭仁爱说着从裤兜里掏出几块糖果来。

十五

“三淘气”事件，缪大虎也算是中途上车的人。否则，若没有他的默认，作为始作俑者的大贵，就是借他一百个胆，也不敢把一个孩子关一晚上。虽说在彭家庄大队这个地方他们抓个人、关个人算不上大事，但没有充分证据，也是不可以的。毕竟都是乡里乡邻的，人们七嘴八舌，光是吐沫也会把人淹死。

此事缪大虎觉得自己处理得实在太聪明了，凡事留一手真是屡试不爽。想到这儿，他心情大好，不过，快乐只是一阵子，随即缪大虎如鲠在喉，那是因为他想到了“不饶人”。一想到这个女人，他恨得牙都痒痒。

“我的女人怎么可以随便跟别人胡搞!”他一边自言自语，一边往“不饶人”家走去。“反了她不是?”他要去找她算账！然而，他还没想好怎么算账，“不饶人”那白嫩丰满的身体不时在他眼前晃动，犹如白色的浪涛一次次将缪大虎吞噬。他无法想象她跟大贵在一起的样子，一股怒火随即冲上脑门，于是他加快了脚步。

一推开“不饶人”的家门，缪大虎胸中的怒火瞬间被浇灭了，他看到屋里几个女人们正在叽叽喳喳说笑着。缪大虎想后退已经来不及了，后悔之自己步子迈得太快，不想说什么但也不得不跟这些女人们说些什么，如此才能掩盖此行的目的。

“怎么这么热闹啊!”缪大虎掩饰着内心的窘迫，“肯定又在说你们家男人不行吧?”说完他的眼神与“不饶人”的不期而遇，撞在一起又立即逃离。对于缪大虎的突然到来，“不饶人”并没有显示出太大的吃惊，仿佛是一次如期而至的约定，唯一吃惊的，是她猛然看到缪大虎脸上的皱纹，像揉过的手纸，一折一折的，突然觉得岁月的刻刀如此锋利，连男人也不放过。

“谁说不是呢。”号称“长嘴舌”的大翠说道，“书记怎么这会儿来了呢?”这一问，立即让缪大虎做贼心虚起来。尽管他脸上只是瞬间划过一丝尴尬，但还是在大家的注视中被尽收眼底。于是大家又把目光像照手电一样集中到“不饶人”身上。

到底是没经过多少事的人，“不饶人”一下子露怯了。还是缪大虎反应快，连忙转移视线说：“我是路过侄媳妇家，听到你们女人叽叽喳喳，才进来的。”

大翠立即诡秘一笑说：“不对吧书记，是听到你媳妇的声音才进来的吧?”大翠故意把“侄”字去掉了。

缪大虎也不接茬儿，说，“你们这些婆娘，一没事就聚在一起嚼男人，小心我告诉你们男人，让他们晚上好好收拾你们!”

“嘿嘿，她们巴不得回家被男人收拾呢!”卫萍笑着说道。缪大虎这才看到坐在角落的大表嫂卫萍。

“表嫂也在啊。”缪大虎像是突然发现什么似的，“这下可好，彭家庄大队的几张刀子嘴全聚齐了，我得赶紧走，不然要死在乱刀之下了。”

话一出口，倒是真的迎来乱刀飞舞。大毛的媳妇春花，调戏似的说：“书记，我们是刀子嘴，豆腐心。”说着还拍拍胸脯，缪大虎眼睛一下子就看得直直的。大秀见此，也不甘示弱道：“书记啊，人家不是说牡丹花下死，做鬼也风流，要不就风流一下吧?”随即，笑声此起彼伏。

女人们你一言我一语，越说越离谱，说得缪大虎心里像猫抓一样，有种说不出的感受。缪大虎极力掩饰着内心的澎湃，自打退堂鼓说：“嚼不过你们这些婆娘们，我走了。”走了几步后，他又回头，脸一板道：“你们休息一会儿也下地干活了啊!”

听到缪大虎的催促，她们这才想起休息了好一会儿了，该下地除草了。于是“不饶人”连忙起身吆喝道：“下地了，下地了！”大家这才恋恋不舍地往外走。

“不饶人”知道缪大虎来她家绝对不是什么碰巧，但也想不到他是为那事而来，毕竟他是长辈，她是晚辈，虽然他们之间有那么一次，也就是那么一次，可那毕竟是醉后的乱性。她不知道缪大虎找她干什么，就加快脚步冲出家门，远远地喊了一声：“叔，正好我还有点事找你。”她故意将“缪书记”三字改成“叔”，以此掩盖他们间的乱伦。他能感觉到她浑身的殷切，跟从前一样熟悉，陈旧而新鲜，仿佛从光阴中打捞出来。

这正中缪大虎的下怀，他故意止步犹豫了一下，又折返了回去。“侄媳妇啥事啊？”缪大虎故意大声说，好让女人们听到。“不饶人”用眼神示意了一下，结果缪大虎故意装作没看到的样子问：“什么事啊？”

“去屋里喝杯水慢慢说吧。”

见“不饶人”有些生气了，缪大虎便换了口气问：“是不是还是为‘三淘气’的事啊？”

“不饶人”像找到话题一样，嗓门儿提到老高说：“气死我了！”这时，侧耳听着的女人们才依依不舍地离开。

“你真可以啊，”缪大虎一进门，脸就变了，凶相毕露，质问道，“你跟大贵怎么回事？”

这话如当头一棒，令“不饶人”有点儿蒙，她怎么也没想到他是为这事而来。她装作不明白的样子问：“什么怎么回事？”

“老子真想一巴掌打死你！”缪大虎眼里露出从未有过的凶光。

“不饶人”在缪大虎举起手时，吓得往后一退，说：“我们什么也没有啊！”但缪大虎依然从“不饶人”的神情上看出了事实的真相。因此他更加恼怒地说：“今天给我说清楚，否则……”

“否则什么？”“不饶人”害怕道。

他嘴唇动了动，也不知道“否则”什么，反正吓唬吓唬她让她说出真相就行。于是缪大虎一把掐住她的膀子，直直地盯着她。

“我说，我说。”果然，“不饶人”求饶了，她知道得罪不起这个土皇帝，他会让生产队的小队长给她穿小鞋，给她安排重活儿，让她少拿工分……

“真的是大贵逼你的?”缪大虎怀疑地看着她，“大贵让你干什么你就干什么?”

“不饶人”立即装出一脸委屈说，大贵一直想跟她好，缠住她不放，还经常半夜来串门，她一个寡妇，怕影响孩子，也怕传出去名声不好，就……

“你就脱了裤子对吧?”缪大虎质问道。“不饶人”吓得下巴缩进衣服，嘴角瘪了瘪，眼圈湿了。缪大虎心里那是一个恨呀，且越想越恨，身体却是不由自主地燥热起来，真想一把将她按倒在地上。这是是一种无法释怀的恨，恨里面有占有、报复，当然还有耻辱。

她靠在门框上，羞红了脸，抬起单眼皮看着他，冲他笑笑，脑门儿被阳光映得亮亮的。此时缪大虎内心波涛汹涌，可是，这是大白天。他长长叹了一口气，无奈地指着“不饶人”的额头说：“我说你什么好呢!”

一听缪大虎口气软了下来，愁绪万千的“不饶人”试探着说：“我以后保证不和他……”彼此寥寥数语，如丝丝暖流。

“你保证?”缪大虎心里痒痒的，问，“你怎么向我保证?”

“我跟他说我是你的人!”

“不饶人”说完立即就遭到缪大虎的斥责：“你怎么能胡说八道?虽然咱们是八竿子打不着的远亲，但毕竟是长辈与晚辈的关系，你这样以后让我怎么在这一方土地上做人。”

“我不这样说他还会来缠我的!”“不饶人”露出任人宰割的无奈表情，缪大虎瞬间被她的表情戳痛了。想想也是，毕竟是孤儿寡母的，别说是大贵这样有点身份的人，就是其他男人想占她的便宜，她也只能忍气吞声了。

想到这儿，缪大虎突然有些愧疚起来，觉得自己好歹也是“一方诸侯”，居然保护不了自己的女人。他心疼地拍拍她的肩膀说：“以后他再来欺负你，你就告诉我，不就得了。”经缪大虎一点拨，“不饶人”破涕为笑说：“这倒是个好办法。”说着上前要去拉缪大虎的手。缪大虎一哆嗦，紧张地环顾了一下四周，顺势把她抱进怀里。

“你好讨厌！”“不饶人”以从未有过的温柔，双手似弹棉花般捶着缪大虎的胸，“人家以为你不理我了。”说着还像受了莫大委屈似的，抹去泪水，擦了擦鼻涕。如此撒娇，缪大虎的心更疼了。

“不饶人”因此主动起来。她依然穿着泛旧的白衬衫，浅蓝色碎花裙，黑色绒面布鞋，她的两条长辫子，安静地垂在胸前，漂亮依旧。

正当缪大虎全身细胞活跃得不能自制时，像是突然被什么惊醒一样，一把推开了“不饶人”。“不饶人”一愣，像做错事似的看着他。

“今天不行，”缪大虎涨红脸说，“今天不行。”

见此，“不饶人”反而大胆说：“我就要！”

缪大虎脸一垮，说：“光天化日的。”说着就准备要走。

“我还有话跟你说。”缪大虎止步看着她。“不饶人”以讨好情郎的口气，把大贵那天对她说的话全部告诉了缪大虎。缪大虎一听炸毛了，问：“他真的那样说的？”

“我要是说假话天打雷劈。”“不饶人”一脸严肃道。

“看我不整死他个杂种！”缪大虎眼露凶光，唾沫星子飞溅。说着还不解恨地自言自语，“他这是想要‘篡位夺权’啊！我说他怎么对‘三淘气’的事那么上心，弄了半天他这是搂草打兔子，我是那么好打的兔子吗？”

“不饶人”手足无措，讪讪地看着缪大虎。

“等着啊！”缪大虎指着她丢下一句话就走。

“不饶人”受宠若惊地答：“好，我等着。”

缪大虎一回头，生气道：“下地里干活儿！”

十六

正当彭家人说说笑笑中，大贵气喘吁吁地跑了进来，并随即来了个急刹车，方脸上堆满谄笑。人们立即止住笑，像突然见到一只黄鼠狼一样注视着他。大贵迷茫地左右看了一眼，心里嘀咕着为何大家目光全集中到他身上，同时他感到四周特别安静，好像自己瞬间被抛进了一个深邃的洞穴里。

大贵之所以停下脚步，是因为他一眼就看到了彭仁爱一身戎装，英武地站在院子里，像是等待着谁的到来。他整个人透出一身正气，还有几分令人不可侵犯的肃穆。真是几年不见，几乎快要认识不出儿时的伙伴了。

四目相对，大贵有些不知所措，进也不是，退也不是。这时不知道从哪个角落传来一声："大贵，还不快点来给我妈赔不是。"是"三淘气"的声音，底气十足。

虽然一切尽在预料中，大贵还是被刺痛了，简直是欺负到人头顶上了，但身处弱势的人很会察言观色，大贵心里气但并没有把恼怒表现出来，反而用他标志性的谄笑，诚惶诚恐地找话说："仁爱你回来了。"

彭仁爱认识大贵，和他关系还好，两个人当兵时还一块参加过体检，在镇上一个房间里住过一晚。如果不是忠一写信给他说大贵欺负他们家人，他倒是会给大贵几分好脸色的。

"哎哟!"彭仁爱故意一惊道，"这不是我们的民兵营长嘛。"

大贵连忙带着无辜的眼神，上前做出要跟仁爱握手的动作，结果仁爱礼节性地递上了一支烟挡了回去。大贵尴尬地收回手，是被他冷傲的气势击退了，缓慢退到一边，装作受宠若惊的样子看看烟，又一脸羡慕地上上下下打量了仁爱一番说："这好几年不见出息大了啊，这次回来是探亲还是?"

彭仁爱转了一个身，脸上写满愤怒说："听说有人说我家老三要流氓，要把他关到派出所?"

一听他是为这事回来的，大贵心猛地揪了起来，胆都要吓破了，连忙诚意满满地赔笑说："仁爱兄弟，这里面一定有误会，肯定是有误会。"

听到大贵奴才般的声音，正在厨房做饭的吕桂芳气咻咻地走了出来："是谁说我们家小三要流氓的?"吕桂芳说着已经逼到大贵面前。

"三婶，这……这里面是个误会，他那么小怎……怎么可能要流氓，对吧。"大贵结巴道。

吕桂芳随手拎起一把椅子往地上一戳，质问道："那是谁把我们家老三抓去大队部的啊?"

"这……"情急中，大贵求饶似的喊了一声，"三婶，这，这是个误会。"站在一旁不说话的彭仁爱感觉到大贵似乎正承受某种痛苦，知道大贵害怕了，仿佛看穿了他的心。

"是误会为什么还要把我抓起来啊!""三淘气"猛吮了一口糖插话说。彭仁爱也帮腔说："身为民兵营长，随便抓人是犯法的，是要受到人民群众处罚的。"大贵立即吓得张大了嘴。

见大贵真的害怕了，吕桂芳的底气更足了，只见她袖子往起一撸，目光炯炯，厉声说："大贵今天你必须给我说清楚，我家老三怎么要流氓了，谁能证明他要流氓了?"这声音中有了几分让人发毛的恐吓意味。

"三婶，这……这绝对是个误会。"

"那你怎么不误会别人?厚康你怎么不误会?缪敬亭你怎么不误会?"吕桂芳挑起了一边的眉毛，嘴角也撇了一下，吐了口唾沫后，话像一发发炮弹，排山倒海轰向他。

大贵眼睛一闭，心一横，说："我是受了缪书记的指示。"

“谁说的受我的指示啊?”缪大虎背着手走进来,“我指示你什么了?”

大贵瞬间心如死灰,恐惧和焦虑几乎让他心脏破裂。缪大虎目不转睛地盯着大贵,眼睛里喷出的怒火仿佛要杀了他。

吕桂芳左右看了一眼,立即看出些端倪,说:“缪书记,你来得正好,今天正好说清楚,大贵说是受你的指示抓老三的,对吗?”

缪大虎尴尬至极,恨不得找个地缝钻进去。吕桂芳巧妙地将一个带刺的球抛了出来,似乎有恃无恐。缪大虎情急之下,瞪大那双布满血丝的眼睛,大吼道:“我指示你抓‘三淘气’了?”

“没,”大贵摇摇头,“没。”

“那就是你擅自做主!”

大贵惊慌地看了他一眼,痛苦地低下了头。他恨死缪大虎了,可是当着大家的面又不敢戳穿他。谁知,“三淘气”又帮腔道:“老缪,大贵抓人肯定是受你的指使吧。”

“小孩子插什么话!”彭仁爱连忙责怪道。经彭仁爱这么一说,缪大虎也有些生气了,在这方圆十几里的地方,还没有人敢喊他老缪,他的脸迅速阴沉下来。

吕桂芳连忙转移话题说:“缪书记,你作为咱们这里的一家之主,今天得给我家老三一个说法,不明不白的,羞死人了,不然长大了连媳妇都找不到,你可要负责啊!”

大家都是明白人,她这是要说法了。缪大虎这才接上话说:“这不,我今天正是为这事而来。”还说他听说“三淘气”的事后,指示大贵要调查清楚,绝对不能冤枉一个好孩子,也绝对不能放过一个坏孩子。

大贵见缪大虎帮他说话了,也主动揽了一些责任,心里顿时就舒服多了。正当他心里带着几分释然时,缪大虎却是话锋一转,看着大贵说:“我可没有让你抓‘三淘气’去大队部啊,这是你的不对,今天得好好赔不是!”

吕桂芳一听缪大虎都让大贵认错了,更加有底气地教训道:“大贵你好歹也是咱们缪家的人，干吗要跟个孩子过意不去?”

大贵连忙回答：“这事是我多管闲事。”

“你给一个孩子扣上耍流氓的恶名，你良心过得去吗?良心让狗吃了!”

大贵被吕桂芳教训得不敢抬头。看到吕桂芳得理不饶人的样子，缪大虎心里既高兴又有些生气。高兴的是，吕桂芳帮他出了一口气，毕竟大贵搞他的女人，相当于给他戴绿帽子，这是多么气人的事；生气的是，他觉得吕桂芳也太张狂了吧，好歹打狗也得看主人吧，他大贵怎么说也是他支部班子的人，也是他提拔的民兵营长啊。

想到这儿，缪大虎觉得此时必须收场了。便故意咳嗽一声说：“他婶，你看这样行不行，今天你该骂的也骂了，该说的也说了，‘三淘气’这事完全就是个误会，就到此为止吧?”

一听口气，吕桂芳漠然地看了缪大虎一眼，她心里还有些不甘。心想，你们都不是什么好东西，平时吧，我想多挣点工分都挣不到，好干的活儿、工分高的活儿全派给别人做。

想到这儿，吕桂芳眉一横看着缪大虎说：“就这样不行，必须给我们家‘三淘气’一个说法。”

缪大虎一愣，问：“你要什么说法?”说完他顿了一下，接着说，“刚才不是说了，完全是个误会。”

吕桂芳眼一瞪说：“反正不能就这么算了……”

渐渐地，他明白吕桂芳想干什么了，但是他就是不想挑明。因此明知故问：“他婶，你要什么说法?”

吕桂芳被将得嘀咕了一句：“影响我家老三名声”。

缪大虎拿出标志性的领导笑容说：“今儿我就做主了，以后谁敢败坏‘三淘气’的名声，我把他的嘴给撕了。”说完他看着吕桂芳问，“这样可以了吧，他婶?”

“不行!”吕桂芳坚持道，“那我耽误了的工分呢?”

缪大虎嘿嘿一笑说：“这个好办，这几天你就在家休息陪仁爱老弟，工分照样给你。”吕桂芳脸上这才露出一丝笑容。

彭仁爱见母亲闹得也差不多了，觉得应该给他们个台阶下了，毕竟都是乡里乡亲的，以后在一起的时间还长，闹大了大家面子上都挂不住。但是，他还是决定给这帮人一点警告。于是他用柔中带刚的眼神，看了一眼缪大虎，又看一眼大贵说：“部队领导听了我汇报家乡人欺负军人家属的情况后，非常重视，要求必须弄清事实，还咱们军人家人一个清白。”说到这儿，他故意看了身边两位战友一眼，又说，“既然现在事实已经搞清楚了，我们老三是冤枉的，对吧？”缪大虎连忙点头说“是”。“那既然是冤枉了，大贵营长也上门道歉了，缪书记也给我们家做主了，我看就到此为止吧！”

说完他看着他妈，快速挤了一下眼。吕桂芳当然知道儿子的意思，但她依然做出受了莫大委屈的样子说：“儿子，以后有人再欺负我们，你就多带几个人回来，好好收拾他们！”说完还狠狠地瞪了大贵一眼。大贵瞬间像触了电一样，嘴唇剧烈抖动着，发出含混不清的低语，那手足无措的模样叫人怜悯又令人讨厌。好在，他闭上眼睛做了几次深呼吸，在众人的注视下迅速从失态中转变过来，恢复了往日的模样。

见此，缪大虎立即嘿嘿一笑，说：“又不是打仗，要那么多人回来干吗，是吧仁爱？”

彭仁爱顿时不好意思地说：“好了妈，快去做饭吧。”

缪大虎却连忙说：“今天我做主了，大家伙晚上就到大贵家去吃饭，算是给仁爱接风洗尘了。”

大贵一听，连忙说“好”，转身就往外逃。院子里顿时充满了欢声笑语。

吕桂芳的头开始抬得高高的了，好像有什么东西在胸间涨得满满的，像马上就要溢出来了。仔细一想，才知道，那涨得满满的东西，叫作虚荣心。

不错，她是一个虚荣的女人，连做梦都希望儿女们高人一等，这样她就能够在人面前挺起腰杆子，让人高看一眼了，自从嫁到这个村里，她遭人家白眼太多了，现在终于出了一口气啊！

明知上当的大贵像受到恩赐一样逃出彭家后，嘴里开始骂缪大虎，好人都让他做了，自己还得把家里好吃好喝的拿出来给他们吃。而缪大虎之所以要这样安排，当然是为了一举多得，既感谢了彭家人，又讨好了彭家人，还重罚了勾搭他女人的大贵。

缪大虎心里那叫一个畅快！

十七

“兄弟你这真是光宗耀祖啊!”缪大虎举起杯献媚道，“来，再敬你一杯。”彭仁爱瞥了他一眼，故意摆起谱来，做了一个想站起来的动作，但终究没站起来，只是举起杯点了点头。缪大虎原本还脸上堆笑，最后以不为人察觉的尴尬收尾。

大贵见此，带着讨好的口气说：“仁爱兄弟，你在部队当的官挺大的吧?”仁爱知道他话中的意思，于是看了他们一眼说：“也就管个千把人吧。”

“哎哟!”缪大虎十分惊讶，“咱们彭家庄大队真是出人才了。”不过，仔细一想，作为见多识广的人，他对部队多少还是有所了解的，心里说你小子就吹牛吧。

彭仁爱脸瞬间一窘又嘿嘿一笑说：“什么官大官小的，都是为了保卫祖国。”他并不是刻意回避自己只是个作战参谋，是怕亮出底牌后，眼前的这几个土皇帝会不以为意，他要好好压压他们，否则等他一回部队，这帮家伙又要欺负他的家人。

没问出底牌的缪大虎心里很不甘心，索性拿着筷子夹起菜来，谁知夹了几次，那颗圆溜溜的小土豆就是在他筷子下面打转，缪大虎有些冒火地说：“这小东西还挺滑的嘛。”原本是一句无心的话，却让彭仁爱听出指桑骂槐的味道来。

“它是在逗你玩呢书记。”

缪大虎一愣，似乎立即明白了他话里的意思，便狠狠地一筷子戳进土豆说，“我叫你滑!”大贵一看缪大虎的举动，知道他不高兴了，连忙说："仁爱兄弟，来，我们喝酒。"缪大虎没明白大贵的用意，反而看大贵一副讨好的样子，哼了一下说："大贵呀，今天看你表现了，陪好了仁爱兄弟，'三淘气'那事就一笔勾销，陪不好我可跟你没完啊！"

这话像刀子一样扎心，真是哪壶不开提哪壶。大贵看了缪大虎一眼，失望地叹了口气，意有所指说："书记放心，今天我陪不好仁爱兄弟还有你呀。"说完又补了一句，"今天这顿酒也有书记你一份功劳啊。"

缪大虎脸一窘，连忙接话说："是呀，今天让你破费了。"又把球踢了回去。

你来我往的，彭仁爱自然听出他们的话中之意，心想，没有你缪大虎的默许，怕是借他大贵一百个胆，也不敢把一个孩子关在大队部一晚上。对此，他嘿嘿一笑说："你们一个大队书记管基层，一个民兵营长负责反特防间，都这么忙还有时间管一个小屁孩的事，实在可敬啊。"说完他跟他们分别碰了下杯，说："一起干了！"

"不行，不算！"大贵看出些端倪说，"屁股一抬，重来重来。"

此话正中缪大虎下怀，便附和道："仁爱老弟，你这样不好吧，虽然你当了大官，但回到家乡，家乡的规矩不能丢吧？"

彭仁爱知道自己被暗枪了，便掩饰着尴尬回道："这规矩我倒是没忘，只是时代不同了，对吧？"说完还挑衅地看了缪大虎一眼。

缪大虎当然知道他的意思，尤其是那一眼。心想，时代再不同我也是这片土地上的父母官，你当官了能把我怎么样？想到这儿，缪大虎很不服气，决定敲打他一下。便说："自从盘古开天辟地到如今，没有规矩不成方圆。规矩是什么？规矩是这片土地上的契约，规矩就是你不执行也得执行，规矩就是……就是外边来人得先找我缪大虎。"

彭仁爱知道他生气了，便嘿嘿地一笑，言不由衷地恭维说："书记说得极是，你毕竟是这儿的父母官，不先找你那找谁？"

听到这话，缪大虎有些开心了，毕竟说到了他的心坎上。于是缪大虎开始大谈为官的不容易，说你看彭家庄大队几百户，上千人口，老老少少，哪家鸡毛蒜皮的事不找他，哪家婚丧嫁娶不找他，哪家牛羊吃了人家庄稼没找他……总之，全是多么不容易，说话的表情，就像历经了千辛万苦。

为此，彭仁爱不无挑逗地说："书记你身上的担子重啊，可别有什么闪失啊，否则彭家庄大队的群众咋办呢？"大贵不知道彭仁爱是在揶揄缪大虎，又连忙接话讨好地说："书记，仁爱兄弟说得是，你身体可不是自己的啊，你的身体可是全村人民的，这万一……"万一还没说出来，就被缪大虎两眼一瞪责怪："你是盼我万一死了你好早点接班对吧？"

"不敢，不敢，你看我这嘴老是词不达意。"大贵说着还扇了自己一巴掌。

对此，彭仁爱借力推石般说："书记酒量那么大，身体一定很好，不会……不会怎么样的对吧。"缪大虎又被彭仁爱不阴不阳地捅了一刀，心里很气，想发火也发不出来。

"仁爱老弟啊，"缪大虎哭丧着脸说，"你可不懂啊，其实这酒不是什么好东西，伤肝又伤胃，可是又推脱不了对吧？"

彭仁爱嘿嘿一笑，又戏弄地接话："别呀书记，革命小酒天天醉，有酒不喝也不对。是吧？"

"你看你真不够意思，你也笑话你哥哥了吧！"

彭仁爱脸一板，装作很认真地说："酒这东西真不是什么好东西，喝少了吧不过瘾，喝多了吧半夜找水，第二天后悔，以后少喝。来，咱们多吃菜。"

"哪能啊仁爱老弟，"缪大虎举起酒杯说，"你也难得回来一次，咱们今天就破个例，一醉方休，身体算什么。"于是大贵连忙附和说："今天不醉不归啊，你们谁也别给我客气啊，怪菜不怪酒，来来来，喝酒。"碰杯声叮当作响。

谁知，喝着喝着，缪大虎一举杯，又把话题转移到彭仁爱到底当了多大的官上来。说彭仁爱当那么大官，一定是日理万机，为保卫祖国操碎了心……说到最后，干脆直接问他是当的营长还是团长来了。

“这俗话说参谋不带长，”已经晕头的彭仁爱脱口而出，“放屁都不响。”想改口已经来不及了。

为此大贵心里一乐，点明其意：“你是参谋啊。”

“是啊！”彭仁爱脖子一梗，装作无比自豪地说，“你应该知道，参谋那是无大小的。”话虽这样说，但彭仁爱懊恼自己喝多了，于是努力想挽回局面。

他停顿了一下又说：“你知道我是什么参谋吗？”大贵咧咧嘴，淡漠地笑着示意他说。“咱可是军部的参谋知道吧。”大贵却是下意识地摇摇头，立即把彭仁爱的心弄疼了。他心里很气，但脸上因为酒精的掩饰，看不出他生气。于是他又说：“我们这个军打过日本鬼子上过朝鲜，打过‘美帝’你们知道吗？”

“真不知道！”大贵嬉笑着回答。不过，缪大虎的瞳仁开始放大，表情上带着一点点佩服。

彭仁爱便更有了底气说：“就说我本人吧，身为军参谋，虽然职位不高，但你知道吗？那可是军长的左膀右臂，是领导的助手……”

如此一番吹嘘，大贵跟缪大虎才对彭仁爱佩服起来。他们说怪不得这部队出人才呢。见效果达到了，彭仁爱以宾代主，给他们敬了一杯后，说起了自己一步一步，从战士到参谋的成长历程。他说，自从走出彭家庄大队到部队后，就一心想成为毛主席的好战士，决不给彭家庄大队父老乡亲丢脸，一定要干出一番事业来。

说训练场上，他从不掉队，从队伍训练到枪械射击，都是连队的第一名。尤其说到投弹时，他更是情绪激昂，借着酒劲，把自己不怕牺牲，勇敢救战友的事迹讲了出来。

这倒是一个真实的故事，是在新兵连手榴弹投弹中，一个胆小的战友，在拉了环后，用力过猛，将手榴弹丢到了自己的背后，在大家一个惊呼还没有反应过来时，彭仁爱健步如飞冲上前，抓起手榴弹就掷了出去。

见他们俩惊讶着，说到这儿他又故意道："你们要知道，当时他们一排的人都在等待投弹。就差五秒钟，他们一个排就全'报销'了。"

"一定立大功了对吧?"大贵试探道。

彭仁爱一激动："必须呀，荣立三等功"。还说从此以后，他就开始在连队中崭露头角，立即被提拔到连队当起了文书。

"不错不错，"他们附和道，"文书的权力也不小吧?"

彭仁爱咂了咂嘴，自言自语："这个工作不是什么人都能干的，相当于是连长、指导员的秘书……"

的确，当了文书，是他人生中一个历史性的转折。在做文书工作期间，因为他的文化程度高，加上字也写得好，文章也写得不错。于是便作为军官苗子得到培养。在被提拔成为军官后，他开始钻研军事理论，别的战友在娱乐休息时，他却在静静地学习。

"了不起啊!"缪大虎在他说完后伸出大拇指说，"仁爱啊，你这以后怕是前程远大啊。"大贵因此也连忙附和说，"你是我们学习的榜样啊!"对此，彭仁爱在恭维中，开始浮夸起来，说："你们还不知道啊，我可是毛主席的好战士……"接着，他又说起来他在部队里的种种好的表现。

大贵跟缪大虎既佩服又羡慕，还有嫉妒。心想：这小子以前跟我们一样泥腿子，没想到去了部队就做官了，这部队倒是真能培养人啊。心想着得攀上这个家伙才行，说不定以后还能占点什么便宜呢。

见效果差不多了，彭仁爱觉得是时候撤退了，否则喝醉了还不知又说出什么露出破绽的话来，一个谎言得无数个谎言去圆。因此他说今天就到这儿了，也喝多了，以后有机会再聚。谁知，大贵跟缪大虎连忙举起杯说，这怎么行，说好的今天一醉方休。为此，彭仁爱只好硬着头皮举起杯……

十八

大贵在“哎哟”声中，一个踉跄倒在路边的麦地里。头脑也立即清醒了一半，他像捞上岸的一条肥大的青鱼似的，挣扎着，扭动着身子想爬起来，还莫名地责怪缪大虎踢他干吗。

结果还没等他爬起来，缪大虎上前一个跨步，像骑马一样坐到他身上，一边狠狠地朝他扇着巴掌，一边说“你敢干我的女人，简直反天了……”

大贵不断地挣扎着。随着缪大虎的力气加重，大贵这条肥大的青鱼，在麦地里开始拼命挣扎着，扭动着。嘴里还不断叫饶说，村里那么多女人哪知道哪个是他大虎的女人，他吃肉也得让自己喝口汤吧。

“叫你嘴硬！”重重一巴掌打下去后，大贵不再挣扎了，真的像死鱼一般。缪大虎一愣，以为他死了，再一看，却发现他眼睛里的怒火在月光下发出蓝色的光，缪大虎吓得哆嗦了一下，站了起来。大贵随即摆出一个“大”字，死猪不怕开水烫的样子，意思任由他处置。

正当缪大虎决定好好收拾一下大贵时，借着月光，他看到了大贵凶神恶煞的眼神，恐惧立即就像风裹挟着沙子一般，铺天盖地扑向他，他感觉自己整个身体忽然变得沉重万分，两腿发软，甚至连脚都抬不起来了。他完全被大贵无言的愤怒慢慢击垮了。

正当缪大虎不知如何是好时，大贵突然发出“哈哈哈”的冷笑，这冷笑伴着寂静的夜晚，像一枚枚尖锐的飞镖，在夜空中穿梭。

“你没疯吧？”缪大虎试图伸过手去感知，大贵却是倏地一个鲤鱼打挺，动作比羚羊还快地从地上弹起来，把缪大虎吓得连连后退。

“怎么了，怕了吧?”大贵的声音刁蛮霸道，前面一切渺小的存在都似乎被他践踏、吞噬了。

克制着内心恐慌的缪大虎嘴唇不停地颤抖，实在无法控制，就将牙齿紧咬在嘴唇上。大贵第一次令他害怕了，不过，一想到自己是他的领导，好歹也是一地之首，瞬间就又有点儿居高临下起来。

“你想干吗?”缪大虎厉声说道，“反了你不成啊。”大贵没有畏惧地往前走，缪大虎则下意识一退，随即反应过来这样让他占了上风怎么行，也前进了一步。于是缪大虎和大贵几乎面贴面地对峙起来。

“大丈夫三不让，妻、财、子，你不知道?”大贵又是干涩的一声冷笑。缪大虎企图能解释得更好听一点，手在挥来挥去中，越说越说不清。

“那‘不饶人’是你老婆还是你家人?”缪大虎被他满口的酒气冲得后退了一步。

见缪大虎不语，大贵以为他害怕了，非常霸道地质问：“如果‘不饶人’都成你的女人了，这村里、湾里的女人不全成你的女人了？你把自己当皇帝呀!”

眼看大贵占了上风，见过世面的缪大虎心一横，脸上的皱纹忽然一展，顷刻间眼神中就闪出几分锋芒的锐利来。“听说你想抢夺我的位子?”话里面透着一股破釜沉舟的劲头来。大贵随即一愣，缪大虎警告道，“你这是篡位夺权，是与人民为敌，是谋反。”

一听帽子扣得如此沉重，大贵立即计上心来，决定来个你死我活，弄个木已成舟。他出手极快地一把掐住缪大虎的脖子，然后说道：“谁的心不大？谁不想指挥人？咱老戏上唱得好，姜子牙钓鱼渭河上，孔夫子在陈绝过粮，韩信讨食拜了相，百里奚给人放过羊，莫把穷人太小量，多少贫贱做栋梁。”

“救命啊!”缪大虎拼命叫喊着，挣扎着。越是叫，大贵越是害怕，就更加用力了，心想趁今天夜黑风高杀了你，否则明天你就会办我。

大贵像即将杀死一只鸡一样使劲掐着缪大虎。缪大虎哪是身高马大的大贵的对手，被掐得嗷嗷叫，连舌头都伸了出来。缪大虎发出绝望的求救声，他的喊声被恐惧击得不成样子。一种日薄西山的死亡气息笼罩着缪大虎。

“你们半夜三更地在干吗?”正在这时，李翠远远地喝问了一声。大贵在一惊中，手不由自主地一松。缪大虎一个激灵，摆脱了死亡的威胁。

“婆娘你……你……你怎么来了?”大贵结巴中，压着没得逞的怒火。目光里已经没有了杀气，只是像乱藤一样缠住缪大虎不放。

“你个酒鬼!”李翠不无责怪地说，送书记出门，怎么半天不见回来，以为你掉沟里淹死了!

缪大虎像遇到救星一样接话:“李翠你来得正好，他不会死，这条疯狗差点要了老子的命。”

“要你命?”李翠心里咯噔一下，上前看着缪大虎，“你们打架了?”

“哪能啊，”大贵做出不可能的样子嘿嘿一笑说，“我跟书记比摔跤呢。”他已经无法驱除心头盘踞的仇恨了。

“神经病!”李翠上前推了一把大贵，“还不赶紧回家睡觉。”

缪大虎则不肯罢休说:“大贵要不我们再比一次?”

“不……不……明天再……再说吧。”他尴尬得有些语无伦次了，知道没有机会了。

“明天?”缪大虎手一扬，“明天你就没有机会了!”

大贵一声吼，袖子往上一提:“比就比!”一对大刀般的眉毛下，两眼满是蔑视和怒火。结果，缪大虎吓得颤抖地说:“咱们明天比!”说完就跑开了。

“都是你个臭婆娘!”大贵一个巴掌打得李翠两眼直冒金星。李翠“哎哟”一捂脸，半天才回过神来，就上前撕起大贵的衣服，骂他发什么神经，说她伺候他们一晚上，大贵居然还打他。大贵为此更加气急败坏地举起手，说打死她才好。

李翠吓得一边跑，一边怒目圆睁咬牙切齿骂他无耻，歇斯底里大骂他不是人。

大贵像泄了气的皮球，满脸忧伤，一副如丧考妣样，颓败地一屁股坐在地上，他人生的虚幻之桥坍塌了。此时，他湖泊里的盲鱼，在没有光线、没有声音的世界里感受水细小的波纹，像在琥珀里的晶体标本。这是他怎么也没想到的，他预感到自己的末日到来了。他动用所有的脑细胞，想起对策来。

惊魂未定的缪大虎一路跑到大队部里将房门关得紧紧的。刚才若不是李翠突然出现，他很可能就会被大贵掐死在夜黑风高中。他怎么也想不明白大贵为什么要对他下毒手。

夺权？酒喝多了？这几个字来回在他脑海里游荡，最终他把大贵的动机定位在“夺权”上。一想到要夺权，缪大虎不由得打了一个寒战，像突然被抛进一个深邃的黑洞里。对此，他眉头一皱，一咬牙，决定先下手为强！

欲望总是在夜晚生长，大贵思来想去，觉得唯有杀了缪大虎才是上上之策，否则没有出头之日，那阴沟里的石头，也希望有翻身之日不是？他掏出烟来点上，猛吸一口，接着呛得咳嗽起来。

之前那遭受过的屈辱就像被烧红的烙铁烙在心上一样，说不出的痛。他要报仇，他也要活成人上人！但他终究只想出一个补救措施，决定明天一早去给缪大虎赔不是，真的是找不到机会的下策了。这时，夜空中飘起雨来，雨的腥气里夹杂着腐烂的植物根茎的气味，整个夜空都像在发出一种腐朽的恶臭。

赤黄的水卷着泥沙湿透了大贵的衣服。闪电持续不断，将天空撕开裂口。他屈辱地哭着，动弹不得仿佛有根绳子狠狠地勒住了他的骨头。大贵感到世间万物都在这雨里死去，又活过来。

报复之心令缪大虎没有回家，他决定在大队部等到天亮就出手。抽着烟，他出神地回忆着今晚前前后后发生的一切，恍若做梦一样令他惊愕令他不敢相信，于是他闭上眼睛，嘴里发出只有他自己才明白的句子来。

雨越下越大，一道道闪电，不时划破黑漆漆的夜空。伴着屋外的闪电、惊雷和雨滴声，他睁开眼睛一看，眼前的一切都虚晃起来，从檐角急促落下的一滴滴雨水，重重地滴在长廊的青石板上，急速溅起，顿时粉身碎骨，于是缪大虎像看到猎物一样，狰狞地笑了，开始一分一秒地丈量黑夜的长度。

雨止了，月亮出来了，月光皎洁。被雨水冲洗过的夜空，银亮银亮的。人不就是因着苦难，以及因着消解苦难而活着而生存的吗？

……

当派出所的民警敲开大贵的家门时，李翠吓得一个哆嗦后退了几步。“大贵人呢？”民警没等李翠开口又说，“大贵人呢？”“你们这是要干吗？”李翠弱弱地问。对此一个民警瞥了她一眼，侧身走了进去。

“你们要干吗？”

“干吗？”那民警转过身，“大贵杀人未遂，我们奉命来调查。”“杀人未遂”四个字李翠虽说听不大懂，但“杀人”两字还是吓得她惊慌。“怎么可能，他还在床上睡着觉呢。”此时大贵已经听到了院子里的对话，几乎是连滚带爬地跑了出来。

定睛一看，两个民警正虎视眈眈地像捕狼一样盯着他。大贵吓得一哆嗦中，连忙后退两步，结果两个训练有素的民警健步如飞上前，来了个擒拿格斗动作，他就倒在地上了。

“你们要干吗？”大贵用力挣扎，“我是民兵营长大贵。”

“民兵营长也不行！”一个民警不相信地一用力说，“民兵营长杀人也得抓！”

“我没杀人，我没杀人！”“你是没有杀死人，对吧？”一个警员说着，只听“咔嚓”一声，一副锃亮的手铐就套上他的双手了。李翠见此，大声尖叫着：“你们怎么随便抓人？”

“吵吵嚷嚷的，”缪大虎背着手走进来问，“谁说随便抓人了？”

李翠立即像遇到救星：“书记……书记……快……救大贵。”

缪大虎藐视了她一眼，冷笑着说：“没有抓错，抓的就是大贵。”

“这是?”李翠为此一愣，“这是……这是怎么回事呀!”

缪大虎指着自己的脖子说：“这上面就是大贵杀人的证据!”李翠一看，缪大虎的脖子上果然是一圈紫红紫红的印记。

“那不是杀人,”李翠张大嘴呼呼吐气说，“那是你们昨晚喝酒摔跤弄的，对吧?”对此，大贵也连忙辩解说，缪大虎脖子上的印记是他们喝酒后，缪书记提出摔跤比赛造成的，绝对不是什么谋杀。

“不会吧?”一位民警看着缪大虎，“是这样吗?”

“你血口喷人!”缪大虎脸立即厉声道，“他就想借机谋杀我!”

“他胡说!”大贵挣扎着，“你们别听他呱呱乱叫!”

“就是！就是！警察同志，他就是想杀死我!”

两位民警对视了一眼，喉咙里咕噜响了一下，“带走！回警局调查!”话一出口，李翠像风中的旗杆，瞬间就倒在地上。大贵开始破口大骂缪大虎不是人，骂他诬陷，喊着警察不要相信他……

缪大虎一脸严肃地说：“警察同志办案是以事实为依据的!”说着还装作非常疼痛地摸了一下受伤的脖子。看着远去的大贵，缪大虎为自己的还击得意起来。昨晚那遭受过的屈辱，就像被烧红的烙铁烙在心上，一想便从心底疼起来。

这是他带着病态而绝望的心情想了一晚上的结果。现在只要一闭上眼睛想大贵要置他于死地的样子，他立即就倒吸凉气。真的是太险了，差点就丢了性命，为此，天还没亮他就去派出所等待报案。

幸灾乐祸的缪大虎却不知，灾难已经在他家落下了脚。

雨后的村庄有几分落寞，冷风不时扫过光秃秃的树枝，李翠现在才体会到什么叫透心凉。一股说不清是伤感还是耻辱的感觉，在李翠心中回荡再回荡，最终，她没能忍住眼泪，在一棵树下哭成泪人。

十九

“三淘气”的事情得到圆满解决后，彭仁爱第二天一早开始抓紧时间走亲访友起来。一别家乡多年，村容变化不大，但记忆中所有的气息已经不复存在。他不知道现在这种气息是什么味道，更不知道是自己变了还是家乡变了。

……

大贵刚被派出所带走，缪大虎便召集支委开会，他宣布大贵谋害他未遂，他奋力搏斗才得以逃出魔爪……现在大贵已经被公安机关带走，接受调查。大家毛骨悚然加半信半疑，在发出“怎么会这样”的惊愕中，最终附和着缪大虎说，还真是知人知面不知心，阶级敌人就隐藏在身边啊！

对此，缪大虎狠狠对着窗外啐了一口，情绪激昂地把昨天晚上的情形绘声绘色地说了出来。那样子仿佛是幸亏他阶级斗争的警惕性高，否则他们今天就见不到他们敬爱的书记了。不过他没有说是李翠救了他，否则既丢人，也达不到耸人听闻的效果。

缪大虎干咳了两声，然后提议，不，是决定，免除大贵民兵营长的职务并说这一职务太重要了，以后在选拔民兵营长时，一定要小心谨慎，把德才兼备，对基层政权、对党忠诚可靠，能干事、能干成事的人选拔到岗位上来，因此民兵营长这一职，由他先代理一段时间再说。

言毕，像所有会议一样，大家额手称庆，一致同意说缪书记这是军政一肩挑，太符合国际国内形势了。

天气令人压抑。镜中出现缪大虎神采奕奕的样子，虽然消瘦，但还远没有昏聩干瘪。他不无心疼地摸了一下红肿的脖子，来到饭桌前端起酒杯，手却在发抖，心脏怦怦跳。于是他放下酒杯，推门而出，迎面而来的是淡淡的月光，零星的星光在极远的高处闪动。

谁说的？繁华中孕育着凋零，笑容里藏着眼泪。

当彭仁爱从外面走访亲友回来后，从家人口中得知大贵谋杀缪大虎的事情时，那叫一个震惊，连忙说怎么可能，那天晚上他们一起喝酒还好好的，大贵还与缪大虎站在一起灌他酒，怎么就从盟友变成杀人未遂的杀人犯了？

为此，警惕性极高的他，立即带着疑惑找到缪大虎，结果一看缪大虎的脖子上真有要置他于死地的印子，证据确凿。不过他还是不相信，他认为事实不一定是这样，便问缪大虎他们是不是闹着玩弄的。结果缪大虎身体一抖，恶狠狠把那天晚上的情形，添油加醋地说了出来。彭仁爱这才相信知人知面不知心这句话。

“你为什么要谋害缪大虎?”一名警察对着一脸颓败的大贵问道。

“我真的没有!”大贵挣扎着站起来，“他完全是诬陷!”大贵意识到绝对不能承认他有过丝毫杀死缪大虎的动机，否则他便是死路一条。

“那缪大虎脖子上是怎么回事?”于是大贵眉一横说那就是他们俩比赛摔跤弄的，跟谋害无关。

警察于是又疑惑地问：“那他为什么要报案说你谋害他呢?”大贵一愣，想说是因为村里的寡妇“不饶人”，可是话到嘴边他又吞了回去。心想，警察能相信他是因争风吃醋吗？再说他还暂时不想把他跟“不饶人”的事搬出来。

“说呀?”警察盯着他，“你倒是说个理由啊!”

大贵在一番犹豫中，瞟了对视的警察一眼，反问道：“那我谋害他有什么理由呢?”

“你想篡夺缪大虎党支部书记的位置。”一个警察掷地有声地回他。

大贵为此又回击："一面之词，谁证明?"

这下把警察给问住了。大贵像找到了求生的希望，又说缪大虎这是公报私仇，只好把他们跟"不饶人"的事说了出来。

"原来就是为了这个?"警察有些奚落道，"这还真是密切联系群众啊!"

面对对方不阴不阳的话，大贵伸了伸脖子，肯定地说："就是因为这个!"两位警察交换了一下眼色，走了出去。

大贵知道自己有救了，就像一条在干燥的泥土中的蚯蚓，突然找到一条湿润的缝隙，开始蜿蜒往里钻。不过，一种不祥的预感始终围绕着他挥之不去。

缪大虎接到大贵谋害他的事实证据不足的电话时，正在家里品着小酒，想着心事。放下电话后，他心事瞬间全无了，立即开始思考怎么把大贵谋害他的事实坐实。可是，脑子不够用，思来想去只有脖子上的伤和大贵媳妇李翠才能证明。

打败敌人最容易从内部攻破。

当缪大虎敲开大贵的家门时，看到李翠正一边抹眼泪，一边心不在焉地做着饭。见缪大虎突然造访，李翠瞥了一眼他后，倏地就跪在他面前央求："缪书记，你大人有大量，看在我们大贵一直对你忠心耿耿的份儿上，放过他这一次吧。"

认真地盯了一眼李翠后，缪大虎脸一黑说："他忠心耿耿还要谋害我?"李翠连忙说："你们当时不是说在摔跤闹着玩吗?"

"那是他说的!"缪大虎恼怒地说，"你去的时候他正在实施犯罪。"

对此李翠只好委曲求全说："就算他要谋害你，不是也没有谋害成功嘛!你看你现在不是好好的。"

"那是因为我命大!"缪大虎一瞪牛眼说。

"那你想怎么办?"李翠凑到他跟前，"你想要什么赔偿，你只要开口，都行。"

缪大虎皱了下眉，后退了两步说："我什么都不要，就要大贵伏法。”

一听要自己的丈夫伏法，李翠立即就急得哇哇哭了起来，说这个家要是没有大贵，我们孤儿寡母的以后怎么办啊……哭声哀怨悲戚，一浪高过一浪。

“别哭了！”缪大虎几乎是吼着说，“就这么个吃着碗里的看着锅里的货，你有什么好哭的啊。”

李翠一怔，抹了一把眼泪，不明白地看着缪大虎。缪大虎嘴唇动了一下，终于没能忍住把大贵长期与“不饶人”通奸的事说了出来。对此，李翠在不相信中还是相信了，哭着大骂大贵挨千刀的，不得好死，怎么能背着她偷鸡摸狗。

“这样的男人还要不要？”

李翠一抹眼泪做了一个决断的表情：“不……我还是要！”

缪大虎于是气急败坏地指着她的额头说：“李翠你什么脑子，他大贵都跟你同床异梦了你还舍不得丢。”

“咋丢？”李翠又一抹眼泪，“丢了我们娘俩怎么过啊。”然后又扯着嗓子痛哭了起来。不知是为自己还是为大贵。

对此缪大虎开导她说：“今天我就是为这事而来，主要是想为你出一口气，你说他都在外面这样了，什么人呀，难道你就能咽下这口气吗？”李翠点点头说：“咽不下，这个挨千刀的不得好死！”缪大虎心里一阵窃喜，以为李翠被他说动了，便说只要她去派出所证明那晚大贵确实想谋害他这一事实，剩下的事他来办。

“怎么证明？”李翠张目结舌地又问，“那大贵是不是要坐班房？”

缪大虎嘿嘿一笑说：“这样你不是正好出了一口气了？”

“不行！”李翠后退一步，“我还是不要他坐班房。”

为此，缪大虎急着在地上转了一个圈说：“你怎么又绕回去了呢，你又想出口气，又不想让他坐班房，那你想怎么办？”

李翠头一摆，说：“我也不知道怎么办。”

面对李翠的反反复复，缪大虎点了一支烟，猛吸一口后，开始做起李翠的工作，先是攻心为上，说："李翠，你知道吗？大贵他谋害我的事真的不是什么事，反正我也没死成，是不是？"说到这儿，他话锋一转，"李翠，你知道外面怎么议论你吗？"李翠摇摇头说："这种事不都是当事人最后一个才知道吗。"

缪大虎一副恨铁不成钢的样子，又说："村里人说你真傻，说你是个没用的女人，连自己男人的裤裆都管不住，还活着干什么……"李翠被他激将得一怔，无地自容地抓起自己的衬衣角在手里揉起来。

见李翠不语了，缪大虎又开始点火："李翠你都不知道大贵跟那'不饶人'是多么不要脸。"李翠摇摇头，用期待的眼神看着他。于是缪大虎说："你都不知道你丈夫跟那'不饶人'有多淫荡！"说到这儿，他看了李翠一眼，然后故作惊讶，闭上眼睛说，"他们在一起不要脸时，左右邻居都听得到他们的叫床声，羞死人了咧！羞死人了咧！"

李翠心死般把眼睛一闭，又忽然睁开，说："搞死拉倒，省得以后这个贱货再害别人！"

缪大虎一跺脚，急吼："我的祖奶奶，怎么跟你说话像对牛弹琴！"

"那你说怎么办啊？"缪大虎判断不出李翠是在试探还是真不知道，便装作语重心长地说："李翠呀，你就听我的话吧，只要按照我的话做了，以后你要干什么随时跟我说。"

李翠怔怔地看了他一眼，一抹泪说："我还是要大贵，孩儿不能没爹呀！"

"你这个女人简直就是猪脑子，"缪大虎一跳高，不解气地补充，"我活了这么大年纪还没遇到过像你这样吃人家剩下的，还冥顽不灵的呢，简直气死我了！"

结果李翠一脸无赖地回答："你们男人不都是喜欢吃人家剩下的，这才香咧。"

"你……"缪大虎嗓子里像卡了一根鱼骨头，转身气急败坏地走了。

公安机关开始着手调查，寻找证据。虽说缪大虎给相关人员打了招呼，但人家是嘴上答应不抹他的面子，但该依法办案还是依法办案不受干扰。因此，首先找的人便是“不饶人”。当公安机关的工作人员出现时，“不饶人”真是吓得打了个寒战，不过，随即她冷静下来，知道又是因为大贵而来。

“绝对不可能！”一听说她跟人通奸，“不饶人”装作非常生气地回答，说这是谁说的，非把他的嘴给撕了不可。一看“不饶人”如此激动和生气，公安人员也被她蒙蔽了，只好说是大贵亲口说的。为此，“不饶人”又非常激动地说他是吃不到葡萄说葡萄酸，还做出撸起袖子要去找他算账的姿势。

“别激动啊！”一位公安人员拦住她，“我们绝对不冤枉一个好人，也绝对不放过一个坏人！”

“我可不是什么坏人！”“不饶人”说完，眼泪哗哗掉下来。

见“不饶人”伤心委屈的样子，两位公安人员对视一眼，自找台阶下说：“这事我们会调查清楚的。”于是“不饶人”拿出她的绝技，在地上打着滚数落大贵，说他冤枉她，要他不得好死，说寡妇门前是非多还真是找上门来了……那是如泣如诉的冤屈，那是异常委屈的呐喊。

两位公安人员走出“不饶人”的家门后，立即就又找到主要人员李翠。李翠见此，立即拉长脸说：“你们想怎么治他就怎么治他吧。”说着还拿起扫帚拍打着一只大公鸡说，“你个吃里爬外的东西，今天非打死你不可。”

两位公安人员被她弄得哭笑不得，连连后退。“我们公安机关办案从来都讲究证据。”见李翠恨恨地往台阶上一坐，一位公安人员上前说道。

对此，李翠抬头反问道：“大贵谋害人的证据呢？证据呢？”一位公安人员扑哧一笑说：“这不正是来向你询问。”李翠疑惑地看着他。于是公安人员把缪大虎说过的话说了出来。

“他这是在陷害人！”李翠倏地从台阶上站起来说，“昨晚我还问他们在干吗，缪大虎亲口说他们在摔跤比赛。”

公安人员见此，又不放心地提醒：“说假话可是要负法律责任的啊！”

李翠立即像男人一样，打包票拍拍胸说：“本人一生从不说假话。”两位公安人员便让她在说的话的记录上按了一个指印。

得知证据不足的消息后，缪大虎开始四处活动起来。心想，绝对不能把大贵放出来，否则人高马大的大贵非把他撕了不可，那晚的情形瞬间历历在目，于是他把家里能送的东西全搬了出来。

一番活动后，公安机关相关人员答应缪大虎暂时可以不放大贵，但是如果一直找不到证词，还是得依法办案。对此，缪大虎乞求说，只要能多关他一天，就多一天，反正不能放他出来。他决心再想想办法，放虎归山的后果他无论如何也承受不起！

二十

吕桂芳沉稳得像家里的墙一样。一堵墙通常不会在乎青藤是怎么攀上来的，野草是怎么在墙缝里生长的，青苔是怎么覆盖它的，狗是怎么朝它撒尿的，它始终是牢固的。吕桂芳的脸上凝结着风雨，面对问题的时候，她异常冷静，有章法。

“老三放学了?”往里屋跑的“三淘气”随口回答:“嗯，放学了妈。”他没有发现或者说根本就没有想到他妈阴沉着脸杵在院子里多时了。这孩子怎么能眼中无人呢？吕桂芳心想。尽管她特别喜欢这个淘气包，这令她多少有些生气。

正当“三淘气”丢下书包从里屋冲出来一刹那，吕桂芳大声问:“干啥去?”

“抓好黄鳝去。”他嘴上答着脚却没有停下。

“你给我站住!”吕桂芳尖厉一声，把“三淘气”吓得一怔，呆若木鸡。“怎么了妈?”“你还知道有妈?”吕桂芳脸一沉，“过来给我跪下!”见“三淘气”莫名其妙，她又凌厉一声:“给我跪下!”

“为什么要跪下?”三淘气疑惑地走到她跟前，又问了声“妈你怎么了”便扑通一声跪在她面前。对此，吕桂芳气得眼睛一闭，随手就拖了一张椅子坐在他面前。

“知道妈为什么让你跪下吗?”

“三淘气”犹豫了一下说:“知道。”吕桂芳怒其不争地叹了一口气。然后母子俩你看着我，我看着你。原本吧，吕桂芳早就想好好教育教育“三淘气”，之所以一直没说，一是因为当时大贵抓住他尿人家头上这件事不放，担心一责骂，反而中了一些人的下怀；二是因为老大仁爱回来了，不想因为“三淘气”的事弄得一家人不开心。所以呢，等大儿子仁爱一回部队，吕桂芳寻思着，不好好敲打一下，怕是养成坏毛病。这老话说得好，玉不琢，不成器；树不修枝，不成材；人不教育，不知理。

“你知道你做错事了吗?”吕桂芳眉毛一挑问。

“我知道了。”“三淘气”带着哭腔答。

“不许掉眼泪!”吕桂芳站起来铿锵有力地说，“我们彭家儿女，站起来是个人，倒下也是一条龙!”说完吕桂芳还怒气道：“哭什么哭，做错事改了就还是一个好人！谁这辈子没有做过错事?”

平生，她最不喜欢掉眼泪，就是遇到再大的困难，承受再大的痛苦，都把泪水咽进肚子。她觉得，泪水只能让人家看到一个弱者的样子。

“三淘气”连忙用袖管抹了一下眼，有些委屈地说：“那天也不一定是我们尿到她们身上的。”

吕桂芳立即火冒三丈，抓住“三淘气”的左臂，用力提着说：“就算你没有尿到人家身上去，你这种行为也是不文明的，知道吗?”

“知道了妈。”三淘气咧着嘴说，“下次不敢了。”

看着儿子一副可怜又懊悔不已的样子，吕桂芳心疼地抚摸着他的头，说：“你知道吗？这次多亏你大哥从部队及时回来，要不然还不知道你要遭什么罪。”吕桂芳吸了吸鼻涕，又说，“现在虽然是人民当家做主了，但你也看到了，有些当官的还没把人民当主人，一点儿小事就上纲上线，总想整你、压迫着你……”

“三淘气”虽然听不懂他妈说的一些话，但还是装作听懂的样子，“嗯嗯嗯，知道了”回应着。他无法确定母亲是一个怎样的人，也许眼前的妈妈有好几副面孔，用来应付不同场合的不同人。也许她身上刻着时代的烙印，和很多人一样，她一边要求积极上进，一边为物质利益诱惑着；一边竭尽所能钻空子谋私利，一边在人面前讲大道理，把自己

“伪装”得非常正直。

吕桂芳说的那些话，看似是说给“三淘气”听的，其实是说给社会人听的，像周树人那样，为那个社会中遗留的恶习和不健全的法制，在呐喊，在伸张正义！她能在保护子女这件事上不屈不挠地做斗争，甚至是死亡，只为子女不受伤害。因为她们这代人，经历了太多的痛苦和磨难，小时候受人剥削，少年时经历帝国主义侵略，人们在战乱中，或流离失所或家破人亡，赶走美帝国主义和日本强盗后，又遇上内乱，中华人民共和国成立以后，又赶上饥荒。

想着想着，思想就由远及近，想到眼前“三淘气”身上了。原本只是几个男孩子调皮，民兵营长大贵却揪住不放。吕桂芳心想，这有什么呢？哪个男孩子没做过点儿出格的事，哪家孩子让家长省心过？哪个孩子一出生就听话、懂事，如果一开始就知法律守道德，那还要学校干吗？还要教育部门干吗？想到这儿，吕桂芳又仿佛觉得儿子没有什么大错，但以后得加强行为规范教育。于是她看着“三淘气”说：“起来吧，妈相信你只是一时兴起做了一件坏事，今天让你跪下，就是要让你记住，可以无意做错事，绝对不能有意坑害人！”

一听他妈放过他了，“三淘气”马上破涕为笑，连忙保证说以后绝对不再干那样的坏事了。吕桂芳眼里盈着泪，拉起儿子。正在这时，邻村一对老红军夫妇走进院子。

见此情景，吕桂芳爱怜地拍拍“三淘气”的屁股说，去玩儿吧。随后把那对老红军夫妇迎进屋里。吕桂芳认识老红军夫妇，但不是很熟，只知道男的叫杨万里，女的叫丁什么来着，夫妻俩都曾参加过二万五千里长征和抗美援朝战争。战争结束后，回到家乡，在当地名望很高。只是遗憾的是，在抗击日本侵略者时，男人的生殖器被子弹击中，无儿无女。这次之所以冒昧来到吕桂芳家，是因为他们听说彭家旺跟吕桂芳孩子多，时常吃不上饭，就想跟他们商量，可否过继一个孩子给他们养。

吕桂芳自然不知道他们的来意，领进里屋后，快人快语的吕桂芳便问老红军来家里有什么事。正不知道怎么开口的杨万里嘴唇不自觉地蠕动了一下，到底还是没有开口。他的夫人看了一眼丈夫，又看了吕桂芳一眼，才吞吞吐吐把来意说明。

一听来人是好心好意，吕桂芳倒是心里一喜，随即心里又一沉。喜的是，老红军夫妇家境条件很好，吃饭穿衣自然不愁，孩子还能受到良好教育。这心里一沉吧，是觉得身边的五个孩子都是她的心头肉，像五根手指头，舍哪根都疼。因此她犹豫了一番，还是婉转地拒绝了。

谁知，老红军杨万里说："他婶，你完全可以放心，孩子到我们家后绝对不会亏待他的。我们会像对待自己亲生的一样，让他读书学习，抚养他长大成才。"说到这儿，杨万里停顿了一下又说，"我们不要孩子更名改姓，就只是希望我们老了，他能给我们老两口送个终。"

这些话令善良的吕桂芳为之动容。非常明事理的她觉得老红军所言极是，百老归世的时候，没人送个终怎么行？再说，人家老红军为国家流血奋战，才换来战争胜利，咱们理应帮人家一下。这么一想，吕桂芳又爽快地说："等我们家家旺收工回来了商量一下，好吧？"

老红军夫妇露出笑颜，连忙说"太好了，太好了"。吕桂芳头一扬，似乎笑了笑，目光却看向远方，思索着孩子以后的处境。

"三淘气"在港南河畅游着，一边与小伙伴们嬉戏，一边抓着鱼虾。港南河流水潺潺，两岸青砖黛瓦，飞檐翘角，有着浓郁的水乡风情。这里是"三淘气"的乐园，他冬天在河面上溜冰，夏天在河里游泳、抓鱼。

送走那对老红军夫妇后，吕桂芳开始盘算把哪个孩子给老红军才好。老二吧，不成！都快高中毕业了，给人家不好养，再说老二早就被他大姑妈家抱养当儿子了；老五吧，倒是不错，年龄小，很适合给人抱养，但是呢，老红军夫妻年纪又大了，万一将来孩子还没长大，他们先走了，不也是担负不了送终的责任？

凡事总是替别人着想、将心比心一直是吕桂芳为人处世的风格，因此她又打消了送老五的念头。因此便又想到老六吧，年龄就别说更小了，还是个女孩儿，将来那是要出嫁的，给人家吧也送不了终。因此只有从老三、老四中选了。

阳光柔柔地洒下来，远远近近，仿佛有薄薄的烟霭，却又仿佛没有。

思来想去，吕桂芳把人选定在“三淘气”身上。她觉得这孩子调皮是调皮一点，但他的能干是大家有目共睹的，三岁多他就拎着破罐子捡鸡屎帮家里挣工分；五岁多就下河塘抓鱼抓虾，给家里换油盐，改善生活；现在，只要一有空就帮家里干家务活儿、做饭……送给人家正好可以帮帮人家。老夫妇年纪大了，正需要人手不是？吕桂芳拿定主意，正准备起身去厨房做饭，听到一声“妈，你快看”，抬头就看到“三淘气”手里拎着用柳条穿起来的几条鲫鱼和几条黄鳝。

“今天收获不小嘛。”吕桂芳惊讶道，流露出欣慰的目光。

“我来杀鱼，你炖给我们吃吧。”“三淘气”没等吕桂芳回答，已经跑进伙房拿出菜刀来了。

看着儿子如此熟练地杀着鱼，吕桂芳心里很不是滋味，那是撕心裂肺的不舍得。也不知道为什么，她对这个儿子有着特别的感情。尽管村里人一直说他太顽皮，但在她这儿，从未觉得是什么事，相反，她倒觉得儿子多么能干啊！

“妈，你看这鱼多肥！”“三淘气”的叫声把她从思考中拉了回来。

“是好肥，”吕桂芳一扶额头，以掩饰走神，赞许道，“今天咱们一家人有口福了。”

“以后我天天给你抓鱼好吧？”吕桂芳心里一热，险些掉下眼泪来，但她的反应还是被“三淘气”看在眼里：“妈你怎么了？”他丢下手中的鱼站起来，“你不喜欢我抓鱼？”

“没……不是……”她用手理了一下额前的头发，刻意掩饰某种说不清道不明的伤感。她无法用言语表达出内心的感受，大概是欣慰、感动、骄傲、遗憾、留恋都有吧。

“那是为什么？”

吕桂芳用母亲给儿子送行的眼神看了“三淘气”一眼，犹豫几番后，将准备把他送给老红军夫妻的事说了出来。虽然话语非常婉转，也把那对老红军夫妻说得十分慈爱，但“三淘气”的举动还是把她的心给弄疼了。只见“三淘气”重重将手里的菜刀往地上一丢，菜刀发出“哐当”一声，生怕母亲不要他一样，紧紧抱着她的腿跪下，哭着说：“妈，我以后再也不犯错误了，再也不了，你不要把我送给别人，我不要离开你……”

吕桂芳含着泪说：“人生在世，十有八九不如意，这个世界全是岔道，走错实属正常。孩子，妈妈不是因为你犯了错才把你送人的，你也知道咱们家的情况，有上一顿没有下一顿的，妈是怕你饿着了才……不得已啊！

吕桂芳终于没能忍住地掉下眼泪。“三淘气”双眼刹那间涌出两行热泪，哽咽道：“我不！我再不吵着你要饭吃了，我就要跟妈在一起……”字字句句、声声哭泣像刀一样，扎着吕桂芳的心。

她慢慢俯下身，拉起“三淘气”给他擦着眼泪说：“好了儿子，我们永远不分离！”“三淘气”又喜极而泣，重重地“嗯”了一声，紧紧抱住吕桂芳的腰。在他的记忆里，母亲从没有示弱过，甚至可以说是强悍，今天却是如此柔情。

吕桂芳生于黎明前夕，长在红旗飘扬的新社会，她接受的是打倒剥削阶级、消灭不平等的教育……她动了动嘴唇，似乎要发出什么声音。“三淘气”是一个聪明的孩子，他总能把他的聪明运用到实践中，在实践中为家里赚钱。

小时候
妈妈的围裙
是衣服

长大后
妈妈的围裙

是旗帜

成家后
妈妈的围裙
是味道
是思念
香甜着岁月

妈妈的围裙呀
那是风里的旗
浪里的花
让人总在迷茫时想起她

二十一

生为人母，她对儿女有一种天然的责任感，并为此不遗余力。吕桂芳从此更加看中工分了，不为别的，就为儿子“三淘气”那句再也不吵着要饭吃，就要跟妈妈一起！这是一位母亲因爱而滋生的力量，她发誓不能让孩子们挨饿，发誓要把孩子们养大成人！

理想是美好的，现实是残酷的，并不是多出力气就可以多挣工分的，生产队的小队长缪徐山，仗着他跟缪大虎是亲戚，时常给她出难题，刁难她，分配给她的活儿，不是工分少的，就是体力活重的。试想，身高只有一米五几的吕桂芳哪里吃得消，再加上平时就吃不饱穿不暖，干起来就更吃力了。因此，在一次割麦子时，她就与生产小队长缪徐山发生了冲突。

缪徐山分给她的一亩麦田是牛羊踩踏过的，麦子在地里倒得横七竖八，一片狼藉。也就是说，要想收麦子，需要先把倒在地里的麦子扶起来才行。如此一来，既费时又费工，还累死人。

吕桂芳一边割着麦，一边心里骂着、恨着。终究，她还是气不过，恨恨地将手中的镰刀一丢，决定去找缪徐山讲理。正在田埂上抽着烟的缪徐山远远地看到怒气冲冲的吕桂芳，立即明白她的来意，于是转身就往别的地方走。

“缪徐山你给我站住！”

缪徐山一愣，转身问：“吕桂芳你要干吗？”

说话间，吕桂芳已经跑到他的跟前，非常生气地质问：“你安的什么心啊？”

缪徐山佯装不知，不阴不阳地说：“吕桂芳你怎么说话呢?”说完还摆出要打人的架势。

吕桂芳也不怕他，又问：“你就这样对待革命家属?”

对此缪徐山戏弄一笑，问：“你想要我怎么样对待革命家属?”

吕桂芳一怔，嚷道：“你自己去看看给我分的麦地吧!”

“那麦地怎么了?”缪徐山猛地抽了口烟，缓缓道“麦地不都长着麦子。”

吕桂芳气得发抖，便把麦地的情形说了出来。谁知，缪徐山用不值一提的语气说：“大家都知道你能干，不就是多费点工夫嘛，值得你这样嚷嚷啊!”说完又丢下一句，“我很忙，这种事以后不要来找我。”

吕桂芳彻底愤怒了，质问他为什么跟她过不去，为什么总是把好活儿给他的亲戚干……还说是不是看到她大儿子回了部队，就欺负她……说缪徐山的心都偏到肋条上去了。

一听到她提起她的大儿子彭仁爱，缪徐山正想发泄的话便脱口而出：“吕桂芳，今天你不提这事还好，提起来我就来气，你看你怎么教育儿子的，这从部队回来了也不到家去看看我，还把我这个生产队长放在眼里没有!”

吕桂芳回击道：“哎哟，原来是我儿子没到你家送礼拜你这个菩萨，你才故意刁难我?”

缪徐山脸一板，说：“你把我当什么人，咱是水过鸭背不湿毛，别以为家里有个当兵的就了不起!”说完还不解气，又补充说，“别以为送件大衣就有人帮你说话，别以为这样一把手就会被你们收买……”

吕桂芳一听更来气，不由得话中带刺：“谁叫人家是村里一把手呢，有本事你也当一把手啊!”

缪徐山被吕桂芳说得脸一阵白一阵红，怔怔地站在那儿。不过，随即他反应过来，黑着脸反驳：“这老话说得好，县官不如现管，你拜大鬼不如拜小菩萨，庙小规矩大懂得吗?”

见他厚颜无耻，吕桂芳一气之下骂道：“我看你是庙小妖风大，池浅王八大!”

“吕桂芳你个婆娘!”缪徐山气得脖子都粗了，吼道，“你记住今天说的话，你等着瞧吧!”缪徐山恨得牙痒痒的，撂下话转身就走，走了好远嘴里还不住地说：“气死我了！气死我了!”

吕桂芳当然知道一旦缪徐山生气一定会给她穿小鞋的。略一思忖，她决定去找村支部书记缪大虎评理，觉得自己再不能受人欺负了。想着想着，缪徐山之前刁难她的一幕幕便浮现在眼前。

那是前年春天，吕桂芳和丈夫彭家旺商量，说孩子们越来越大了，都挤在一间屋里，不仅住不下，大家也不方便，加上家里的几间茅草房年久失修，夫妻俩就想把宅基地往南港河边拓展一下，再盖两间房，一间给孩子们住，另一间用来读书写作业。彭家旺连忙说他也正有这个想法，两个人一拍即合。

盖房工程开始了。谁知，地基还没挖完，缪徐山边剔牙边踱步到他们家，问他们是谁同意他们盖房子的。一看来人是兴师问罪的，老实巴交的彭家旺连忙跑进里屋，不知从哪儿摸出一支烟递给他，并对他实话实说，说这家里孩子多，房子也年久失修了，所以就……

还没等他说完，缪徐山撸起袖子，盛气凌人地指着他的鼻梁说：“彭家旺你现在越来越能耐了，盖新房也不跟我打声招呼，你眼里面还有没有我这个小队长了?”

彭家旺一愣，连忙赔不是，说：“这不还没来得及向你报告，就……就被你看到了。”

缪徐山不服气道：“那要是我没看到，你是不是就闷着头把房子盖好了?”说到这儿，他更加趾高气扬，“赶紧回土，没我同意哪能随便就动土了呢。”

正在这时，吕桂芳摘菜回来了。看到丈夫蔫蔫地蹲在地上低着头，再看缪徐山那颐指气使的样子，她顿时明白过来，问：“彭家旺，你不赶紧挖地基，待在那里干吗?”

见吕桂芳不搭理他，缪徐山生气了，阴阳怪气地说：“吕桂芳又是你擅自做主盖房的吧?"

吕桂芳本来就对缪徐山平时的作风看不惯，再加上他时常给她穿小鞋，一听这话她顿时怒了："什么叫擅自盖房? 难道我自己放个屁还要通知你啊!"

"你这是目中无人!"缪徐山一挥手，"今天我还真就让你放个屁也得通知我!"

对此，吕桂芳更生气了，说："缪徐山，我家盖房凭什么要通知你? 通知你，你是给我钱呢还是给我粮食呢?"

缪徐山立即气得眼睛一闭，又猛地一睁，瞪着眼睛说："你到这村上问问，谁家不声不响地自作主张盖房了? 谁家盖房不先到我家坐坐?"

吕桂芳这下听明白了，原来是因为没给他送礼他才过来生事，吕桂芳因此轻蔑一笑说："我送不起礼!"

"谁要你送礼了!"缪徐山整个人都要欺到她的头上了，"你把我缪徐山当什么人了?"顿了一下，又不服气地说："难道我缪徐山是那种因为一点小恩小惠就动心的人吗?"

"那你要我去你家坐什么?"

面对吕桂芳不冷不热的回击，缪徐山脸一黑，说："反正你这房子不能盖，盖了我也叫人给你推了!"

于是吕桂芳与缪徐山吵了起来……

盖房这件事，最终因为老实的彭家旺不愿生事而没办成。

想到这里，吕桂芳加快了步子。

"大婶子你这是?"缪大虎见吕桂芳一脸怒气，便从椅子上站起来，"谁惹你了婶子?"吕桂芳脸一沉，把缪大虎刚坐过的大椅子拖到身后坐下。"今天这是怎么了婶子?"缪大虎疑惑地盯了吕桂芳好一会儿，说，"'三淘气'的事不是处理好了?"

"不是他的事。"吕桂芳又站起来问，"你还是不是彭家庄大队的书记?"

缪大虎一愣，嘿嘿一笑说："我必须是呀!"

吕桂芳这才把缪徐山经常刁难她的事情说了出来。一听是为割麦子的事，缪大虎便嘿嘿一笑安慰她说："就为这点小事生啥子气呢，也就是多费一会儿工夫。再说我当书记的担子多重对吧，这彭家庄大队上千人口，什么事都找我，怎么管得过来！"

"那你就不配当书记了！"

缪大虎一愣，接着扑哧一笑说："婶子别开玩笑了，我不配当书记你看谁还能当？"

"那你就要为民做主，不然就回家种红薯。"

缪大虎听罢有些生气地搓搓手，要是平时，他早就把来人赶出大队部了。今天不同，来人是吕桂芳，彭仁爱的亲妈，他还指望以后她儿子帮帮自家孩子呢。于是他非常耐心又诚恳地问："那你说怎么办？"

"把缪徐山的小队长给撤了！"吕桂芳生气地拍了一下椅子，"他都不配当官。"

缪大虎一惊，说："这个嘛，这个嘛……"

"什么这个嘛那个嘛的，你们是官官相护吧？"

缪大虎苦涩一笑说："我的婶子呀，就为这个撤掉人家不合适吧？"

当然是借口了，怎么可能撤换，那是他的亲戚，谁当官不把自己的亲戚朋友放在重要位子上？这叫团结一心，一致对外。再说了，缪徐山逢年过节总会"孝敬"他点什么。撤职是不可能的！缪大虎上前恭敬地拉着吕桂芳的手说："婶子啊，容我去调查调查，如果真是缪徐山刁难你，我一定好好批评他，保证没有下次了。"

见缪大虎说得如此真诚，吕桂芳便顺势说："那好，今天婶子就给你一个面子，他缪徐山要是再敢难为我，可别怪我不客气了。"

"放心吧我的婶！"缪大虎表情坚定地说，"借他一个胆也不敢了！"说完他还不忘感谢道："仁爱老弟那么够意思，你放心回去吧，我这就去处理。"

吕桂芳觉得自己终于出了一口气。不过，临出门时，她以无比真诚的神情，打报告说："缪徐山骂你是村庄里的大鬼！"

缪大虎猛地一惊，问：“他真的这么说的?”

吕桂芳转身看着缪大虎说：“你婶我活了半辈子什么时候说过假话!”

“这个不知死活的东西!”缪大虎气得直咬牙，“看老子怎么收拾他!”

“你可千万别说是我说的呀!”吕桂芳又得意地补了一句。

天阴了半天，雨到底还是下了起来。先是细细的雨丝，后来越来越密，越来越密，像是有千支万支银箭在天地间乱窜。雨地里开出一朵又一朵的水泡泡，一个破灭，接着另一个又出现了。雨渐渐大了起来，砸在物体上发出砰砰响声。那是吕桂芳的呐喊，那是她对生活的抗争。

二十二

彭仁爱一回到部队，就接到部队指令，前往长春执行一项秘密任务。上级要求他带领侦察连，在三天内准备好所有战备物资和枪支弹药，听候命令随时出发。

什么秘密任务？彭仁爱既兴奋又紧张。当他得知要去××边境进行抵近侦察作战时，他所有神经瞬间高度紧张起来。具体任务是：侦察捕俘，查明情况；巡逻警戒，防止×军袭扰，从而保证我军对敌发起攻击的主战场翼侧的安全。他知道这是一项艰难的战斗任务，生死悬在一线。

不过，他这位侦察连长很快把生死放在一边了。他知道这是军人的使命，是军人的职责，军人本来就是为和平而战的。军人是“救黎民于水火，解国家于倒悬”的人，军人是“晓战随金鼓，宵眠抱玉鞍”的人，军人是“战死疆场，马革裹尸”的人。

选择了军人这个至高无上的职业，就意味着选择了离牺牲更近的职业，师出之日，有死之荣，无生之辱。军人这个身份决定了其使命的完成必须是甘于付出鲜血和生命的，军人的奉献牺牲是最纯粹的、彻底的、无条件的，因为他们始终秉承国家和人民的利益高于一切！

这是一项生与死的考验。作为一名军人，尤其是一名带兵的指挥员，他别无选择。根据之前的作战经验，有三方面训练，一是针对战区地形特点，着重进行耐力和适应性训练。把野战生存、爬山、穿林等训练作为提高山林地作战能力的突破口。二是结合侦察作战任务有重点地进行技术、战术训练。在技术训练上侧重军事地形学以及多种武器的射击、排雷，新式装备的使用和战场自救互救；在战术训练上加强班排伏击捕俘、袭击捕俘方面。在练好本领的基础上，进行技术战术综合训练和各专业人员的合成训练。三是模拟训练：在掌握敌人活动规律的基础上，选择相似地形进行训练；准确掌握敌人情况按战斗程序训练，进而结合方案突出重点反复训练。

正当要出发之时，彭仁爱接到家中来信，说家里养的鸡鸭经常被庄里一个叫瞎老五的偷去，几乎是防不胜防，方圆几十里，但凡谁家有鸡有鸭，都别想逃过他的鱼泡眼。家里就靠那几只鸡鸭下蛋换油换盐。这令他非常生气，但更令他生气的是，信上说这个瞎老五被家人抓住时，他还把父亲给打伤了，都不能下地干活了。

看完信，彭仁爱又气又急。眼看就要出发执行任务了，时间紧，任务又十分重要。国事家事天下事，孰轻孰重他当然清楚了。思考了一下，他给家中回了一封信，说执行完任务后，立即回家处理此事。

部队下达了出发的命令。

纵然前路荆棘遍野，亦将坦然无惧仗剑独行。来到指定的区域后，经过侦察，彭仁爱惊讶地发现边境线上情况异常复杂，而且当时正值东北的冬天，异常寒冷不说，还时常下起鹅毛大雪，尤其是那北风一吹，像刀子在身体上割一样。但是为了完成任务，在这种天气中，彭仁爱与战友一潜伏就是五个多小时，经常饥寒交迫，一些年轻的士兵因为受不了那样恶劣的环境，渐渐开始放松警惕。这样的放松很可能前功尽弃，于是他给士兵们讲邱少云烈士的故事……

彭仁爱发现，敌方孤立点突出，人员流动量也大，从单兵战术而言，很便于实施捕俘。尤其是那挑水之敌，通常一个人活动，不带武器，水井周围的敌情顾虑不大。他还发现，敌人挑水往返一次一般需要30分钟以上，利于实施伏击。于是他开始选最佳进攻和撤离路线。1号路线是13号界碑旁的小路，便于部队行动，可以在得手后快速撤出。

一切准备就绪，彭仁爱带领一个班，在一个晚上，利用夜暗风雪天的掩护，秘密进入伏击地区潜伏起来。敌人越来越近，似乎一点儿也不知道危险即将来临，一百米，五十米……彭仁爱一挥手，两名侦察兵一个猛虎下山就将敌军不动声色地抓了回来。

这次任务顺利完成了，比预计中要容易一些。通过抓捕的敌人，他们了解到敌军前沿阵地的战略部署，得知敌人正准备寻找时机对我边境某军事基地发起攻击。情报，是部队进行作战部署的重要依据，因此侦察连集体荣立三等功，彭仁爱也不例外。恰好这时，彭仁爱因为冻伤创口发炎住进了长春某医院。

在住院期间，仿佛是因祸得福，医院一名叫秀芳的漂亮护士知道彭仁爱是战斗英雄后，很快对他产生了好感，没过多久还借打针的机会，向他婉转表白，说他们是世界上最可爱的人，因为有军人的地方，就有忠诚，有绿军装的地方，就有安全感……说话间，女孩眉眼里，全是爱慕之情。

彭仁爱当然知道女孩的意思，心里高兴不已。他多么渴望一个温暖的小家啊，尤其对于随时面临生死考验的军人。这是他的初恋，还是纯洁的白衣天使，于是他立即把这个好消息写信告诉了父母，他相信父母也会为他高兴，送上祝福的。

然而，几天后，他收到家里的回信，母亲说他们不合适，还说不图他官有多大，只要不离家，一家老小还指望他早点回到家乡帮衬家里一起共渡难关……

为此，彭仁爱陷入痛苦之中，初尝恋爱的他已经无法舍弃那名女孩了，女孩那双纯洁的眼睛，那温暖的气息，柔柔的话语……一举手，一投足，都令他不能自拔。但如果选择跟女孩在一起，回家的时间必定更少了，甚至以后会长时间离家。当他一次次重温家书，仿佛又看到父母期待的眼神，于是他只能忍受着巨大的痛苦，作别了邂逅的这段美丽爱情。

回到部队后，彭仁爱立即向首长请假准备回家。首长一听，愣了一下，便有些不高兴地问他刚从家里回来不久怎么又要回去探亲。彭仁爱满是伤感，哽咽着告诉首长，说家里父母老实，经常被村里人欺负……

有人还把他父亲打伤了。首长一听军人家属被人欺负，立即批准了他探亲的请求。

彭仁爱风尘仆仆回到家乡，看到父亲痛苦的样子，心里十分难受，听完母亲的讲述后，彭仁爱立即找到大队书记缪大虎要求惩办瞎老五。缪大虎却有些为难，带着几分不以为然说："人家一个光棍，穷得叮当响，怎么惩办？"

彭仁爱当然知道缪大虎怕瞎老五，这人在村里是出了名的天不怕地不怕，一言不合就打人不说，还变着法儿地害你。于是彭仁爱故意说，"我当兵长期在外，在前方保卫祖国，自己的家人却被牛鬼蛇神欺负，我怎么能安心为祖国站岗放哨！"说到这份儿上，他看到缪大虎还顾虑重重，便拿出撒手锏说："如果你不管，我就去找镇领导、乡领导。"

听了这话缪大虎犹豫了几秒，才咬咬牙下了很大决心说："明天上午就召开大会，会上你千万不要激动，不然会给我带来麻烦，我没法向公社党委交代……"

彭仁爱连忙说："好！你要相信我们军人的觉悟，绝对不会做出对党对人民不敬的事。"

村干部的话真管用！果真跟彭仁爱预计得差不多，大队里的男男女女一听要开批斗会，便带着无限好奇准时来到了小学的操场上。一时间，人头攒动，议论声不断。见人们到得差不多了，缪大虎威风凛凛地干咳一声，说："彭家旺的儿子在前方保卫祖国，保卫人民，我们有些群众觉悟却非常低，不仅偷人家的东西，还打伤了彭家旺，这是什么行为？简直就是帝国主义式的强盗！"

话音刚落，大家便东张西望起来，还有人大声议论说这是哪个缺德鬼、"草巴货"……缪大虎又干咳了一声，说："这个人就在你们中间，他就是人人皆知的瞎老五。"话刚说完，就引来乱乱哄哄的议论声，不时还夹杂着取笑声。

"谁说我是强盗！"瞎老五几乎是飞跑着冲到缪大虎身边，"你有什么证据啊缪大虎！"说着还做了一个要打人的手势。见此情景，彭仁爱一个箭步冲上去，给了瞎老五重重一巴掌。

这一巴掌打得实在太重了，打得瞎老五两眼冒金星。他更加不干了！他可是出了名的天不怕地不怕，只见他顺手就从地上抓起石块向彭仁爱砸去，彭仁爱一个闪身，掏出口袋里的枪，“砰砰”对着天空放了两枪。随着枪声响起，瞎老五吓得一哆嗦，愣住了。

“瞎老五是不是你干的?”彭仁爱上前揪住他的衣领问。

“再也不敢了，”瞎老五挣扎着，“我再也不敢了，解放军饶命啊!”

瞎老五的样子立即引得人们大笑起来，还有人说，打死他算了，这是为民除害。但彭仁爱知道，身为解放军，他是保卫国家、保卫人民的，怎么可能对自己人痛下杀手呢。虽然是对天发枪，但他这样做已经严重违反了军纪!

发生瞎老五的事件后，彭仁爱在当地成为引人注目、被大家议论的人物。有人说他这是为民“除”害，也有人说他这样太张狂了。自古美人爱英雄，况且，二十世纪六十年代，解放军是许多女孩择偶的首选。家乡供销社的一个叫金妹的女孩，因为爱慕军人看上了彭仁爱。女孩非常漂亮，瓜子脸，丹凤眼，白白的皮肤，一笑有两个酒窝。

被美人当作英雄爱慕着，彭仁爱既兴奋又幸福。然而，当金妹的父母得知，彭仁爱一家兄妹六个，家里穷得叮当响时，便提出了要求，说只要彭仁爱保证结婚后，不救济他那个贫穷的家，就同意他们恋爱结婚。彭仁爱听了此话，婉言拒绝了，因为他知道，那一大家子还指望着他，供弟弟妹妹吃饭、穿衣、上学呢。

二十三

“老子回来了！”大贵一捏闸，自行车“嘎吱”一声停在缪大虎面前，“缪大虎，没想到吧！”

像触了电的缪大虎顿时心里一惊，背上瞬间出了一层细汗，他脸色煞白，结巴道：“回……回来就好。”

“不是吧？”大贵把自行车一丢，两只手搭到他肩膀上说，“你想整死老子，没门！”说着就用力一掐。

“别乱来啊！”缪大虎疼痛得发出一声惊叫。

“怎么着，知道疼了吧？”大贵说着又活动着手腕，一副要好好收拾他一顿的架势。

情急中，缪大虎带着央求的口气说：“咱们有什么事好好说，怎么没轻没重的！”说话时依然硬着头皮摆出我是领导的派头。

大贵看到他这个样子，牛眼一瞪，两手一举说：“老子今天真想打死你！”

缪大虎吓得一哆嗦，后退一步，怒道：“反了你了大贵！”大贵看到自己的对手被激怒了，咯咯一笑，报复的情绪更强烈了。他牙咬得脸都变形了，上前一把揪住对方的衣领说：“知道什么叫光脚的不怕穿鞋的这个理儿了吧？”

“兄弟，有什么话好好说，”缪大虎举着手护着头，颓然地重复，“有什么话好好说。”

大贵漠然地看了一眼缪大虎，手一松，随即又一下揪住缪大虎的衣领质问道：“早知道有今天，你干吗要害我！”

缪大虎挣扎着大吼一声，挣脱后咳嗽了两声辩驳说："谁害你了！"

"当然是你缪大虎啊！"大贵愤恨地说，"你以为你找公安就能把我怎么样？"

"是你想谋害我！"

"证人呢？"大贵得意地一挥手，"你以为公安是你家的，你想人家抓谁就抓谁？"

见缪大虎噘着的嘴动了一下，又缄默不语，整个人沉郁又带着一丝忧伤，大贵十分得意，掏出一根烟，猛吸一口，说："人家公安机关抓人那是讲证据的，你以为你跟某个领导关系好就随便可以定我罪吗？"

缪大虎瞪了他一眼，再次强调："反正你是谋害我未遂！"

"证据呢？证据呢！"

两个人突然都不说话了，像两头公牛一样，沉默地对峙着，像随时都要发起进攻似的。空气仿佛不流动了，笼罩着他们的沉默。渐渐地，空气越来越令人窒息。几秒钟后，缪大虎猛地往地上吐了一口痰说："我找派出所去，这些人怎么办的案！"

"呵！"大贵嘲讽一笑说，"你以为你是谁呀！人家已经结案了，说证据不足。"说着还从口袋里拿出一张折得方方正正的纸来，在他面前晃晃。缪大虎身体陡然间矮了下去，眼睛一闭又睁开，失望地看了一下天。大贵欺到他跟前问："现在服气了吧？"嘴里的烟臭味令缪大虎恶心。

缪大虎下意识地退后一步，却又不知如何辩驳，最后无可奈何地说："你到底想怎么样？"他没想到大贵出来得这么快，原本他与派出所的一位领导说好的，让他想办法把大贵送进劳教所，即便不送去，也想办法多关一些时间。缪大虎不知道出了什么状况，怎么他说的话就不管用了。"你想怎么样？"缪大虎脑门上都沁出汗了。

大贵一咬唇，命令道："恢复我民兵营长的职务。"

缪大虎一愣，立即又摆出领导的架势说："罢免你这个民兵营长是支部全体人员一起做出的决定。"

“哈哈哈！”大贵原地转了一个圈说，“缪大虎你以为我是三岁小孩呢！”

缪大虎心里一惊，想尽快摆脱他的纠缠，便说：“不信你去问支部成员们。”正在这时，村里的一些村民们也围了过来，大贵用力一声吼：“缪大虎，你今天不马上恢复老子职务，老子今天就跟你没完！”说着就拉开了架势。

兔子逼急了还咬人呢，缪大虎的面子彻底挂不住了。他心想，这么多年来，还没有谁敢这样命令我，这个脸咱丢不起。因此他虚张声势地回击道：“不可能，这是党组织的集体决定！”说完他还对着村民们说，“你们评评理，哪有被抓进了派出所的人还可以当民兵营长的？”

人们一阵大笑，一些看风使舵的人开始帮腔缪大虎，跟大贵说都是乡里乡亲的，干部提拔又不是缪书记一个人说了算，就不要难为他了。大贵听后气得大叫：“你知道个屁！就是他缪大虎一个人说了算，当初提拔我当民兵营长时就是他一人说了算的，罢免我时也是他一个人说了算。”

这时又有人取笑说：“大贵，你是想当民兵营长再搞女人吧！”之所以这么说，是因为“三淘气”跟缪敬亭、厚康那晚回家后，消息就传开了，全大队人都知道大贵跟“不饶人”乱来的事。

“你放屁！”大贵气得脸一阵红一阵白，手不停地揪着衣角辩解：“不可能！老子明天非把那造谣的人的嘴给撕了。”大家笑得更大声了。更令大贵生气的是，还有胆大的人取笑说，大贵你现在是杀人未遂的罪犯，怎么可以再当民兵营长。大贵瞬间怒气上蹿，上前就要打人，结果围观的人实在太多了，也不知道是谁说的。

眼看自己下不了台了，大贵觉得再这样下去更丢人，便对着众人吼道：“老子去找派出所的人来给我平反！”人们又是哈哈大笑，有人说了句：“你去照镜子吧！”

胜利总是属于强势一方，这个世界就是这么不讲理。缪大虎终于解了围，不由自主地长长松了一口气，他伸了伸腰，似乎在一瞬间又重新拾回了尊严，不屑地说："哼！这种人还想当民兵营长。"围观的人更加讨好地喊道："缪书记我们支持你！支持你！"这支持来得太及时了，他太需要这样的呐喊了，缪大虎露出了成功的一笑，说："大家伙都散了吧，谢谢你们雪亮的眼睛啊！"他本来想说"感谢你们"的。

大贵骂骂咧咧地向十公里外的镇派出所跑去。气死他了，太失败了，他要他们给个说法！说法？或许只是自欺欺人罢了。

大贵不知道，很多事情回过头想一想，其实早已是命里注定，无法推翻重来。人生的欲望树与泥泞不堪的雨中路永远相隔着巨大的鸿沟，令人绝望的或许是你无法在二者之间架起一道长桥。

不知何时，天上如棉絮般的云已经散开，云中露出的那抹蓝格外耀眼，像是有光芒，或许，月亮就在这云层后面，偷偷看着芸芸众生呢。

回到家中的缪大虎仿佛瞬间被抽空了力气，人往躺椅上一倒，就躺在上面不能动弹了。今天大贵让他在全大队人面前丢尽了面子，这是从未有过的耻辱。这还不算，从大贵的眼神中，他还看到了一丝杀气，像毒蛇吐着信子，发出"咝咝"的声音，仿佛随时都能毒死他，比那天晚上的杀气还要重。因此缪大虎快速思考着怎么把大贵制伏，否则不知道哪天就会死在他的手下。

以谋害他的罪名制伏他，显然现在已经不可能了，否则派出所的人也不可能把他放出来。那么只有以他跟"不饶人"通奸的名义来打垮他，先从道德的制高点上搞臭他，这是最没用但也最有声势的办法。

不过，他仔细一想，觉得这个方法行不通，通奸还没有人被定过罪，再说也没抓个现行。光是听几个孩子说，也不可信，人家派出所也不会因此立案。再说弄不好还会把他跟"不饶人"的事给牵出来，那就太丢人了。

思来想去，他那肥厚的手竟微微颤抖，他感到他的体面无处安放，自己怎么变得如此悲哀、懦弱！他最终只想到一个求和的办法，那就是主动恢复大贵民兵营长的职务。可是，这天天与老虎伴在一起，日子也不好过呀！

大贵心里像扎了一把刀，过去，别人在他面前毕恭毕敬，现在他觉得自己连狗都不如，痛苦至极。他不敢想象自己未来如何，可是未来还是马不停蹄地赶了过来，如一道闪电划开遮住天空的云层，于是，他看到死神那张恐怖的脸。倘若再给他一次机会，他一定不会弄成今天的样子。他边想边疾步走着，刚走进镇里的一个小巷子，便被几个小混混围住，命运的窗口就此打开了。

“你们这是干啥呢?”大贵向后退着，壮着胆不让他们搜身。

然而，大贵一反抗，就遭到一顿拳打脚踢。他哪能甘心被一帮混混围攻，想来自己还是一方民兵营长，哪能受得了这个气。他开始强烈反抗并很快占了上风。躲在不远处的混混头目把手里的烟头往地下一丢，狠狠地跺了一下脚，就冲了上去。大贵顿时发出了声声惨叫。

月光透过窗户洒进屋里，照在缪大虎的脸上，他脸上好像涂了层银粉，亮得有点儿瘆人，衬得他仿佛是刚从墓穴里钻出来的鬼魅。隔壁邻居家，有人在喝酒，他们说话的声音一提高，他就吓得一哆嗦。“我这是怎么了?”他感到自己的身体越来越轻，脚尖儿只不过稍稍用力就可以弹跳起来，再用些力就能飞起来。也不知道过了多久，他才从恍惚中恢复过来，又迷迷糊糊睡了过去。

在梦中，大贵抱着他的腰，大口地喘着气，使劲地揪着他的头发，令他像河里的水鸭子一样伸着脖子，仰面朝天，然后把他重重往地上一摔，用脚狠狠地踩向他的小腹与胯骨，很像是踩在一只热水袋上。他的身体发出了“扑扑”的声音。凶恶的大贵似乎并不解恨，他举起一把刀，当他狠狠插下的一瞬间，缪大虎尖叫一声，从梦中惊醒过来，一摸额头，发现上面全是汗水，手心里也湿湿的。

暗夜如此宁静，静得几乎能听见万物迟缓的不断挣扎的声音，就像他时而平缓时而急促的呼吸，深深的挫败感牢牢捆住了缪大虎，不容他动弹，他心中烦躁，不知道刚才这个梦预示着什么。

缪大虎越想越懊恼，他抓了抓耳朵，对自己说：打碎的牙必须咽下去！他心下决定，天亮后，马上召开会议，恢复大贵民兵营长的职务。

二十四

第二天一大早，缪大虎就听到一阵急促的敲门声，还有人大喊道："缪大虎你给我滚出来!"

"是谁这么早叫魂啊!"他很不客气地打开门，瞬间愣住了。只见五个陌生人站在门口，他们一看到缪大虎，便一拥而上，挥拳相向。

真是惊讶瞬间变成惊吓。

突如其来的乱拳让缪大虎踉跄了几下，倒在了地上，他想迅速地爬起来却又被按了下去。"你们是什么人?"他挣扎着吼道，"我是缪大虎!"缪大虎叫着，挣扎着，双手护着头。

"别挣扎了！今天来抓的就是你!"大贵上前揪着他的衣领恶狠狠地说。

"大……大贵，你想干吗?"缪大虎声音软弱无力，一脸惊讶。

大贵凑近他弯下腰，小且细长的眼睛喷射着烈焰，说："给我打，他就是贪污犯!"

随即就响起拳打脚踢的声音。缪大虎又开始挣扎起来，撕心裂肺地骂着大贵，说你今天敢带人来打我，明天我就找人把你家抄了。大贵立即又下了一道命令："兄弟们，给我往死里打!"

接着就听到缪大虎痛苦得嗷嗷叫起来……他后脑胀痛，出现电击式的痉挛。他发出含混不清的低语，那手足无措的模样，叫人怜悯。大贵一下子找到了自己当年挥斥方遒的感觉，那种唯我独尊的好日子，终究是又回来了。

大贵带领一帮地痞来得如此之快，是因为前几天被打后，他主动认了混混头目“刀疤”为大哥，并借力打力说他们村有个人家里很有钱，可以带他们一起去发财。“刀疤”一听，觉得这样来钱快，反正自己也不用出面，只要大贵当马前卒就行了。坐收渔翁之利，何乐而不为？

蛊惑之言，最容易迷惑人心。

来者不善，善者不来！大贵再也不是以前的大贵啦，他现在是“刀疤”的兄弟，尤其在“刀疤”听到大贵说自己是民兵营长时，还任命他为“二掌柜”。这一新的职务来得连他自己都觉得意外，因为他太会来事了，太令人喜欢了，再加上他敢往前冲锋、下手狠毒，很快就受到“刀疤”的器重。“刀疤”还鼓励他说他们现在就需要他这样的人，让他甩开膀子加油干。

上天关上了一扇门，又会打开一扇窗。这样的话对大贵来说，实在是太受用了。大贵因此更加卖力了。

“别打了！”村里一群人突然冲进缪大虎家的院子里，想拉开几个小混混，把缪大虎从地上扶了起来。混混们哪肯服气，于是他们展开了争夺战。多亏缪大虎的老婆马秀芸见机行事，当她看到来者不善时，便从后院溜出去给乡亲们报信。

眼看来人占了上风，大贵麻利地爬上了院墙。“乡亲们，还认识我吗？”大贵居高临下问道。村里人大笑说，大贵你就是烧成灰我们也认识，更别说你只是穿了一身新衣服。

“休得胡言！”大贵以笑意掩饰着尴尬，将手里的棍棒举得高高的，说：“我们是为民除害，专门来打倒资产阶级走狗、贪污犯缪大虎。”

对于绝大多数还处于半文盲程度的农民来说，跟他们谈资产阶级，简直是对牛弹琴，完全搞错了对象。对此，一些村民又起哄问大贵算老几。大贵立即脸一板说：“不管我是老几，我想要你们怎么样就怎么样。”村民又哄笑道：“我们只听缪书记的。”听了此话大贵不干了，发疯似的指挥着他手下人去抢缪大虎，说今天务必把他带走，这是咱们老大的最高指示，谁敢违抗就是与我们为敌！

你争我夺的情景再次出现了。村民哪能愿意，这些人都是马秀芸叫来的亲戚和跟她家要好的乡亲，大贵带来的人立即处于被动挨打的局面，见此，大贵挥起手中的棍棒说："今天你们胆敢阻止我们，我们老大不会饶过你们……"

村民哪管那么多，愣了几秒钟后，又与那五个混混撕扯起来。大贵也从墙上跳了下来，迅速加入混战的队伍。村民一看大贵动手了，过去积攒下来的仇恨也涌上心头，新仇旧怨，一起爆发出来，对大贵拳打脚踢，打得他连连后退，大贵慌忙逃出了村子。

混战之后，一片狼藉，人们发现缪大虎已经鼻青脸肿了，马秀芸更是哭得歇斯底里。此时有人提醒，说还号啕什么啊，大虎都快不行了，还不送到镇上医院去抢救。于是大家齐心协力动起手来，有的去找板车，有的去抱被子……

不得不说，缪大虎的人缘还不错，像是个好官。

受到重创的大贵吓坏了，几乎是一口气跑到镇上。当他的那位所谓的老大"刀疤"看到他们一行人灰头土脸的情形后，十分惊愕，问他发生了什么事情。大贵无奈地一甩头，咬牙切齿地说，他们去彭家庄大队打劫，结果遭到村里人奋力抵抗，还打伤了几个他的人。

一瞬间，"刀疤"那像揉碎的纸团的脸上，一下子堆满了皱纹，抓狂地说怎么可能！说村民们跟我作对，传出去还不让人笑话我，说着就一把抓起桌上的茶杯往地上一摔，大喊："来人啊，集合全体兄弟去砸烂这个彭家庄大队，胆敢跟我刀疤作对……"

大贵心想，老子这下可以好好报仇了，你缪大虎就是属猫有九条命，这次也要死定了！大贵为自己的心计感到窃喜。借力打力，手段即是武器。

队伍迅速集合起来。"刀疤"喊了一声"出发"后，突然又喊"停"。他看着大贵问："彭家庄大队那人叫什么？"

大贵一愣，连忙说："缪大虎，他有钱还到处炫耀……别人吃糠咽菜，他在大吃大喝……"说得"刀疤"把眼睛一闭，一副恨铁不成钢的样子。见此，大贵知道自己上纲上线不到位，连忙说他缪大虎居然诋毁老大您……

“把他给我抓来!”

得到授权的大贵一招手，就带了三十多人往彭家庄大队赶去。

一路上，愤怒的他不断思考着如何报复缪大虎，他将牙咬得咯咯作响，誓要报仇雪恨！缪大虎不仅撤掉了他民兵营长的职务，还把他送进派出所，加上上午差点儿被村民打死，新仇旧恨，齐上心来。

然而，当他们一行人浩浩荡荡来到缪大虎家门口时，发现门上挂了锁，周围一片安静，地上横着几片枯叶。大贵疑惑不已，一连说了好几个“跑哪儿去了”，便命令他手下的混混砸锁砸门。冲进缪大虎家里后，他立即让混混们抄家，说缪大虎胆敢诋毁咱们老大，咱们就砸了他的家……随之而来的是坛坛罐罐破碎的声音。大贵则见到值钱的东西便用一个大布袋装起来。

没一会儿的工夫，缪大虎那个在当地还算奢华的家里就面目全非了。到这时，大贵才稍解了点气，复仇的怒火才略有平息。不过，这不是他的目的，他的目的是要缪大虎死。他寻思着缪大虎跑到哪儿去了，忽然一个转身他走出门外，气咻咻地问围观的人缪大虎一家人去哪儿了，人们吓得纷纷散去。

大贵哪肯放过，凶神恶煞地命令他的手下去抓他们，抓住几个村里人，暴打一顿后，他们终于抵不住大贵的淫威说了出来。大贵一声大吼：“撤，去医院!”便带着手下趾高气扬地往镇上赶。

生死就在那么一瞬间，缪大虎经过抢救，总算捡回来一条命。他满嘴的牙几乎被打掉了，腿也被打断了。马秀芸痛苦地控诉着大贵如何狠毒，她不明白这是为什么。她想不明白，以前他和缪大虎关系那么好，天天在一起喝酒，怎么就下得了狠手。她对丈夫说：“我早就跟你说了，世上没有绝对可信的人，还是朋友最害人!”

命悬一线的缪大虎听不到她在说什么，在病床上全身疼得哼哼唧唧。然而，还没等马秀芸十万个为什么数落完大贵，一群人在大贵的带领下就冲到她面前。大贵看着病床上奄奄一息的缪大虎，发出胜利者的大笑说："把缪大虎给我带走。"

丈夫缪大虎还是在马秀芸的尖叫中、撕扯中，被大贵他们抢走了。缪大虎痛苦得如泥鳅掉到油锅里一样，挣扎了一番后，就昏死了过去。然而，大贵并不解气，仇恨的种子一旦发芽，没人能够阻挡它的野蛮生长。

他一边用脚踢着缪大虎一边大骂他不能死，说他们的事还没完。当大贵将缪大虎扶到"刀疤"面前时，缪大虎鼻子、嘴里的血水流出来，模糊了他的脸。"刀疤"见此一愣，问你带个死人来干吗！气氛一下子就陷入尴尬。

大贵知自己过分了，连忙说，他没死是装的。说着就大喊着缪大虎，结果缪大虎真的跟死了一样，大贵更着急地喊着缪大虎的名字。此时，他真的只剩下一口气了。

在大贵的拍打和叫唤中，他总算是哼出了一声。"刀疤"问他是不是诋毁了自己……缪大虎哼哼了几声勉强地摇摇头又昏死过去。

眼看人就要死了，"刀疤"眼神显得极为黯淡，不一会儿这人又"复活"了，"刀疤"一个巴掌打在大贵脸上，然后说："你弄个不能说话的人回来，叫我怎么处理？"大贵吓得战战兢兢并说是他反抗所以才打他的。

真相一旦寡不敌众，就保持在强者这一边。"刀疤"于是沉默了一下，他自嘲地哼了一声说："把他拉到外面去扔了。"

天赋"异禀"的大贵立即明白他的意思，连声说好。

后来，大贵见自己目的达到了，继续下去会更加罪孽深重，一定没有什么好下场，便在一个夜黑风高的夜晚消失了。

"是大贵害死的！"彭礼和一声惊叫，从梦中醒来。大贵的身影依然在他眼前出现，他下意识地摸了一下头，居然全是汗。"怎么会突然想起他呢？"彭礼和好生纳闷。仔细一想，可能是小时候的记忆实在太深了，倒真是，这个世界每天都在发生着许多故事，有的轰轰烈烈却在转瞬间忘记；有些本以为会彻底忘记的，却总在不知不觉中想起。

想到与林君雄当时相见的情形，彭礼和在病床上用力翻了一个身，不由自主笑出声来。“真有意思啊！”

“什么真有意思啊？”彭忠一来到他身边，“什么真有意思啊，我的三哥？”

“梦见一个故人。”彭礼和坐起来，有些惊讶地看着他，“你怎么来了老二？”

“大名鼎鼎的三哥病了我能不来吗？”

“又拿你兄弟开玩笑不是！”

“哎，当年别看你年纪小小的，倒是那帮孩子的领头雁，你一句话掉地上，仿佛能立即砸出一个坑来。”

彭礼和摆摆手，说：“好汉不提当年勇。”

“三哥你可是铁人，什么病也打不倒你呀。”

“那是！”彭礼和扭扭脖子说，“三哥的称号也不是吹出来的对吧。”

彭忠一立即迎合道：“那倒是，别说你三哥在咱们村，就是在太县那也是响当当的一块牌子啊！”

“又开始消遣你兄弟了吧？”彭礼和又难为情地一笑说，“时移世易，好汉不提当年勇啊。”

“哪能哪！”彭忠一做了一个怪相说，“想当年你可是咱们那一方土地上的英雄人物。”

彭礼和白了他一眼：“你还不如说‘数风流人物，还看“彭三哥”’呢。”

“太对了！”彭忠一上前握着他的手，语气夸张地说，“你的丰功伟绩如滔滔江水，说一天都说不完。”他即兴作诗一首：

兄弟同心共肝胆，

蜡烛成泣夜始干。

三弟若有三长短，

家国有难可问谁？

“诗人又开始无病呻吟了！”彭礼和一把推开他的手，“你今天怎么有空来了啊？”

彭忠一脸一沉，十分认真地说：“你三哥生病了，咱亲兄弟能不来看你吗？”

“算你有良心！”

“必须啊！”彭忠一说着，凑到他脸前，然后左右看看，问，“你那些芳啊草的小姊妹们没来看看你？”

“去你的！”彭礼和把他推开有些尴尬地说，“你还像个哥吗？”他知道他这个哥的思维是跳跃的，上一句话还在说他的事业和雄心壮志，下一句就开始说他喜欢自己写的哪一首诗篇。

“嘿嘿，”彭忠一摸了一下自己的脸，“都是男人嘛！到底有没有人来？”

“越说越不像话了啊！”彭礼和转移话题，“你怎么知道我住院了？”彭忠一随手从床头柜上拿起一根香蕉，边剥边说：“当然是成都的老四，睿智告诉我的。”这时，彭礼和才想起住院前给四弟睿智说过一声。

“怎么样三哥，手术相当成功吧。”

彭礼和叹了一口气说，要不是上次做手术时那医生草草了事，没把肿瘤切掉，就不会再来这么一次。彭忠一一惊，问怎么回事。于是彭礼和把上一次手术的过程说了出来。

“咱们得找他！”彭忠一生气地说，“他们收了你红包，又没把你的手术做好，这得赔偿啊！”

彭礼和叹了一口气，带着愠怒说：“你怎么告他？”

“当然是告他手术没做好啊！”

“告不赢的！”彭礼和用两手梳了梳头，“他们可不是一般人。”

“你也不是一般人啊！”彭礼和漠然地看了彭忠一一眼。彭忠一连忙说，“以你在上海打拼二十多年积攒的人脉，告倒一个医生不是小菜一碟?”

“错了哦!”彭礼和兀自说道，“他们那些人啊，手眼通天，上至官员，下至流氓地痞，谁不求他们看病。”

“那也不能就此算了吧!”彭忠一凑上前，无比愤慨地说，“手术没做好不说，还花了十几万元，太便宜他们了吧!”

彭礼和摇摇头说:“官司是肯定打不赢的，人家可以说你这肿瘤是新长出来的。”彭忠一听后略一思考，揪着衣角无话可说了。“好了，过去的就过去吧。”彭礼和反而安慰起他来。

彭忠一“唉”了一声，顿了一下说:“你就是心胸宽广，这都什么世道人心，花了钱、送了红包还不好好给人治病，这些人的良心何在啊!”

“良心哪儿去了?”彭礼和把床头柜上的茶杯拿起又重重一放，“良心都钻到钱眼儿里去了。”然后他谈到，有些名医天天跟影视明星走穴一样，拎着个行李箱，全国各地到处飞，行李箱出去时是空的，拉回来时则是满满的钞票。

“真有这样的事?”彭忠一眼睛睁得大大的，吃惊地问，“你怎么知道?”于是彭礼和把他看到听到的，说了出来。“真是手术刀有多锋利，钞票就有多管用呀。”

彭礼和回应说:“钱是身外之物，有去就有来，还是说说你的生意做得怎么样吧。”

一提起生意，彭忠一便长长叹了一口气说:“三哥啊，你也知道，每个行业都会有一个利润的红利期，在这个阶段行业平均利润率比较高。比如我们最早在秦皇岛做玻璃的那群人，一开始，玻璃属于新兴产业，利润那是很高的，一笔订单有几千上万元，接一个单位的工程项目最高可以赚几万元，随着进入这个行业的人越来越多，竞争越来越激烈，市场开始趋向饱和。”

这话倒真是说到彭礼和心坎上了，他深有感触地点点头说:“是呀，我们消防水带这个行业也是竞争越来越激烈，利润越来越薄。年销售一千多万也没赚到几个钱，简直是行业的没落，企业家的不幸啊！”

“三哥说得对！”彭忠一接着说，“资本的流向是经济发展的风向标，资本永远是向着获利最快的领域流动。这两年来大量资本迅速流向房地产，把中国的房价抬到了一个普通人难以触及的高位，实际上背后体现的正是实体经济的迷茫。”

“是呀，现在国家意识到了这个问题，开始大力扶持实体经济了不是？”

“难喽三哥。”彭忠一挥手否认说，“前年我与一位经营传统工厂的企业家朋友聊天，建议他引进一套更先进的经营模式，不然可能很快就出现危机……你知道人家怎么答复？他说这个行业大家都这样干，而且现在订单都生产不完，哪有时间去想其他。”

对此彭礼和说出了不同的看法：“为什么很多人觉得生意不好做了？其本质是消费者的需求在升级，消费者的行为模式在发生变化，过去的商业模式无法适应，‘死’掉的都是该淘汰的。不是生意不好做了，是你的商业模式该改变了。这几年来实体经济正在快速转型升级，特别是大量涌现的新商业模式，让我们见到了经营智慧的魅力，以及对技术创新形成的巨大推动。”

听到彭礼和颇有见地的一席话，彭忠一不无佩服地说：“看来你三哥在发展企业上还是很有一套啊！”

彭礼和又强调说：“不是生意不好做了，是你早该改变了，没有一个企业的死亡完全因为外部原因，摧毁一个企业的力量最终都来自内部。”

彭忠一自然明白话中意，开始为自己辩解，说之所以那年投资上海的汾酒大酒店失败，是因为不了解那个行业……

“那你经营玻璃门窗最后不也……”

彭忠一听后不高兴道：“就算我再差，那五年不也挣了百万啊！”说到这儿他还不解气，说玻璃行业现在早已风光不再，说福耀玻璃老总曹德旺之所以把企业搬到美国去，就是因为国内市场饱和……

“不对啊！”彭礼和挥挥手反驳，“人家那叫占领海外市场。”他又补充说，“曹德旺这人非常有远见，头脑也灵活，因为美国人需要玻璃，而他又做得好。”

彭忠一惊讶地说：“三哥你这都是从哪儿得来的消息？”

彭礼和淡然一笑说：“读书看报呀！”

“就这么简单？”

彭礼和干咳了一下，开始给眼前的亲哥灌“鸡汤”了，说：“哲人有云，人生有三层楼——实用层面、审美层面、哲学层面。顺着书梯，先到实用层面；接着攀登，便来到审美层面；最后，则通往哲学层面。人生也将随之充满活力！”

“看来三哥这些年在边干边学习呀！”彭忠一略带戏弄地说，“我这诗人不如你呀！”

彭礼和无限感慨道：“这些年来，我总是在思考和学习，思考如何把企业做大做强，学习人家之长，扬长避短。”说到激动之处，却把彭忠一的火给点了起来。

“就你能干！”彭忠一脸一黑，“我是没你成功，你的成功也不是一天来的吧？”

彭礼和一愣，知道他想说以前自己当销售员时，他帮过忙，牵过线搭过桥。因此，连忙对自己的话补救道：“二哥我没有臊你的意思，只是说了一句实话。”

“实话？”彭忠一眼一瞪，“言为心声吧！”彭礼和不说话了，一脸困惑地看着他。突然，彭忠一又想起一件事，非常不高兴地说：“老三，我早就对你有些言行看不过去了，你不就是比我多赚几个钱嘛，有什么了不起！我在秦皇岛开门市的时候也帮过你对吧！”

“对不起！”彭礼和眉头一皱，很无奈地说，“好好，你功劳大大的。”他强压着心里的火，他只是想跟兄弟说说交心窝的话，没想到老二反应如此强烈。这么多年来，他对这个二哥既有感激，也有怨言。感激的是，二哥对家里还是做出过一些贡献的，比如在他当兵期间，省吃俭用，把薪金寄回家，否则他们下面的三兄弟加一妹妹，怕是真的饿死了。二哥也给了他一些帮助，他起初当销售员，之后下海创业，这一路在精神上、业务上二哥都给予了他不少支持和帮助……怨的是，这么多年来，在对母亲的生活照顾上，二哥还是欠缺的，母亲吃饭穿衣看病的钱，都是他一个人出。为了让母亲住得舒服一些，他在江堰分厂专门辟出一块地给母亲盖房……想到自己的一直付出，彭礼和心里一下坦然了许多，觉得就算是他批评二哥责怪二哥也在情理之中。

然而，彭忠一以为三哥心怯了，便用他大哥彭仁爱的口气说："老三你是病人，今天我们兄弟正好借机会说说家里的事，不要生气，不然你还一直以为你吃亏了。"

"你说老二，我没事。"彭礼和嘴上这么说着，但他嘴角不自觉地向下撇了撇，脸上有种厌恶的神情。

于是彭忠一质问："大哥给家里做的贡献最多吧?"彭礼和点点头，又摇摇头。

"你什么意思?"彭忠一非常疑惑。

"老大的事要一分为二来看。"

彭忠一一怔，说："那你说来听听?"

彭礼和清了一下嗓子说："老大在当兵期间是帮过家里许多，比如寄钱回来补贴家用，写信鼓励我们好好读书，也为你退伍回来做了很多事……"

彭忠一眼睛一闭又一睁，睨视着问："那你去江堰服装厂上班是谁弄的?"彭礼和知道，不仅二哥觉得他能去服装厂上班是大哥的功劳，就连家里其他人也都这么认为。尤其是大哥，一喝酒时就在外面吹嘘自己，说："你们的三哥要不是我，就没有今天的风光。"而彭礼和并不这样认为。

"大哥啊。"

彭忠一脸一沉，说："那不就对了!"

彭礼和此时也有些生气，说："我去服装厂上班是借大哥的关系不假，但之后的发展，从一名普通的销售员，到车间主任，再到厂长，那是我自己一直努力，付出巨大艰辛的结果……我觉得没有什么……”

这话说得彭忠一脸上一阵白一阵红的。他几次想打断，但看到彭礼和理直气壮、俨然一副全靠自己的样子，又作罢。尤其到最后，彭礼和还据理力争说：“同样是靠家里人的关系进厂上班，有的人还没什么成绩呢，二哥，这就像你们一起去当兵一样，有人提干，有人退伍，是一个道理，对吧？”

二十五

“你浑蛋!”彭忠一一声怒吼，身体一个倾斜，踉跄地靠在病房的墙上。

“二哥，二哥你怎么了?”彭礼和连忙下床把他扶在凳子上。

“我没事，”彭忠一挥了挥手，“我没事。”彭礼和没想到这句话把他伤得如此之重。

真诚有时会令人难堪。彭礼和的话戳中了彭忠一的痛处，他几乎是指着彭礼和的鼻子尖责怪道：“彭礼和你是忘了本!”

“那么激动干吗?”彭礼和疑惑地问，“说句实话值得你这样生气?”彭礼和还没意识到他的话点到了彭忠一的死穴，那件事是这么多年来，一直伏在他后背上的一只水蛭，只要一碰它，水蛭就会猛地吸一口他身体里的血，给他带来钻心的痛。

他是不愿意流露出心底的落魄和失意，他只能勉强维护着自己的尊严。1978 年，那是他人生中最难忘的一年。身为二炮连指挥班长的彭忠一，接到命令去牡丹江突击一项国家重大国防工程，这是一项非常紧迫的任务，直接关系到国家安全。彭忠一觉得这是首长对他们这个突击班的信任，使命光荣，责任重大。他们这个班曾经在唐山大地震中立下汗马功劳。然而，等他们到达目的地后，立即发现任务几乎无法完成。正值隆冬的东北大地天寒地冻，零下三四十摄氏度，哈口气立即就冻上，鼻涕流出来就会结成冰凌，都不敢去擦，怕把鼻子擦掉了，有的新战士都吓得哭鼻子。

面对恶劣的环境，任务已经下达，完不成也得想方设法完成。战友们面面相觑，这时彭忠一将大衣一脱，铁锹一扬，大喊一声“兄弟们看我的”，就跳进几米深的沟壑中。看到班长率先干起来，战士们立即蜂拥而上。

经过一个多月的奋战，任务总算圆满完成，并得到了部队首长的充分肯定，他们班荣立集体三等功，他荣立了个人三等功，并作为提干对象报上级机关批准。这是他的梦想，也是全家人奢侈的愿望。

荣誉和列入提干对象的消息，令彭忠一欣喜无比。这是他的梦想，因为大哥彭仁爱提干，也是一路辛苦干出来的，对农村的兵来说，这是一次质的飞跃，那是“跳农门”啊！他觉得自 1972 年入伍以来，所有的付出都在这次有所回报。因此，他更加坚信，人生没有白干的事，所有的奖励和成功都是干出来的，因此他坚定了信念，要倍加努力，为国防事业献身。

也许真的付出就有回报。不久，就传出上级机关已经批准他提干申请的消息。彭忠一兴奋无比，设想着穿上“四个兜”军装的样子，那是多么威风，多么英俊潇洒……美好的生活就在眼前。

正在这时，他接到去北京修建射击靶场的任务。在工程施工期间，他受一名战友的委托，去看望那位战友的家人。没想到，战友的妹妹对他很有好感。

彭忠一对她也颇有好感，她是那么漂亮，他侧过头看了她一眼，发现她如此可爱，一缕头发被汗水打湿黏在脸颊上，刚好形成一个小问号，像古代仕女鬓角处那一道弯曲的黑丝。但那时规定战士不允许与驻地女孩谈恋爱，他只能暗暗发起攻势。一想到提干后，就可以与心爱的女孩结婚，彭忠一的幸福之情就溢于言表。于是他时常仰望天际，云朵像玉兰花一样舒展、绽放，亦如他心中的女孩。

《新闻联播》里大裁军的报道是在一天早上突然播出的。一开始，彭忠一还没太在意，觉得他所在的部队是王牌部队，打过日本侵略者，打过国民党反动派，与“苏修”都交过手，怎么可能被裁军？然而，命运却跟他开了一个玩笑。裁军真就落到他的头上，提干文件都拟好了，却因百万大裁军而作废。

此去经年，突然间，良辰美景如同虚设。他和其他被裁掉的战友们一样，哭了，哭得痛心疾首，并和班里的战友一起歌唱——

十八岁十八岁
我参军到部队
红红的领章印着我开花的年岁
虽然没戴上呀大学校徽
我为我的选择高呼万岁
啊！生命里有了当兵的历史
一辈子也不会感到懊悔
啊！生命里有了当兵的历史
一辈子也不会懊悔
……

彭忠一不仅提干无望，连穿绿色军装的机会也没有了。穿绿色军装那是他自儿时以来的梦想，他是多么留恋啊。痛苦、失落还有说不出的苦涩交织而来……

1979 年 1 月 1 日，彭忠一退伍回家。

此时，又一个打击，如海浪一样迎面扑向他。他爱上的姑娘与他提出分手。分手的理由并不是因为他退伍了，而是他以前的部队在唐山，离北京近一点，她还可以接受，但回到千里之外的太县不可以！婚姻总是与现实连在一起。彭忠一知道，人与人之间的情感，就像握在手里的一把钥匙，当自己的需要时和对方的需要不完全一样时，那个掌握钥匙的人有着充分的主动权。当你与一位姑娘不能比肩而立的时候，任何一个理由都是分手的借口。那些天，他郁闷至极。她是那么漂亮，可是一切都无法改变。

他清楚地记得，分手的那天，两个人互相对视，他掩饰不住一脸的挫败感，而她却是大方走上前来，像鸟儿张开双臂。他便如同受到什么神秘的召唤，一头扎过去和她拥抱。论个头他比她高出不少，但身体却不知不觉地越来越低，直到单腿跪着，脸埋在她的胸前。

他用脸摩擦着，感到她膨胀的胸脯反复蹭着他的脸颊、耳朵。他把它们挤得变形，它们则让他险些窒息。这是他人生第一次与女性如此亲密接触，那种气息和感觉只有在春梦中出现过。此时此刻，他却毫无邪念，就连下意识的血脉偾张也没发生。

他心里清楚，这是一个失意人和一个失望者的拥抱。她散发出的母性的慈爱其实只是一种失望与安抚，而他则只是要从她那里得到安慰。他多么希望她轻声细语地对他说："没关系，我们重新开始……"然而没有，他只能将她的腰勒得更紧，这样的分别，也许是最好的结局。

原想这一次分别
就能忘记你秀美的双眸
就能割断
丝丝缕缕的情愫
和秋风也打不落的忧愁
谁曾想
到头来
岁月依旧
爱也依旧
你的身影
刚在身后
又回到眼前
……

美好的回忆在分手时总是令人伤怀。他情绪低落到极点，神色黯然，整个人如同不幸溺水，挣扎着爬上岸，上岸后才发现他想呐喊，却虚弱得发不出声音来。

瞬间的安静像一座山，压得兄弟俩有些透不过气。彭忠一想告诉彭礼和，他说的话是这么个理，没有错，一起入伍的战友那么多，不可能全提干。都去当官了，没有了兵，谁来打仗？再说，要不是因为百万大裁军，他也提干了呀！值得他笑话吗？

想到这儿，一股怨气又涌了上来。他抬起头，漠视地看了彭礼和一眼说："你刚才的话也对也不对，就拿你现在的成功来说，如果没有当初去服装厂上班打基础，就没有你的今天吧？"彭礼和嘴里嘟囔一下，没有说出接下来的话，他怕二哥再生气。

"我知道你想说什么！"彭忠一说，"这就像一个跳舞的，如果没有舞台你的舞姿再美也没有用吧，何况一开始你还不会跳舞。"于是兄弟俩谁也不服气地互瞪起来，他瞪大眼睛，看着眼前的这个弟弟，什么东西像是被碾碎了。

床头柜上那束百合甜腻的香味在病房弥漫。

正在这时候，病房的门突然打开了。

"你们俩这是？"霍秋萍一愣，看着丈夫问。彭礼和连忙恢复表情说："没什么。"语气里依然带着几分怨气。霍秋萍轻轻叹了一口气劝道："你现在是病人，不要再像过去那样，要好好改改你的脾气了。"

"我脾气怎么了？"

霍秋萍一愣，真让她猜到了，她来之前说不定他真跟二哥吵架了。霍秋萍于是看着彭忠一说："二哥，你也知道你兄弟耿直，说话不好听，不要介意啊。"

"谁说话不好听了？"彭礼和在床上把身体一扭，用背对着她。彭忠一犹豫了一下，依然不高兴地说："今天正好弟媳你在这儿，咱们就把刚才跟老三说的话说出来让你评评理。"

"二哥你说，"霍秋萍递给他一杯水，"都是自家人没事的。"于是彭忠一从他大哥彭仁爱说起，把他们在家里是如何付出的一一道来……见弟媳霍秋萍连连点头，彭忠一便又旧事重提，把彭礼和靠大哥进了服装厂，之后又靠大哥和他帮忙的事说了出来。对此，彭礼和也生气了，说有舞台又能怎么样呢？不好好学跳舞还不是没用！彭忠一被这话呛得够呛。因此他也不顾面子了，指责说："老三你这叫忘本！"

"我怎么忘本了？"彭礼和瞪着眼问。

彭忠一面子更挂不住了，说："你好好想想，没有我们的付出你能有今天吗？"

彭礼和立即回击："我有今天都是我努力的结果！一个人就是平台再好，不努力也是白费。"

"你看看你，"彭忠一把水杯往桌子一放，"怎么这么不讲道理。"

"谁不讲道理了？"彭礼和头一扬说，"是你们老沉浸在过去的事情中。"

"你……"

"好了！你们兄弟心平气和地说话不行吗？"霍秋萍突然生气道。

"是他横！"彭忠一凌厉地说，"从小就这样。"彭礼和一脸倔强地反问："我哪样了？"一时间二人都无话了，瞪着眼相互注视着。

见此，霍秋萍苍白的脸上瞬间浮现一抹柔情说："大哥、二哥是为家里为我们做了不少事情，大家一直都记着……"语句轻缓有力，柔情中不失刚强，她的话语令彭礼和情绪有所缓和，令彭忠一脸上渐渐云开雾散。彭忠一不无赞赏地说："还是弟媳你明事理。"

这时，霍秋萍慢慢把话锋一转说："你三弟也不容易，我也不容易。"彭忠一接话说："大家都不容易！"

彭礼和睨了他们一眼，不想听彭忠一继续说了，不想昨日之事成为今日之是非。他身体往被子里一钻，假寐着，脑子里却想起创业的事来，那一路充满艰辛与辛酸，只有妻子与他知道……

二十六

一九七九年

那是一个春天

有一位老人

在中国的南海边画了一个圈

……

风自南方来，清新撩人心。随着那扇名为改革开放的大门的打开，一股最强劲、最撩动人心的春风迅速吹进中国大地，也吹进了彭礼和那并不平静的心。作中国计划经济时代的一名实践者、亲历者、见证者，彭礼和一直站在时代浪潮前沿，此时的他以敏锐的嗅觉，预见到了远方的彩虹，他觉得看到了人生的机遇和希望，这是成就自己最好的时机。

机会总是留给有准备的人。那些日日夜夜，彭礼和在改革春风的吹拂下，感到周身舒爽但又有些烦躁。不过，那烦躁中，有欣喜，有不舍，还有对未来美好生活的憧憬。此时的彭礼和早已经不是那个穿着蓝色工作服走南闯北、走街串巷的销售员了，而是江堰经济开发区管委会副主任。

官职虽然不大，但对于他来说，对于他的家人来说，也算是功成名就，扬名一方。升到这一职务对于起点不高的他来说，吃过多少苦，经历过多少磨难，只有他自己知道。一不小心，他就又想起那个林君雄来。

那次一起玩麻将后的第二天中午，按照林副县长的心意，彭礼和把他想见的春兰叫了过来。那天，春兰穿着无袖衫，两条白皙纤细的手臂分外迷人。一番觥筹交错后，彭礼和发现林副县长目光在她身上游弋，眼里满是渴求，春兰好像也是心知肚明，两人之间心照不宣。

不一会儿，彭礼和发现在座的人开始借故上厕所了，还有人抱着“大哥大”电话打不停，就是不进房间。彭礼和抬头看了一眼林副县长，说“我去加两道菜”，便跑了出去。

林君雄与春兰在你来我往的交杯中，不知道怎么就交到了沙发上……从里面的动静听得出，林君雄轻车熟路就跟春兰完事了。不过里面随后发出的声音，倒是令彭礼和有些意外，他仿佛听到春兰趴在林君雄胸口上哭了起来。

屋内林君雄语重心长地安慰着她，说什么人生就是这么回事，老公对她不好还有他对她好呀，说世界为她关上一扇门，必会给她打开一扇窗……春兰好像找到了知音，林君雄说她是个好女人，认认真真干活，踏踏实实生活，却嫁了一个浑蛋……他说那就想办法离婚，何必难过？

她说她不是难过，是别的什么，好像什么东西不见了，没有了。林副县长此时已经听够了，累得像是抽了筋的狗，昏昏欲睡却又睡不着，仔细嗅了嗅春兰的气息。春兰说，她听他的，以后只属于他了。

彭礼和在门外听着，里面女人银铃般的笑声不时传出，那些熟悉又陌生的嚣张的声音贴着他的两耳越飞越远，恍若有种魔力，令他深陷前所未有的虚幻。他使劲摇头，眯着眼睛看着窗外，一片混沌，世界如此混乱。人生匆匆，时而光亮地站在舞台中间，时而悄然落幕。人生好似一个圆，走着走着就从起点走到终点，又从终点回到起点。

彭礼和跟林君雄的关系迅速升温，不过，这时他已经知道林副县长就是以前的大贵了。这是林君雄在那天醉酒后，说漏嘴告诉他的。大概是因为见到春兰了吧，想表现一下自己这么多年打拼多么不容易，现在多么成功，因此林君雄说自己之前也是农民，在河里抓过鱼，打过架，还当过民兵营长……最后官到副县长……

说者无心，听者有意。彭礼和一听，便装作也喝醉了说：“林县长我们真有缘分啊，你经历的我也都经历过，可是你现在当了县长，我这辈子算是白活了。”

林君雄嘿嘿一笑，拍拍他的肩膀，骄傲地说：“也是啊，咱们都是一个地方的，差距怎么这么大呢。”交浅言深是大忌，林君雄算是点到为止。

正在这时，彭礼和看到林君雄脖子上的一个印记，心里一惊，犯了嘀咕：怎么这么巧，他的脖子上的烧伤印记怎么跟大贵的一样呢？于是他直奔主题说，县长啊你跟我们村里一个人好像呀。

林君雄脸一窘，瞬间打了一个不易察觉的寒战，说：“不可能，不可能！你们那彭缪村能出我这人才？”

“县长你对彭缪村很熟啊。”

林君雄脸色煞白，连忙摆手，眼神里写着内容，却缄口不谈。大贵消失了多年，加上林君雄看他的眼神似曾相识，这令彭礼和确定林君雄就是大贵无疑。

彭礼和既惊喜又害怕，不过，他并没有打算捅破那层窗户纸。因此，在后来的交谈过程中，他没有勇气说出心里如沸腾的开水一样滚烫的话来，彼此之间仿佛都知道，有一道永远不能愈合的伤口，谁也没有勇气去碰，也知道如何绕开那个地方，保护自己。倒是林君雄时不时主动问起村里面的一些人和事，彭礼和便跟林君雄打起了太极，好像林君雄只是随便问问。那层窗户纸不去捅破倒是上上之策。

后来，林君雄当上了县委书记，林君雄与他的关系始终没断，倒是也帮了他不少忙。林君雄呢，随着职位升高，也像换了个样子，为地方发展做了不少贡献。至于他最后贪污被枪毙，倒是印证了那句老话：自作孽，不可活！他将他所有得到的，全部还给了最初的过去。

想到这儿，彭礼和还是觉得自己实打实地干出自己的一番事业最安心。因此便又想起准备辞职下海的事来。下海，说起来容易做起来难！在那个当官还十分吃香的年代，自己不仅在当地小有地位，也颇有些成就，从经济收入上来说，还比别人高了许多，令许多人羡慕。重要的是，他没有停下脚步，还在奋进着、前行着。特别在全民招商的热潮中，他在当地群众和领导们的眼里，是一位“能人”，获得过诸多荣誉，多次被市、县评为先进工作者、优秀企业家。因为他在抓经济建设上有自己独特的一手并取得了令人称道的成绩，因此多次被领导委以重任——太县江堰乡服装厂销售主管、科长，太县消防水带厂厂长，太县燃气钢瓶厂厂长，江堰经济开发区管委会副主任。

一路风雨兼程，一路收获颇丰。可以说，彭礼和是一步一个脚印在发展。随着职位的提升，他在当地经济发展中有很高的地位，主抓当地政府经济建设中的招商引资。而现在如果辞职下海去了，放弃许多人一辈子可望而不可即的一切，那就意味着一切都得从头开始，意味着前面所有的努力都将成为自己的历史，意味着他要放弃当前安逸的工作和生活。妻子会同意吗？父母会同意吗？年幼的女儿会不会跟着他和妻子一起奔波？这要是把女儿放在老家吧，他又很不放心。要知道，女儿鹃鹃可是他的心头肉啊！

人心都是肉长的，人最真的情感是亲情，彭礼和思绪万千，就如消防水带圆织机下的纱线，单纱络筒、拼线、加捻、制纡、隔环、穿经线、交纬线……一点点拉长，再拉长，长得穿不过无尽的岁月。

今天，他之所以要来跟自己的领导蔺乡长做汇报，不，是商量，商量准备辞职下海的事情，是经过深思熟虑的。一来他跟这位领导一直是上下级关系，平时相处得比较融洽，而在工作之外关系也非常好。二来，蔺乡长这位老领导在彭礼和的心目中有相当高的威望。因为蔺乡长在领导岗位上工作多年，思想政治觉悟高，站得高看得远。尤其是他平易近人，是一个乐于帮助别人的人。

“稀客呀，今天怎么有空？”

“来向领导汇报思想。”他故意轻描淡写地打趣道。由于是老领导加老朋友的关系，他们在说话时，总是那么风趣幽默。而这种轻松，是来自他对蔺乡长的信任，也出于对蔺乡长曾经一次次在危难之中给予他关怀的感激。

“没那么简单吧?”蔺乡长带着几分好奇，“怎么今天听着你说话口气跟平时大不一样啊?”

性格豪爽的彭礼和一愣，便直言道：“嘿嘿，领导就是见微知著，今天还真是有事找您这位老领导指导指导。”

“呵呵，指导可不敢谈，但可以提出一些参考意见，说吧老朋友。”蔺乡长也很爽快地说道。彭礼和稍微顿了一下，将江堰相关文件中允许公职人员辞职下海的政策说了出来。并说自己想了好久，就是一直下不了决心，犹豫不决中，才找到老领导，希望老领导能够帮忙拿拿主意。

一听他要辞职下海，蔺乡长感到十分意外，虽然他知道当下在全国各地已经有许多公职人员辞职下海了，但发生在他身边、发生在好朋友彭礼和的身上，还是太让他意外了。蔺乡长沉思了好一会儿说不出话来，这让彭礼和有些不知所措。其实他是在为彭礼和考虑，觉得他目前个人发展前景这么好，放弃了实在有点儿可惜。

见蔺乡长一直沉思不语，彭礼和又兀自将自己辞职下海的考虑过程，一一说了出来，他希望老领导能够给予指导。听完彭礼和的叙述，蔺乡长开口了：“老朋友，你不觉得你走到今天不容易吗?”彭礼和知道老领导蔺乡长一定会说这些，这些人生中来之不易的东西，也是他这些天一直在深深考虑的问题。他之所以迟迟下不了决心，就是因为这一路走来，付出了太多的辛苦和努力。

“领导你说的问题我已经考虑过了，”他说，“凡是受计划经济体制影响较深、市场化程度不高的地方，城乡居民收入差距就大，基尼系数就高。中国将长期处于社会主义初级阶段的基本国情没有变，我国现阶段的基本经济制度必须坚持，毫不动摇地支持个体私营经济发展。”

“哦，你还掌握了不少新东西。”

“是的，老领导。你就说我辞职下海值得不值得吧!”

蔺乡长略加思考，回答：“值或者不值，这得看自己的追求。既然你在这个问题上已经考虑好了，那我没有什么再好劝你的了，只是作为老朋友我希望你再认真考虑一下。”蔺乡长嘴上虽然这样说着，但并没有明确支持他辞职下海，又从得与失、个人发展、安居乐业等方面帮他分析着。看似是分析，其实是在劝说他慎重考虑，不要轻易辞职下海。

物以类聚，人以群分。蔺乡长太了解彭礼和了，他们太相似了。蔺乡长太知道他一路拼搏的艰辛，如今才安稳下来，又要选择。他担心老朋友一旦选择失误了就再也回不到现在。因为谁都知道，体制好出，再想进入难！

然而，时代已经变了。一纸红头文件改变命运的时代一去不复返了。不过，听了蔺乡长的关心，彭礼和心里还是暖暖的。对此，他又将他深思过的创业项目、创业规划、选择以上海为创业地的想法，毫无保留地说了出来。听了他的一席话，蔺乡长又陷入了深深的沉默。他觉得，依他了解的彭礼和，依他的那种不认输的个性，他选择辞职下海应该会成功，也希望他能够成功。他正直、讲义气、好强、做事利索，在商场上一定是一把好手，如果他想成就一番事业，应该没有问题。

看着眼前的彭礼和，蔺乡长从心里再次对这位已经四十多岁的汉子佩服起来。他想说的话很多很多，却又不知道从何开始。于是他从座位上站起来，点燃一支烟，走到他身边，拍拍他的肩膀，支持地说道："好吧，我尊重你的想法，祝你成功！"

"真的支持吗领导？"彭礼和有点儿不相信地问道。

"当然支持！以你的性格和为人，应该可以成就一番大事业，你是大鱼，就应该到宽广的海洋里去遨游。"

彭礼和也激动地说："有你这句话我就放心了。"

二十七

人生没有回头路，只是一场孤独的旅行。他回味着自己的人生，在那些时光里，他像是在海底失掉尾鳍、焦急等待变成人类的小人鱼。也许，他会在某个清晨，化作泡沫，浮上海面，在咸涩的海水中，挥别他永远的挚爱。

夜已深，可彭礼和还是一点儿睡意也没有。他轻轻翻身下床，走出家门。

室外一片寂静。风悄悄地穿过树梢，月儿弯弯照窗台。门前这条白天车水马龙、人来人往的繁华街道，此时安静、空旷。发光纷飞的萤火虫在空中热闹地、欢快地嬉戏着，远远地飞来，打了个转，继续前进，它们仿佛要用自己微弱的光芒，照亮未知的前行道路。

彭礼和仰望着星空，听着宿鸟鸣咽，看着它们低低地掠过。他漫步在小区道路上，沸腾的思绪陡然生凉。

岁月无敌，天曷言哉？就在那一刻，不期然地，他找到了童年的那颗明亮的星，好低，好亮，像一盏明亮的灯，来不及去触碰，却已远去。彭礼和奇怪为什么几十年来他一直找不到它，是在忙碌中遗忘，还是在生活的重负下，根本无暇顾及？

想到那些流逝的岁月，他的心里充满了忧伤。于是他深深地吸了一口气，定了定神，便又轻轻折返，从容地回到温暖的家中。妻子霍秋萍已经安然熟睡，一切显得那么从容淡定，此情此景，让他不忍打破。他再次深深地看了熟睡的妻子一眼，心里陡然生出几分惆怅。想想妻子一路辛苦地跟着他，日子好不容易好起来了，还没享受几年……他不忍心将她唤醒，可是他太想告诉妻子他的决定了。

其实，此时妻子霍秋萍也并没有睡着，而是在猜想着丈夫的心事，猜想他一定有什么烦恼。时间一分一秒过去，见丈夫来回走动着，她一番犹豫，轻轻从床上坐了起来问道：“又遇到什么不顺心的事了吗？”

“不是，是……没有什么……”他说不出口，也不知应该怎样开口。知夫莫若妻。霍秋萍如往日一样温柔，温暖地说：“这不像你的性格呀，说出来吧，别吞吞吐吐的了。”

寥寥几句汇聚着不变的真情。妻子永远是那么善解人意。彭礼和犹豫着，挣扎着，觉得这岁月就如一条流淌的河，而身处河中游泳的他，不知道哪个地方会掀起波澜，更不知道哪个地方能够平静安谧。男人责任重于山。彭礼和也跟所有有责任有担当的男子汉们一样，希望自己的妻子和孩子们过上幸福的日子，希望给予他们最好的一切。但他又是一个不安于现状、不愿过安逸生活的人。而妻子霍秋萍总是给他温暖的支持，无论风雨，无论他是成功还是失败，总是默默地支持着他。妻子越是这样支持，他就越发感到深深的愧疚和压力，她总是竭力想着如何拥护他，支持他，这是怎样难得的一位好妻子！他感到自己这辈子遇见她真的太幸福了，于是他想起与妻子相识时的情景……

那一年的春天，村里一个热心人拦住彭礼和说，给你介绍一个女朋友吧。一开始，彭礼和以为人家是开玩笑的，因为他家境不好，找媳妇难，所以只是一笑了之。结果人家拉着他说，是真的，有个女孩很不错。

此时的彭礼和已经二十六七了。听来人说那女孩是大队的妇女主任、团支部书记、文艺宣传队队长，彭礼和心中有说不出的激动。此前，他也听人说过这个叫霍秋萍的女孩有多么优秀多么漂亮，他在心里想象着这个女孩的模样，一头乌黑的短头发，圆圆的脸蛋，闪烁着纯洁的大眼睛……那时候男女的着装远远没有现在时尚，都比较简单朴素，那个年代女性几乎不化妆，都是素面朝天。那时候，彭礼和对自己要找的女孩已经有了定位。

他一直梦想着有这样一个女孩出现。在期盼与焦虑地等待中，介绍人终于把他期待的女孩领到眼前，他瞟了她一眼，自己倒先羞红了脸。结果刚一抬头，女孩扭头就要走。他的心瞬间沉了下去，以为冒犯了她，悔恨像浪潮瞬间吞没了自己。

霍秋萍是因为得知彭礼和家里兄弟五个加一个妹妹不说，一大家子人还住在三间茅草屋里。她有点儿接受不了，真的接受不了！虽然她对英俊的彭礼和有好感，但他的家境实在太差了。而霍秋萍家里，不仅有时下最耀眼的脚踏车，她还佩戴着最流行的“梅花牌”手表。那时，能佩戴“梅花牌”手表的人，除了领导干部，当属家境殷实的。

带着落寞离开，亦是留恋无限。

面对霍秋萍的转身离去，彭礼和顿时痛苦极了，屈辱像大山一样向他压来。霍秋萍的美丽知性他太喜欢了，她就是他心中一直梦想的女孩，她多像电影演员赵雅芝啊！可是一切已经无法挽回，要怪只能怪他家太贫穷了。看着霍秋萍一行人远去，彭礼和远远地跟在后面张望着，他多么希望霍秋萍回头看他一眼，结果并没有。也不知道跟了多远，正当彭礼和又失望又绝望的时候，远远地看到她们在原地急得打转，他估摸着是霍秋萍的脚踏车坏了，于是彭礼和快速跑了过去。

“这是上天安排不让你走啊。”彭礼和说笑道。

霍秋萍瞥了他一眼，把身子转了过去。彭礼和也不计较她的看不起，撸起袖子就帮她修起车来。还别说，聪明的彭礼和不一会儿就把断裂的链条修好了。霍秋萍开始对他有些好感了。

后来，彭礼和还激情澎湃地为她念起二哥写的诗——

我不具备
更为复杂周密的思辨
只好借助自己肤浅的独白
掩饰天真

一只美丽的飞鸟停在枝头

呼唤我的名字
于是我写了一封长长的信
分开段落
装进思念的信封

一束路过的春光
把我照亮在你的对面
语言贫瘠
只能看着你消失的背影
带走无法投递的思念

短短几行诗，情真意切，那是无法抑制的心声的袒露。霍秋萍渐渐被打动。

爱是一个美丽的精灵，来之时，如从天而降，离去时，亦无影无踪，速度快得令人难以想象。两个月后，在双方父母的安排下，他们居然准备结婚了。这是他们彼此都没有想到的，尤其是彭礼和，他觉得如做梦般。

结婚的那天，家里安排彭礼和的二哥二嫂与他们同时举办婚礼，这令霍秋萍感到不可思议。彭礼和家里十分贫穷，没有什么钱买菜招待客人，饭桌上也只是几碗青菜和腌菜。不过她相信，眼前的这个男人一定能够带给她幸福，这不仅仅是感觉！

新婚如尝蜜糖，是人生最甜蜜的时光。结婚后，彭礼和又去忙工作了，整天东奔西走，推销厂里的产品，一年在家待不了几天，霍秋萍一人担负起孝敬父母的责任。

第二年春天，妻子给彭礼和生下一个漂亮的女孩儿鹃鹃，霍秋萍感到生活变化如此之快，一眨眼她从一名女孩儿成为人妻现在又成了一位母亲。为了方便照顾她们，彭礼和跟厂长提出，想把妻子也弄到服装厂上班，这样会更加安心。厂领导一听就答应了。

团圆最是幸福。那时，彭礼和的工资每月只有九块钱，这点钱，几乎连孩子买奶粉的钱都不够。但是，霍秋萍没有一点儿抱怨，她相信困难只是暂时的。因此她一边带孩子，一边上班，彭礼和又长年累月在外面跑销售，她的辛苦就可想而知了。

“我想辞职下海。”

“你已经考虑好了是吧？”

彭礼和原以为妻子会责怪、会强烈反对，会像许多妻子那样说他瞎折腾，放着好好的日子不过……但她没有。

“没有，”彭礼和嘿嘿一笑掩饰着尴尬说，“这不正准备跟你商量嘛。”之所以要来一个善意的谎言，完全是出于对妻子的尊重。妻子像猜透了他心思似的，笑了笑，说：“知道你一定早就考虑好了，是吧？”

真是知夫莫若妻。彭礼和只好实话实说：“是的，考虑了好多天了，原来也跟你简单提过的。”说着，他眼里充满感动和对妻子深深的歉疚。

思索良久，她说：“好吧，我支持你，你能让几个工厂起死回生，也一定能创业成功。”妻子的肯定和信任，像是一杯浓烈的酒，令他振奋、激动，也进一步增强了他创业的信心。他非常高兴地说：“谢谢你的支持，请一定相信我。”

“当然相信你，一直是相信你的。”说完，不知为什么，霍秋萍的脸立马红了。

春风相遇不知年，醉倒杨柳吐新翠。那一晚，彭礼和睡得很香很香。不过，此时，他还没完全决定辞职下海，他必须得去上海实地考察一番。当过民兵营长的他，多少懂得一些战术——知己知彼，方能立于不败之地。经商如同打仗，不能打无准备的仗，必须做到知己知彼才行，否则很可能就会在商海里淹死。这一点彭礼和很清楚，决不能让悲剧在自己身上发生。

胆大心细也是彭礼和的众多优点之一。他就是这样一个理性的人，同时他又是一个感性的人，因此他在做出每一项重大决定之前，都会深入思考，而一旦决定了，就会奋勇直前，决不退缩！

二十八

有人说，上海是创业者的天堂、梦想者的乐园，也有人说，上海是充满激烈竞争的“魔都”。用那句台词“如果你爱他，就把他送到纽约，因为那里是天堂。如果你恨他，就把他送到纽约，因为那里是地狱”来形容这座城市倒也多少有些贴切。

在彭礼和的记忆中，知道上海这个地方，是从很多生活中常见的东西开始的：永久牌、凤凰牌自行车，上海牌手表，蝴蝶牌缝纫机，蜂花牌香皂，红灯牌收音机，中华牌香烟，英雄牌钢笔……那时只要拥有印有“上海”两字的用品，就跟今天人们提着印有“LV”字样的名牌包包一样，非常吸引别人的眼球。

“阿拉上海人”，一句响亮的自我介绍，道出了多少自豪！走在上海的街头，你会发现连路名也很气派，以中国的著名省、市、自治区以及名山命名的路有很多：广东路、四川路、北京路、南京路、福州路、西藏路、华山路、衡山路、泰山路……

这是一个令他向往的城市，当小轿车颠簸在蜿蜒的312国道上时，他的心情随着车起伏着。他带着欣喜，也有某种不为人知的焦虑。伴随着发动机的轰鸣声，汽车疾速前进，道路两旁金色的稻田渐渐被一座座挺拔的高楼大厦取代，那些高楼大厦骄傲地展示着上海的气派。

望着车窗外的世界，彭礼和觉得用不了多久，这里将是他施展才华的舞台，是他即将走入商海的“战场”，他将在这里打赢一场场未知的“战争”，在创业中走出一条自己的康庄大道。

“东方欲晓，莫道君行早。踏遍青山人未老，风景这边独好。”此时此刻，彭礼和的心情真的很好。今天与彭礼和同行的是他的好兄弟曹正庆。之所以选择和他一起到上海考察创业环境，让他帮忙拿主意，是因为曹正庆对他知根知底——他们是同一年出生，都是江堰人，从小学到初中都是同学，两人的家相距不到一公里，生活在一起，玩在一起。

尤其在学习上，他们的境遇也大致一样。受“文革”影响，学校不招生了。于是，学校就把他们小学已经毕业的学生留在学校继续上课，这就是当年所说的小学七年级。

那时的初中实行两年制，本应该是两年后毕业的，结果，有一天，学校突然接到通知，说招生计划变了。招生制度改革到来，春季的高中招生又改为秋季了，于是他跟曹正庆又在初中多上了半年，直到一九七〇年七月才初中毕业，然后考进太县高中读书。

那时高中实行两年制，本应该是一九七二年九月就能毕业了，命运多舛的他们，又一次遇到国家招生制度改革，由原来的秋季招生改为春季招生了。世事真是变幻无常，他们因此又多上了半年多的学，直到一九七三年一月才毕业。

时间，让同学们有了更多相处的机会。彭礼和和曹正庆结下了深厚的友谊，成为无话不说的好朋友、好兄弟。后来曹正庆成为一名解放军军官并一路官至某部后勤部部长时，他们依然有着深厚情谊。

因为情深，所以信赖；因为了解，所以信任。彭礼和很清楚他这个好兄弟的为人。曹正庆不仅心地善良，知识面广，而且乐于奉献，对朋友更是有难必帮，并能够给出很好的建议。所以，他找来了曹正庆一起参谋，相信多一份建议就能多防范一些风险。

风和日丽，总有一份别样的心情。

面对彭礼和的真诚邀约，曹正庆当然也知道这位老同学请他来的目的。因此一路上他不忘使命地开始询问起他为什么要做出辞职下海的抉择来。

“丢下官帽你值得吗？你放弃的正是多少人羡慕的啊，老同学！”

彭礼和嘿嘿一笑，毫不避讳地说：“之所以选择下海，主要是因为干部机制体制，在这个体制内想干事却又干不成事，譬如在权力上，作为经济开发区的招商局长，虽然明确职责是管招商引资，但他上面有领导，领导的上面还有更大的领导，往往他认为是一个不错的项目，但到了领导那儿，却被否定了。再譬如各种复杂的人事关系，让人天天疲于应付，搞得很累。”

“你说的是事实”，曹正庆听完一脸严肃地说，“可是，你有没有想过，你这一路走来有今天这样的成绩已经不错了啊!”

“是啊，是有很多人羡慕我的一切，但是，我觉得我的能力还没有完全发挥出来。”说到这儿，他又把“下海”的另一个想法说了出来，就是希望成就最好的自己。

这样的回答，别人听起来虽然有些说大话的感觉，但曹正庆听来并不觉得意外，他对这位老同学可谓知根知底——聪明、干练、胆大、心细，他决定的事从不会轻易改变，正是因为他具备这样的潜质，他的人生道路才越走越宽。

他们开始陷入长长的沉默，曹正庆的思绪回到了小学的时候，那时粮食供应紧张，加之绝大多数人的家庭贫穷，往往是吃了上一顿，就没有下一顿，于是正在长身体的他们，不约而同地把目光集聚在农民的菜园里，生产队的“瓜田李下”。

饥饿会令人刻骨铭心。在那个衣食匮乏的年代，不饿肚子的人是幸福的人，可是能够幸福的人真的很少。有一次下午放学后，曹正庆和彭礼和都感到饿得不行了，可是那时候正值冬季，田地里既没有瓜，又没有李子，只有生产队种的过冬的几亩白萝卜在那儿躺着。他们想着要拔一些萝卜来吃。可是，心有所想，却不敢妄动，只是眼睛直勾勾地看着地里，谁也没有说出来。因为彼此都知道，偷吃被发现了，生产队会扣父母的工分，父母一定会狠狠地打他们。

“还是算了吧，要是被人家发现，说我们偷集体的东西就麻烦大了，搞不好还会被当成小偷‘批斗’，父母也会受到牵连。”

彭礼和却是嘿嘿一笑，一拍脑袋，计上心来：“你听我的……按照我说的办，保证让他们发现不了我们的秘密。”听罢曹正庆很疑惑，那时还没多少生产种植常识的他，觉得也是个好办法，应该不会被发现，但是心里总觉得不是长久之计，何况偷东西这还是他们头一回。

正当曹正庆犹豫时，彭礼和一个转身，就将一根根大萝卜从地里拔了出来，然后他用削铅笔的刀，将萝卜叶切下来，再将萝卜叶的一头插进坑里。他们俩开始为自己的小聪明兴奋不已。吃着又白又嫩的大白萝卜，哼着革命歌曲，那真叫一个美。

小汽车在无尽的道路上驰骋着。小时候，出了城便是山。而眼前，城市似乎永远走不完。面对繁华的大都市，彭礼和又来了劲头，于是他便把自己准备在上海开办消防水带厂的决定说了出来……彭礼和说得信心十足，条理清晰，曹正庆觉得有道理，以沉默表达了自己的态度。小轿车在繁华的大上海穿梭，他们俩仿佛置身于另一个世界。转了好大一圈后，才来到了目的地——上海西北部的普陀区。

那是一片破旧的厂房，厂房外杂草丛生，曹正庆在心里不禁替他捏了一把汗，并担心地问：“你就准备在这里创业？”彭礼和肯定地点了点头说：“好地段也出不起租金啊。”这是一句实在话。

的确，在当时，虽然彭礼和已经官至江堰经济开发区管委会副主任了，但工资仅有两千多元，而他的妻子霍秋萍在服装厂工作，工资也不高，加上孩子正在上小学，还要赡养老人，全家人就靠他的那点工资生活着。存款几乎等于零，哪还有创业的钱呢？

“还是当好的你的公务员吧老同学。”曹正庆言不由衷地劝说道。彭礼和摇摇头表达了自己的态度。心想，人生就是折腾。趁着自己还算年轻拼搏一下，公务员是安逸不假，但真的不适合他。

“你怎么想到在这边建厂呢？”

彭礼和说：“这是一个朋友介绍的，相信将来随着上海的发展，普陀一定会迎来大发展，这样我就可以借助当地大发展的机遇，实现自己的创业梦想。”彭礼和顿了一下，又胸有成竹地说，“在上海虽然做小本生意会很难，但对于专业型的制造业来说，这里不失为一个好地方，因为这里城市发展快，高楼大厦建得也多，自然就离不开消防水带了。虽然生活和物流也是一个不小的开支，但比在老家那边创业，成本上要低许多，更何况老家的许多机制又制约发展。”

“不过你得做好吃苦的准备啊，你看那些厂房四面透风，还有周围的环境也脏乱差，你适应得了吗？”

彭礼和淡然一笑说：“都是老朋友了，你还不知道我从小吃了多少苦吗？就这样也比咱们过去好了不知多少倍啊……”

“你就不担心要是失败了怎么办？到那时后悔可就来不及了啊，看你现在多风光！”

彭礼和有准备的似的，又淡然一笑回应道：“大不了我再从销售员做起，反正我是农民的儿子，这是最坏的结果吧。”

孤注一掷的话，说明他已经下定了决心。曹正庆看到了彭礼和一往无前的勇气。他不知道怎么劝说，因为他也知道按照当前国家经济的发展趋势，辞职下海已经是趋势，而且鼓励公职人员辞职下海的政策和各种措施次第出炉。据新闻上公开的数据显示，当时中国已经有十多万公务员离开体制辞职下海了，而且很多人在商海中取得了巨大成功，譬如知名企业家冯仑等。

想到这里，他觉得这或许是老天给彭礼和的一个机会。自从“邓小平南方谈话”后，政府便开始鼓励大家创业。那时，市场经济才刚刚起步，越来越多的机会摆在了有梦想的人面前。机不可失！

二十九

“二哥我们去吃饭吧？”霍秋萍轻声提议道。

彭忠一看了一眼三弟，不无责怪地说：“你看他，大老远来看他，把我丢这儿自己睡觉了。”

“你弟的脾气你还不知道？”霍秋萍想，跟个病人有什么好较真的呢？只有她知道丈夫这些年来多么不容易。

等他们一离开病房，彭礼和便从病床上坐了起来，接着想他创业前的情形。

从上海考察归来的那一晚，彭礼和第一次睡得十分香甜，并做了一个美梦。梦里，他回到了少年，回到了家里，那是一个温暖的家。

天空还没怎么放亮，彭礼和就起床了，简单快速洗漱完毕后，就急切地向他成长的地方而去。他得跟父母打个招呼，他要辞职下海了。虽然之前，或多或少与父母亲说过辞职下海的想法，但那时家人也没有当真，他们只是提醒他让他慎重考虑，毕竟目前得到的一切来之不易。

当然，回家，对彭礼和来说，还有另一层意思，从古至今，中国人都有故土难离的情结。“穷家难舍，热土难离。”“一间茅屋何所值？父母之乡去不得。”这些诗句他一直牢记在心间，更何况他在这个生他养育他的地方，已经成为参天大树，成为栋梁之材。从某种角度说，他已经成为彭家的骄傲，是那一方土地上最有出息的孩子。

面对三儿子彭礼和的突然回家，吕桂芳像往常一样高兴得不知所措，上下打量他一番后，立即就忙着下地摘菜，给他做饭。见此情景，彭礼和拉着妈妈的手，让她坐下，说有事情要跟她说说。母亲总是对儿子有着天然的亲切，一听说儿子有话跟她说，她便用激动加欣赏的目光盯着他看，知道儿子这么慎重地跟她说事情，一定是非常重要的事情。

她记得，儿子从外出当服装厂销售员起，凡是他自己有什么大的喜事或是遇到困难了，总会第一时间回来跟她说，而且总会说："老妈你坐下，我有事要跟您说说。"

"说说"说明了他们母子心心相连的情感。然而，那天她听了儿子要辞职去上海的决定后，立即就收了笑脸说："这怎么行老三！你放着好好的官不当，怎么想着要去上海啊？"语气里有意想不到的责怪。

彭礼和一时不知道怎么回答。他知道母亲担心，因为这一消息来得太突然了，她接受不了。他沉默了，想让母亲好好考虑一下。于是他自顾自地点燃一支烟走出客厅。

的确，三儿子彭礼和的决定对她来说，实在太突然了，在当地她一直以他为傲，每当村里的人提起他的三儿子彭礼和，她就有说不完的话。她也知道儿子的官并不大，但对于她来说那是了不起的大官。现在，儿子要放下一切重新开始，她心里接受不了，她也像许多母亲一样，希望自己的孩子优秀，希望孩子能够为她长脸，并在她的视线中出现，让她有机会与他多同行一段，希望他一直陪伴着自己终老。

吕桂芳是个明事理的人，也是个聪明的人。在生产队时，她就是出名的脑子好用。思考一阵子后，她觉得儿子的雄心壮志是对的，虽然她不知道辞职下海会不会成功，但依她对儿子多年来的了解，知道他是一个敢说敢干、考虑问题周全的人，他应该是反复思考并认为有把握后才做出这样的决定的。此时，她又不好再说什么，支持儿子的事业是她应该做的。

看着母亲脸上发生着细微的变化，彭礼和知道妈妈开始支持他的决定了。于是他走到母亲身边坐下来，看着她，一字一句，将他之前认真考虑的细节一点一点地告诉她……

母亲还是不语。彭礼和以为母亲是为儿子放下官职而惋惜，其实他想错了，母亲虽然对他的"官"有些留念和不舍，但更多的是陪伴和感情上的不舍。虽说她养育了六个儿女，但她却对这个三儿子更加依恋一些。

“妈妈，你放心，你要相信我嘛！”

母亲不再沉默，大声说道：“不错不错，儿子，妈妈支持你。人就得活出个样子来！”

彭礼和受到感染，嘿嘿一笑，轻松地说：“是活出自己来。名声、地位是衣裳，咱也不妨弄件来穿穿。”

“老三，需要什么，妈妈全力支持你。”说着，眼泪止不住簌簌落下。

彭礼和连忙说：“妈妈，上海很近，交通也方便，我会经常回来看您，等我在那边安好家了，把您接去过好日子……”

有了母亲的支持，彭礼和浑身上下一下子力量倍增。虽说到上海去创业，彭礼和已经做好应对困难的心理准备了，但心里依然忐忑，因为下海了就必然要接受一切不可预测的考验。

彭礼和知道妈妈在想什么，知道她此时心里一定很难过。看着妈妈依依不舍的样子，彭礼和像一个远行人，开始事无巨细地安顿起妈妈的生活，从平时的吃饭到季节更替的穿衣，从平时应该注意什么到哪些事年纪大了不能做……一一嘱咐着。而妈妈吕桂芳则一直用感动的眼神注视着他，那被岁月光顾的眼睛中，闪烁着明亮的珍珠。彭礼和有些控制不住自己的情绪，就在眼泪涌出的一刹那，他控制住了自己，没让眼泪流出来。

微风轻轻抚摸着树梢，薄暮时分的光照得他那红扑扑的面颊和高高的前额更加红润。静静地望着他那并不富有的家，彭礼和心里泛起了酸甜苦辣的波澜。因为他在这里欢笑过，也在这里幸福过……他对这儿有着太多太多的眷念，他对这儿有太多的热爱。这里是妻子和他的家，是宝贝女儿的安乐窝，这里也留下他们幸福一家人的欢笑。

淡淡的回味，带着淡淡的芬芳。彭礼和有点儿舍不得卖掉这套一百多平方米的房子。这套房子是他和妻子省吃俭用，一起打拼，共同奋斗三十多年才拥有的，要知道作为工薪阶层，能买起房子是件多么不容易的事！当时为买下这套房子还借了很多钱。而房子里面的每一点装修，更是凝聚了他和妻子道不尽的心血。他深知，房子卖掉很容易，再拥有会很难，虽然妻子支持他这样做，支持他的决定，但他也知道她有多不舍。更重要的是在上海这样一个人口众多、房价奇高的城市，再想安这样一个家，一个幸福的家，必然会很难。

然而，当他仰望无际的天空，不经意间看到一只喜鹊从头顶上轻快地飞过的那一刻，有那么一点唯心主义思想的他，顿时觉得这是在向他传达着某种喜讯。那只吉祥的鸟儿仿佛在冥冥之中告诉他：不要再瞻前顾后了，不要再犹豫了，你本来就是一个勇敢的冲浪人，只有无垠的海洋才是你的舞台！

那天晚上女儿放学回来后，他告诉女儿家里的房子已经准备出售了。欢笑中的女儿眉头皱了起来，彭礼和猜出女儿所想，连忙安慰她说：“别担心孩子，等爸爸赚钱了一定给你买大大的房子，比这个更好的房子，让你有独立的书房，独立的卫生间……”

女儿彭鹃欢快地笑了。她知道爸爸是一个说话算数的人，是一个顶天立地的人。

三十

霍秋萍跟彭忠一一路默默地走着，天空被雾霾笼罩，令人有些窒息；路边的梧桐树像要钱的乞丐一样；街边脏水遍地，一个流浪汉在垃圾桶旁弓着身体，想看看里面有什么。只见他半个身子伸进桶内，发出奇怪的嗷嗷声，这声音被寒气困住，听上去像濒死的驴。彭忠一也想上前看一看，但终究多一事不如少一事，便打消了念头。这个世界太多人需要关心了，哪能关心得过来呢？

饭菜端上来了，霍秋萍突然觉得少了点什么。是酒！于是她连忙叫服务员上了一瓶酒，并真诚地给彭忠一倒上。彭忠一有些激动地说，还是三弟媳明事理。他故意把“明事理”三个字说得特别重。霍秋萍当然知道他的意思，因此叹了口气说：“你弟吧是个心直口快的人，刀子嘴，豆腐心，人不坏的。”

听了弟媳妇的话，彭忠一将一杯酒倒进肚子，意犹未尽地舔舔嘴唇说：“你都不知道他说话多伤人自尊。”说着夹了一口菜，继续道，“他总是喜欢往别人的伤口上撒盐，这样的男人，优点在于敢于贬低自己，这显得他很有自知之明，缺点在于他总觉得贬低完自己就有资格去伤害别人了……”见眼前的弟媳不语，他又把话题转移到自己身上。大意是，他和大哥为家里付出了不少，大哥彭仁爱为了家庭提前转业，失去了大好前程，他每个月的工资都上交父母养家……自己退伍回家后也当代课老师挣钱补贴家用……说着说着，就跟与酒有仇似的，一杯一杯下肚，大有把一肚子苦水倒完的架势。

霍秋萍淡然一笑说：“知道你们当大哥、当二哥的付出不少，我们都记着呢。”说完霍秋萍又嘿嘿一笑，补了一句，“这老话说得好，长兄如父对吧?”

彭忠一一口菜噎住，仿佛好半天才咽下去。他心里开始不爽了，心想你们到底是一家人啊。这时他才意识到，眼前这个温柔贤惠的女人倒是真的很明事理，胳膊肘往里拐呢。

见彭忠一脸黑一阵，白一阵的，霍秋萍知道他不高兴了。用温婉的口气说：“二哥，过去的事就让他过去吧……”意思是总是提过去的付出没有意义，提多了让人烦，谁没有为大家庭付出呢？从照顾婆婆，到让婆婆住上好房子，她和彭礼和也付出了很多对吧。她不由得就想起自己来——

夜幕降临，在上海鹏晨消防器材厂里，工人们早已下班了，可是霍秋萍依然在昏暗的灯光下忙碌着。她将工人丢在地上的一点点线疙瘩捡起来，然后再将零散的线疙瘩一圈一圈绕在一起。她懂得集腋成裘这个道理，她知道这里的每一点耗材都是他们家的财富。

当她腰酸背痛地完成了生产材料的清理整理后，却又不放心刚刚生产出来的产品。她知道产品质量是企业的生命，是对用户的保障。于是她端起桌上的杯子喝了一口水，长长地伸了个懒腰，又开始检查白天生产出来的产品。

那时候，厂里机器设备还十分老旧，虽然一天生产的产品只有四十多米，但她知道这是多么不容易。因此，她倍加珍惜、爱护，像爱护自己的孩子一样。

即使灯光昏暗，也不能阻挡她心中的力量。她一寸一寸检查水带是不是有“走针”或虚线的地方。四十多米的产品，她每一寸都不曾放过，一旦发现有“走针”或虚线的地方，她便又发挥出她曾在服装厂工作的特长，用自己灵巧的双手，像缝衣织被一样，一针一针缝织。

她将所有的产品检查完后，才会恋恋在不舍地拖着疲惫的身体往家的方向走去。此时，正是许多家庭享天伦之乐的时候，而她却饿得前胸贴后背。在那条上下班必经的路上，路面依旧污浊不堪，路旁边是死水沟，腐烂的臭味让人作呕。夜风凛冽，路灯昏暗，不时还有面目模糊的人影在不远处徘徊。她很害怕，她多么希望丈夫来接她回家，多么希望看到丈夫的身影，但她知道，不可能！丈夫也风餐露宿中推销着自己的产品。

疲惫地走在回家的路上，霍秋萍的心又是明朗而快乐的，因为星星好像眨着眼睛照亮着她回家的路，生怕她在黑暗中受到伤害。虽然觉得很累很累，但她觉得此生能与丈夫一起打拼，又是人生之幸事。因为，未来的美好生活在等待着她。

沉默中，彭忠一的脸更阴沉了，是暴风雨来临的前兆。他嘴唇动了几下，终于还是说了出来："我就对他趾高气扬的样子看不惯！"说完还不解气道，"他现在是成功了，有什么了不起？"

霍秋萍听了有些不高兴了，便收敛了笑容说："他二哥，你这样说就不中听了，难道你兄弟成功了你不为他高兴吗？"声音倒是温柔，里面却是藏着态度。

这话一下子点到彭忠一的死穴。他心里像有只老鼠上蹿下跳似的，连忙掩藏心思说："当然希望他成功啊！"刚才的暴戾之气，一扫而空。

"那不就对了？"霍秋萍一脸疑问地看着他。

彭忠一这时自言自语说："我就是对他霸道的样子看不惯！"

霍秋萍苦涩一笑说："你是哥哥就不要跟他见外吧。"

又被轻轻将了一下，彭忠一感到一阵酸楚。就像遭受了天大的委屈，苦涩的感觉如河水汩汩涌来，不过，他克制住了，转移话题问："咱侄女还好吧？"

霍秋萍回答："还不错，这不又生了二宝，自己还开了一家小店……"

看着霍秋萍一脸幸福的样子，他心里既高兴，还有一种说不出的滋味。仔细一想，还是过得不如三弟，心里有些嫉妒了不是？于是他连忙赞赏道："我侄女鹃鹃真不错！"说到这儿，他突然想起鹃鹃被三弟逼着读中专的事来。于是发出似有似无的感叹："你说老三也是，好好的高中不让她上，非要她读什么中专。”

霍秋萍又听出责怪丈夫的意思来。对此她用你怎么又这样的表情看着他说：“他二哥，当时决定让鹃鹃读中专学会计，主要是想到以后我们办企业得有个管账的。”

彭忠一立即一脸尴尬，感叹道：“可惜了啊，如果读了高中，说不定当兵能考上军校。”

霍秋萍一个意味深长的“唉!”阻止他继续说下去。她知道，当时丈夫是在多重考虑下做出的决定。自己的孩子几斤几两能不知道吗？学历高固然好，但他只希望女儿幸福。女儿现在不是挺好的，又懂事，又会疼人，自己开的店也做得风生水起的……

彭忠一落寞地端起酒杯，猛灌下去，无数爱恨情愁，也一起咽了下去。

三十一

“从熟悉的地方起步，向熟悉的行业扩展。”彭礼和一直谨记前人们的创业经验。但是彭礼和知道，万事开头难，更何况还是在上海开办一家工厂呢。从开始的厂房租赁，到机器设备的购买，再到安装……他深深体会到了创业的艰难和创业所付出的巨大代价。

寻着清晨“哒哒哒”的轰鸣声，他径直地从厂外来到车间的大门前，这时，他远远地看到一个十分熟悉的身影，在昏暗的光线下，她文静又生动，内敛中带着刚强。这一幕瞬间感染着他，也刺痛了他。他稍微走近她，发现她那张本来十分圆润漂亮的瓜子脸，渐渐染上酱紫色的皱纹。

看着，看着，彭礼和内心里充满了无以言表的感动，还有说不出口的内疚。他再一次认真仔细地观察了一下那双熟悉的手，发现贴满横一条、竖一条的创可贴，仿佛那些创可贴是对她辛劳的礼赞。

彭礼和更近一步靠近她，她忽地抬起头，只是匆忙间望着他一笑，然后又熟练地将手中的生产材料送进机器。她曾经圆润的脸，似乎清瘦了许多。

正是这匆忙的一笑，如露水浸湿了荆条，荆条在滋润中开始复苏，开始有了韧劲。这一笑一下子又把彭礼和的心给弄疼了，而且是撕心裂肺的疼痛。他只能难为情地回敬了一个笑脸并感动地拍了拍她的后背，眼里满是泪水。

日子，不能重来，过了就是过了，且行且珍惜。

这位戴着雪白的帽子，胸前挂着雪白的围巾，工作在生产一线的年轻妇女不是别人，正是他深爱的妻子霍秋萍。她不仅仅是他的妻子，更是他的战友，志同道合的战友，总是在陪伴着他并与他一起冲锋。

多少年来，妻子的这种笑，总能让他找到家的温暖，总能让他找到爱的力量和前进的动力。因此他时常发誓要让妻子过上好日子，可是，直到现在，妻子却还在与他一起并肩创业。于是他觉得有些对不起她，觉得如此美丽的妻子现在应该是在享受阳光沙滩、美酒佳肴才对。

透过张开的门缝，彭诚信顽皮地瞟了里面一眼，便一推门，打趣道："三哥在想什么呢?"

正在思索前尘往事的彭礼和，头一抬说："你怎么来了?"

"我为什么不能来?"彭诚信脸一板，演戏一样左右看了一下，"难道我小嫂子在不方便?"

"都当领导干部了还没正形!"

彭诚信因此顽皮一笑说："在你三哥这儿我永远长不大。"从内心来说，彭礼和最喜欢这个弟弟。小时候他像个跟屁虫一样跟着他抓鱼抓泥鳅，上学后又经常问他作业怎么做，等他当了民兵营长后，又神气地跟着他搞民兵训练。直到上了大学，还不时到他的小家来解馋……

"怎么脸色这么难看?"彭诚信凑上前，担心地问，"病没事吧?"

"病倒是没事，烦心事倒是不少。"

彭诚信一愣，嬉笑着说："什么事能够让你三哥烦啊?"

彭礼和咧咧嘴，深深叹了一口气说："跟你二哥拌嘴呢。"

"二哥?"彭诚信左右看了看，"二哥在哪儿?"

"跟你嫂子去吃饭了。"

彭诚信有些泄气说："你们怎么一走到一起就爱拌嘴呢?"彭礼和嘴动了动，把话咽进肚子里。于是彭诚信像是早知道他们闹了矛盾似的说："三哥呀，你、大哥、二哥，只要一在一起就会拌嘴，知道为什么吗?"

"不知道!"彭礼和故意试探道。其实他心里比谁都清楚，老大居功自傲，觉得为家里立了大功，他们现在就要永远记得他，感谢他；老二呢也一样，也觉得为家里付出很多，他们也要记住他的好。

彭诚信看了他一眼，一脸认真地分析说："大哥吧，现在过得不如大家好，所以心里有怨气，你吧还火上浇油，责怪他到外面推销保健品，本来他心里就郁闷，你们当然顶牛啦。"彭礼和表示认可，点点头。

彭诚信继续说："这二哥吧没有提干成功，心里的疙瘩也没有消除，你还时常说他不好好做生意，你也知道做生意哪有那么容易！"说到这儿，彭诚信观察了一下彭礼和的表情，说，"你开始走出家时他们都帮你的吧？"彭礼和脸上有点儿尴尬，点点头。"所以呀，他们居功自傲是人之常情，你得跟他们好好说话，多抬举一下他们嘛。"

"就你脑子好用！"彭礼和难为情一笑，"好，以后好好跟他们说话，记住他们的好。"

"这就对了嘛三哥！"彭诚信激动地上前拉着他的手，说："一会儿二哥来了好好跟他赔个不是啊。"

"那不行！"彭礼和身体一扭说，"话以后可以好好说。"他顿了一下，继续道，"好了，别说我了，说说你的工作情况吧。"

彭诚信立即脸一板，说，"怎么搞得你是我的领导一样，每次来了都要问。"

彭礼和一愣，说："这是对你的关心，怎么嫌烦了？"

说到这儿彭诚信有些不服气道："你们官场上这叫什么……"

彭礼和拍拍脑袋："这叫拉袖子对吧？"

彭诚信嘿嘿大笑说："你说你一个做生意的，那么关心我的事干吗？"

"拉袖子！"彭礼和以老大哥的口吻说。

"放心吧！"彭诚信抓起一个苹果重重咬了一口，说，"你弟我清明廉洁得很！"

"可别这样说啊！"彭礼和脸一沉，"腐朽都是在大意中发生的啊。你看电视上，开始时都是清明廉洁的好干部，结果呢在吃吃喝喝中，左拿一点右带一点，走上了腐败的道路。”

“放心吧！”彭诚信有些不耐烦地说，“咱家门风好，你弟要求严，不会出现电视上你看到的情形。”

“好呀！”彭礼和从床上走下来，“千金难买自由身啊！”

“那是！”彭诚信又咬了一口苹果说，“人有多自律就有多自由嘛，风筝一离线，就会没有方向。”

“好！这句话不错，记牢了！”彭礼和这时才露出兄长般的笑容。这个弟弟一直让他引以为豪，彭诚信从一名普通的大学生，干到一方领导不容易。曾经在官场的他知道，为官不易，里面既包含着成就一番事业的艰辛，又蕴含着官场之路的曲折。虽然一直提倡让想干事的人干成事，其实不然，得天时、地利、人和才行，否则就是有再大的本事，没有伯乐相中也是枉然。想到这儿他叹了一口气，便又问：“听说你平调到区里了？”

“你的消息倒挺灵通的嘛。”彭诚信一怔说。

“平调不会有什么想法吧？”

“能有什么想法？”彭诚信说，“共产党员一块砖，哪里需要哪里搬。”

“看看，”彭礼和像是看透他的心思说，“这话里有话不是？”

“没有啊！”

彭礼和又摆出老大哥的架势说：“到哪儿都是为党工作，不要因为平调闹情绪啊！”

“我没有三哥！”彭诚信一脸认真地说，“过去吧在县里当一把手，那是上边千条线，下边一个针，真叫一个累，常常批文件批到深夜，这还不算，各个部门的检查组就弄得我焦头烂额，如果哪个企业再出个事故就……”从加班批文件，到应对检查组，再到各种会议，说得彭礼和一下子想到了他当经济开发区管委会副主任时的情景。那时工作也总做不完，老百姓还不满意，时常骂他不作为，说他只会吃喝，拿着纳税人的钱过着舒服的日子，上级领导吧有时候也不满意，还时不时点名批评一番……

“你说的这些我都知道，”彭礼和说，“现在上访的人不多，估计你现在轻松多了。”

“三哥你说得太对了!”彭诚信一屁股坐在他的床边说，“我现在下班准时回家，多好。”

“是呀，在其位就得谋其政。”

彭诚信一脸严肃地说：“放心吧三哥，上不愧党，下不负民!”

“那你愧不愧我啊!”彭忠一带着浓重的酒意说，“大老远就听到你们叽叽喳喳。”

“二哥你怎么来了?”

彭忠一一怔，说：“你三哥做手术了我能不来嘛。”

“还是二哥兄弟情深。”彭诚信随口一句话，却直击彭忠一的心底。他看了看彭礼和，又看了看霍秋萍，最后把目光落在彭诚信的身上，话里有话道：“对你们兄弟我哪个不真?”

看到二哥胸脯剧烈地起伏起来，彭诚信不得不安慰说：“当然你最真啊!”

“说假话了吧?”彭忠一重重地往床上一坐，质问道，“那你说说我对你们都真在哪儿啊?”

彭诚信仿佛一下被问住了，嘴张了一下，又合上，才又接着说：“你不是经常说那些事。”事实上，从他记事起，是眼前的三哥陪伴他最多，以前虽然听到母亲一直念叨说大哥、二哥为家里做了很大贡献，但他并没有感觉到。

“哪些事啊?”彭忠一想借酒较真。

“二哥，要不你们去宾馆休息吧。”霍秋萍打圆场道。

彭忠一则手一挥，说：“今儿个正好，除了老大跟老四不在，我们仨兄弟好好聊聊天。”

彭礼和看了一眼彭忠一，想说什么，立即就被彭诚信用眼神阻止了。

三十二

彭忠一又旧事重提起来，不过主要说的是他在秦皇岛做玻璃生意的事情。

彭忠一无限感慨，说他孤身一人在外，有时候为了做一单生意，跟人家费尽口舌……说他多少次被人家拒之门外……1992 年的冬天，他押车去东北送货。两辆装满茶几的货车在黑漆漆的山路上快速行驶着，当两辆大卡车行驶到辽宁兴城境内后，道路开始崎岖起来并像蛇一样蜿蜒，车在崇山峻岭间穿梭。彭忠一提醒司机放慢速度，否则冲下山崖后果不可想象。正在说话间，车前方三百米处突然出现两辆三轮车，军人出身的彭忠一一看便知遇到麻烦了——是劫匪！他对司机铿锵有力地说道："不要怕，保持速度不变。"然而，狡猾的劫匪一点儿也不怕死，将驾驶的三轮车几乎贴着他们的车前进并多次试图拦住他们。

情知不好，他大声对司机说道："千万不要停车，寻找机会冲过去！"司机沉着地点点头，那是一位经验丰富的老司机，他故意踩汽车油门让发动机发出巨大的轰鸣声，那声音急促而粗犷，在山间显得异常瘆人。

劫匪立即感觉遇到了对手，开始害怕了，否则性命就不保，因此当听到油门的轰鸣声时，立即吓得四散开来。就这样彭忠一他们逃过一劫，否则不知要损失多少。至今想想都害怕呀！

"二哥英武！"老五诚信竖起大拇指，"过去社会治安不好。"

彭礼和则暗自思忖，你遇到的是明抢，我遇到的是暗战。他从病床上坐起来，感叹："都不容易！"彭忠一和彭诚信立即把目光集中到他的身上。"企业声誉好了，强大了，就有人开始打你主意了。"

“打什么主意，三哥?”老五诚信好奇道。

彭礼和清了清嗓子说：“我的鹏晨消防器材公司三年发展计划酝酿而出后，突然有一天，有家企业的领导人找上门来要与我‘攀亲’。”

“好事呀!”诚信更加好奇了。

彭礼和看了他一眼，说：“是呀，这位‘攀亲’的人还是上海一个区的部门领导，他说他们区一家消防水带厂，设备很先进，厂房也具规模化，就是产品找不到销路，企业即将倒闭，等等，希望我能够与他们共同合作办厂。”

“这是太好的事情了呀!”彭忠一说，“我在秦皇岛办企业时，想找这样的机会都没有。”

彭礼和无奈道：“谁说不是呢！一开始还真的有点儿不敢相信自己的耳朵。不过随即我就想到，他们这是什么意思，难道是让我吞并他们?”

“肯定是想吞并你!”彭诚信胸有成竹地说。

“谁说不是，我也是这么想的，不过转念一想，我的鹏晨消防器材公司已经稳步向前发展了，而且在一些地区还小有名气，我跟你合作，把你的产品销售出去了，我的产品不就是要滞销了？这买卖不能干!”

“三哥英明!”老五诚信说，“市场的这个‘盘子’毕竟只有那么大，这个‘盘子’里只能放那么多‘蛋糕’对吧?”

“谁说不是呢!”彭礼和继续道，“虽然这时我的产品已经开始销往国外了，但毕竟销量不是太大，一旦接手如此大的企业，那么大量的产品就可能积压了。”

“三哥所言极是!”老五诚信赞同道。

“是呀，想到这里，我的心里顿时一惊，觉得这是一桩赔本的买卖，不能干，肯定不能干！因此就故意地试探说：‘你们给我的企业将会带来什么呢？商人言利，在商得言商嘛。’面对我并不客气的问话，前来跟我洽谈的领导嘿嘿一笑说，只要我能够把这个企业救活，他们就可以把我作为人才引进，可以解决我一家人的户口问题，还可以解决我家人的住房问题并为我配备汽车，等等。但条件是，我得在三年内将企业扭亏为盈。”

“这是大好事呀!”二哥彭忠一无不羡慕地说，“多少人想有这样的机会都没有!”

彭礼和嘿嘿一笑说：“是呀，一听能够解决户口、住房问题甚至还会配备小汽车，我也很动心，就在之前，我的一个好朋友还提到，为了将老婆孩子弄成上海市户口，费了不知多少精力和金钱。当时心里着实一热，不过我随即想到天上不会掉馅饼，这是作为成人的基本判断对吧?”

“嗯，天上倒是真不会掉馅饼，估计是个坑。”诚信嘴一咧说道。

“倒也不是坑!”彭礼和不以为然地说，“你想想，弟弟，要将一个大企业三年扭亏为盈那得有多大的难度。虽说之前在家乡我将几个亏损企业扭亏为盈了，但你要知道那时毕竟还处在计划经济时代，而现在时代不同了，现在是市场经济，类似的生产企业也增多了，竞争格局已经与过去完全不一样了，不仅是产品的竞争，也是营销的竞争。”

“然后呢?”彭忠一问。彭礼和说他开始在心里打起退堂鼓，觉得这可能是一桩赔本的买卖，如果三年内不能让人家的企业实现扭亏为盈，那么他这三年就白干了，同时还让人家的产品挤压他的产品，搞不好还把自己的企业拖垮了。

“你这分析是对的三哥。”诚信又竖起大拇指。

彭礼和说：“是呀，你猜人家怎么着?”

“怎么着?”彭忠一跟彭诚信眼睛睁得大大地看着他。

“大概来人看出了我的犹豫，猜透了我的想法吧。来人又将企业联姻如何能够优势互补、抗击风浪等，详细地说了一大通……”

“这些大道理你都懂，”彭忠一摆摆手说，“甚至比他们坐机关的人懂得更多。你也知道船大更容易抗击风浪，但你更知道船小更容易掉头。凡事都是有利弊的，不是只见彩虹无风雨。尤其是‘挤出效应’这个几个字的含义，你比谁都清楚。”

“二哥说得对!”彭礼和心里跟明镜似的，“咱在生产第一线摸爬滚打了近二十年，听过太多的大道理，见到过太多人的成功与失败。市场就是那么大，如果答应人家了，最后不能扭亏为盈，给人家带来诸多问题不说，我自己也会很愧疚的。”

“是的!”他们兄弟俩齐声说。

“面对我的种种纠结，来和我洽谈的那位领导又抛出了一个更大的礼包——希望两家企业能够以股份制的形式合作。就是以我的部分资产和设备入股，那家消防水带厂以总股本51%控股；让我担任副总经理。他们希望以这样双赢的形式来办企业。”

“这真是一个非常巨大的诱惑啊，三哥!”

彭礼和看了一眼老五说：“是呀，这时我的顾虑才彻底打消了。虽然自己不能控股，但是企业发展好了，销售收入高了，我也同样有了稳定的收入，因此，才跟他们签订了合作协议。”

“太英明了老三!”彭忠一赞叹道，“还真是酒香不怕巷子深，家有梧桐引得凤凰来。”

“是呀，”彭礼和各看了他俩一眼说，“那天晚上，我跟秋萍兴奋得在馆子里好好庆贺了一番。”

彭诚信感慨道：“要知道，九十年代初在上海有人开着小轿车接送你上下班，那是何等风光啊!”

“是呀，简直羡煞旁人。”彭忠一也说道。

“后来呢?”彭诚信急促地问。

“后来呢?”彭礼和喝了一口水慢慢道来……

信任与使命，激励着他大步向前。他深知，这一步棋走好了，那将是另一种人生。这样的机会太难得，必须抓住！然而，此时他虽然有所准备，但令他没有想到的是，这条路比想象中还要艰难。

常言说得好，百年老店有妙药。但百年老店也有沉疴。当他来到青浦这家消防水带厂深入了解后，正如他所预料的一样，企业有很多国有企业的“通病”——集人员冗杂、结构混乱、设备陈旧、管理松散、产品过时等难以医治的“病症”于一身。

沉疴面前需良药，作为副总经理的他有些犯难了。他知道这样的“合作共赢”不是说得那么轻巧，更不是谁都可以轻言说没问题的。然而，既然已经达成契约，就要走下去。回头那是绝对不可能的，也无路可回，这也不符合他的性格。他决定对这家企业再进行更深入细致的了解。只有做到知根知底，才能施展自己的才能。否则就如打仗一样，光知道前方有“敌人”，不知道“敌人”在哪里、“敌人”手中有何种武器，那就一定会打败仗的。

看似铺满鲜花的道路暗藏着许多不可预测的陷阱。等到他再对企业的账目进行清理后，他有点儿绝望了。这家企业不仅严重亏损、资不抵债，还欠银行数百万元。

事实胜于雄辩，画饼充不了饥。这样的企业就像一个患了不治之症的病人一样，想起死回生——难！那些天，他陷入深深的思考与焦虑之中。如果说过去他在老家江堰能够将倒闭的企业拯救过来，除了敢打敢拼之外，重要的因素还有那些企业负债率并不是很高，人员也不那么冗杂。这就如同一个士兵，如果背负的辎重大大地超过他的负载能力，别说去打仗，就是前进都会困难重重。

“怎么办？怎么办？”那些天里，他几乎是茶饭不思，不知如何是好，总在企业的车间“转悠”。而在企业里，大家就像面对的是一个天外来客，员工们有的欣喜，有的漠视。看到企业员工们用不信任或轻蔑的眼神看着他时，他感觉自己被蔑视了。因此他在心里说：“等着瞧吧，我彭礼和会让你们刮目相看的！”

带着这样的动力，他重拾信心，决定对企业来个大手术，是从里到外的一系列大手术。他当然知道这种做法一定是非常危险和艰难的。首先，作为一名“外来的和尚”，如果念不好首篇的“经”，必然会被无情地拒之门外，况且在上海人心中，以自我为中心的“老大”思想根深蒂固，“念经”其实很难；其次，企业员工们“占山为王”久了，已经生出很多“顽疾”，手术刀下去后，肯定会出现许多意想不到的事情。当然更重要的是，他怕辜负了人家的信任。

作为企业分管生产的一把手，在精心准备下，他终于将自己的设想向上级领导做了一次全面汇报，领导们听了汇报后，带着期许也忍着痛，同意了他的“方案”。

他终于可以撸起袖子，干起来了！

三十三

“三哥英武!”彭诚信眼里写的都是佩服。

“这才刚刚开始啊!”彭礼和叹了一口气，“你们听我往下讲。”

“我大胆用人，首先对企业车间的负责人进行了更换。这一点得益于我对这家企业的了解。我曾进行过深入的暗访，在与工人们聊天中得到了许多信息。我发现车间的许多负责人已经不能胜任岗位了，很多人还抱残守缺，囿在计划经济时代，思想观念异常落后。现在是什么时代?改革开放的新时代了，‘等、要、靠’早已经行不通了。

“当然，我也非常清楚，将不合格的车间负责人从位子上拉下来不是那么容易，但不得不硬着头皮往前走了。果然不出所料，只要一动人，阻力就来了，何况还是将带‘长’的人从位子上撸下来呢。

“一位车间主任在‘被下岗’后，先是找企业的上级主管部门，投诉我任人唯亲，拉帮结伙。但咱心怀坦荡，知道自己在干什么，为了谁。上级领导在得知我面临的困难后，非常支持我的工作，找那名车间主任谈话，说彭副总经理‘任人唯亲’是为了企业发展，是拯救企业，为了让更多的工人有饭吃……说得那名车间主任哑口无言。”

“嗯，不错，”彭忠一说，“终于遇到一个明事理的好领导。”

“是呀，那名车间主任见此路不通，继而又对我实施语言攻击。对于这一点，我早就有准备了，不就是骂娘嘛，虽然听起来不舒服但并不影响我什么，反正语言又杀不死人。因此，我充耳不闻，权当夜晚听到几声狗吠。

“一番‘闹腾’之后，那名车间主任又开始发动群众要推翻我，结果令那人非常失望，没有几个人配合他。谁不想过上好日子呢？谁不想过上幸福生活呢？这也是普通百姓最大的心愿。百姓不在乎谁当领导，在乎的是企业更好地生存发展下去。那人碰了一鼻子灰，只好偃旗息鼓。”

“改革之路从不会平坦。”彭诚信感叹。

“紧接着，我便实施起第二个大手术——‘强筋壮骨’，对生产设备进行更新换代。我深知，要打胜仗，人是重要因素但绝对不是唯一因素，装备很重要。”

“说起来容易做起来难啊，三哥！”

“谁说不是！装备的购买那是需要钱的啊，而且是一大笔的钱。好在，那时这家企业还披着国有企业的外衣，还顽固地狐假虎威着。国有企业的最大优点是什么？当然是有政府部门这个婆婆来当后盾了。企业就是再不景气，也可以在负债中从银行贷到款。当然，最后能够贷到款，离不开咱运筹帷幄的拯救企业的计划，治顽疾当然得好医生呀。”

兄弟俩不由得点点头，一脸佩服。

“新式设备安装就绪之后，我欣喜无比。虽然之前的改革阻力重重，虽然自己受到别人的污辱，但总算还是按照的我的步骤在推进。这时，我意识到几次手术之后，是应该让企业焕发生机的时候了，便将实施企业产品升级换代作为向纵深推进的重要措施，决定将过去无衬里的消防水带全部停止生产并淘汰。

“淘汰旧产品，生产新产品，那人才哪里来？这一点对于一直擅长用人的我来说并不难。对于用人，咱也一直有自己的一套理论，那就是用人之长，不惜重金。结合自己多年积攒下来的人脉关系，通过朋友们的介绍，我得知上海消防水带厂一名退休的工人正赋闲在家，而且这名退休工人以前是生产一线的技术人员。

“真有你的，三哥！”彭诚信赞叹道。

“咳，没那么容易。等我安排人员去与那名退休工人沟通，说出要聘请他来帮助濒临倒闭的企业时，他几句话就给拒绝了。他说他忙活了一辈子，好不容易退休，准备颐养天年，享受享受幸福生活了，再上岗太对不起自己来人世一遭。”

“那么怎么办？”彭忠一说，“再找别人喽。”

“不！哪能这样轻易放弃，对吧？吃了闭门羹后，我决定亲自登门拜访，相信金诚所致，金石为开，因此咱也来了个三顾茅庐。”

“老三的坚持精神一直是我们学习的地方！”彭忠一赞叹道。

“是呀，做任何一件事都不要轻言放弃。如此几次下来，那位老师傅终于被感动了，说他还没有见到这样把公家的企业当成自己企业的人，说我一定是一名好领导，别说是用高薪聘请他，就是不给钱他也跟着我干了。”

“这是人格的力量！”彭忠一说，“也是真诚的力量！”他对眼前的这个弟弟更加佩服起来。

“然后是开发新产品吧？”

“你怎么知道？”彭礼和看了一眼五弟，有些不好意思地说，“对了，你也是主政地方的一把手，对企业经营了然于胸的。”

“那是！”彭诚信自豪地说，“咱也先后主政过县里、大区里的经济工作，企业发展靠什么？”大家用你继续说的表情看着他。“任何企业要想在市场竞争中永远立于不败之地，关键是要建设自己的核心竞争力，拥有不同于他人的核心产品、核心技术、核心战略、核心文化，没有这样的优势和特色，就难有立足之地。面对经济全球化、竞争国际化、市场一体化、资产资本化的大环境，企业要快速发展，就必须保持清醒的头脑，一步一个脚印地建设自己的核心竞争力，打造竞争优势。”

“领导干部的口气又出来了啊！”彭忠一打趣说，“这里不是演讲台。”彭诚信立即脸上一窘，彭礼和连忙接话说：“让老五给我们好好洗洗脑，毕竟他的视野宽广，理论是行动的指南对吧。”

“嘿嘿，三哥说的真话？”

“当然了，你继续说。”

“当前，国家实施宏观调控，解决经济运行中深层次的矛盾和问题。

宏观调控给传统产业带来很大影响，传统产业的繁荣周期结束，开始进入持续向淡的调整阶段。宏观调控，也是对企业核心竞争力的一次检阅和考验，谁强谁弱，显而易见。反过来，调控时期又是企业培植核心竞争力的关键时期，应顺应形势。所以你们这些做企业的要坚持以市场为中心，紧紧抓住产品结构调整和产业结构调整两只‘拳头’，产品向着高市场占有率、高附加值、高科技含量的方向发展，产业向着新的领域、具有竞争优势的行业迈进……”

“算了，不听理论，”彭忠一嘿嘿一笑说，“还是听你三哥的实战更刺激！”

彭诚信略带嫌弃地说：“你们这些企业老板只知道哪个行业赚钱就往哪儿去。”

“以经济效益为中心难道错了？”彭忠一反问。

“当然错了！”彭诚信说，“现在是以提高经济质量和效益为中心。”对此，彭忠一有些不懂地看着他。他便接着说：“党的十八大以来，以习近平同志为核心的党中央对经济形势做了科学分析和判断，从经济发展长周期和全球政治经济大背景出发，做出中国经济发展进入新常态的重大战略判断，形成了以创新、协调、绿色、开放、共享的新发展理念为指导，以供给侧结构性改革为主线的经济政策框架。”

“什么叫供给侧？”彭忠一有些不耐烦地说，“你简单一点儿，让我们都听得懂。”

彭诚信嘿嘿一笑说：“那我给你讲故事吧。

“老张本来是个卖西瓜的，后来城里每家人都买了他的西瓜，市场饱和，需求不足，他想扩大经营规模，挣更多的钱，已经不可能了。老张有一天突然豁然开朗，再围绕卖西瓜做文章，是不可能挣更多的钱的，思路得从怎么卖更多的西瓜，转向卖什么比卖西瓜更赚钱上面去。这叫供给侧改革。

“老张瞅了瞅，发现扫帚比较好卖，马上放弃了西瓜，投资建了一家扫帚厂，开始生产扫帚。从生产西瓜转型为生产扫帚，这就叫结构调整。

“很快，大批的扫帚生产出来了，大获成功，老张又挣了很多钱。大家看老张卖扫帚这么挣钱，都纷纷加入扫帚行业，竞争对手一下子多了起来。老张渐渐发现，卖扫帚的利润越来越低了。怎么办呢？老张灵机一动，决定发明一个新产品来打击他的竞争对手，他把扫帚升级成了吸尘器。老张的吸尘器，大受欢迎，他又赚了很多钱。从生产扫帚到生产吸尘器，这个叫创新驱动。

“老张发现，很少有农村人买他的吸尘器。他感到很奇怪，便到农村调研，发现农村人都不铺木地板，所以吸尘器在农村根本没有市场。怎么才能让农村人购买吸尘器呢？老张陷入了沉思。老张认为，要让农村人买他的吸尘器，就得先把他们变成城里人，这个构想，就是小城镇建设。

“给农村人建好了小城镇，发现吸尘器在这个几亿农村人口的大市场里还是销售不畅。老张又去调研，发现他们虽然居住环境改变了，但是他们的消费结构依然没有改变，因为他们购买力有限，不舍得买几千块的高级吸尘器，平时买个十块钱一把的扫帚对付下就行了。

“问题的症结找到了，想要让这几亿人都买他的吸尘器，那么就得想办法让这些人的购买力增加才行。怎么才能让农村人变有钱呢？让农村人变得和城里人一样有钱，这个理念，叫共同富裕，全面建设小康社会。

“光有理念还不行，还得落地变成现实。怎么才能让农村人变得和城里人一样富裕呢？靠农业现代化。三农问题的解决，在于农村的消失，农民的消失，原始农业的消失。看来人口的大聚居，才是大势所趋，小城镇建设那一套，可能行不通了。这需要一套整体解决方案，这套方案，就是农业 3.0。

“农业现代化解决了，几亿农村人口从土地上解放出来，开始全面城市化，现有的城市硬件建设，远不足以满足新进城的农民的居住和生产生活需求，怎么办呢，这时候要解决这个问题，就需要对中国进行全面的城市化建设。这个概念，叫三纵两横，多中心城市。

“沿海的一部分先富起来的人民，发现内陆城市化程度越来越高，人口和土地，资本和技术都齐备了，那么他们就可以把生产的活儿转移给这些没活儿干的地区，他们专门负责设计、创意和服务。这就叫产业转移，沿江经济带承接区。

“老张的吸尘器生意越来越好，但是有一个问题一直困扰着他。他为了卖吸尘器，在每个城市、每个街道、小区和商场，都得租一个店铺，成本压力太大，严重侵蚀了老张吸尘器生意的利润。于是老张把实体店关掉，把销售从线下搬到线上，这样成本大幅度消减，让老张又多赚了很多钱。这个叫互联网 +。

“隔壁卖肉夹馍的老李，看老张从一个卖西瓜的，转型为卖吸尘器的，生意做得这么成功，也深受启发，也开始了生意转型，这个现象，叫大众创业，万众创新。老张需要转型，老李需要转型，那么推而广之，是不是各行各业都需要这样的转型呢？答案是肯定的。那么要对各行各业都进行这样的升级和转型，对于整个国民经济来说，就需要一次顶层设计。

“经过顶层设计之后，整个国民经济的操作系统，都需要升级换代，迭代后的版本，就叫经济新版本。

“虽然生意越来越好了，但是老李还是开心不起来。有一件事让他发愁，那就是库存问题。世界上存在一种可以一劳永逸的永远消除库存的生产方式吗？如果打通销售和生产的壁垒，让它们连成一张网，让生产和销售实时互动，消除信息孤岛，让制造全面信息化，那就可以永远消除库存。这个构想和规划，就叫中国制造 2025。德国人把这个工业互联网叫作工业 4.0。

“吸尘器的库存问题终于解决了，那么推而广之，有没有可能让国民经济的每一个环节，都不产生库存且不过剩呢？答案是可以的。把所有的人、产品、流程、事物都连接起来，这样就可以永远地消除库存并避免生产过剩。这个构想，叫作万物互联。”

三十四

“算了，算了吧，我还是喜欢听你三哥的传奇故事。”彭忠一不屑地阻止道。

彭礼和似乎听明白了说：“老五讲的供给侧，我理解是相对于需求侧而言的，是指生产者在某一特定时期内，在每一价格水平上愿意并且能够提供的一定数量的商品或劳务对吧?”彭诚信点点头。于是彭礼和继续说，“还是说的企业家们如何去创新的问题，如何创新产品和经营项目。不仅要开发新产品，还要避免与其他企业产品雷同，这既是防止纠纷，也是创造自己品牌的必由之路。许多企业多少年下来，都没有创造出一个新产品。这里面既有人才的因素，也有体制机制的原因……”

说到这儿，彭礼和想起他在那家企业开展产品创新工作的日日夜夜……

夜深人静了，鸟儿归巢了，工厂里的科研室里依然灯火通明。他踱着步，抽着烟，静静地陪伴在一旁，一会儿给师傅倒茶，一会儿给师傅泡方便面。与其说他是一名管生产的副总经理，倒不如说是一名服务周到的服务员。他并不在乎这些，他始终相信，诚心的力量可以战胜一切困难并创造令人意想不到的奇迹。

也不知多少个日日夜夜都是这样度过的。有衬里消防水带在他的焦虑和等待中，终于研制出来。对此，他顾不得欣喜，又迫不及待地与技术人员一起测试设备并一次又一次试制生产。

新产品像一个初生婴儿诞生了，全体科研人员欢呼了。然而，他却没有那么高兴。因为试制出来的产品他并不满意，没有设想中那么完美，他觉得一个产品如果连自己都不满意，如何让用户满意呢？

追求完美与卓越这也是他彭礼和一直以来的特点。凡事要做到自己满意为止他才会停止，用他的话来说，没有最美，只有更美。更何况当时的消防水带行业，竞争已经非常激烈了，中国各地的消防水带企业就有数百家，而且国际上消防水带已经开始向中国倾销，开始占领中国市场了，是前有挡兵，后有追兵。

面对围追堵截，他知道，唯有审时度势，方能立于不败之地。对此他要求技术人员继续攻坚克难，他依然作为一名陪伴者，夜以继日地与技术人员一起战斗着。

守得云开见月明。两个月之后，经过反复试验，新产品终于开发出了。这是一个前所未有的新发展，这是一个多年阴霾之后的艳阳天。工人们欢呼起来，看到了企业的希望和明天。因为他们太希望企业兴旺发展了。工人们也为他的魄力所折服，投给他的全是钦佩的目光。

这时他才稍稍松一口气。但他知道，也只能稍稍松一口气，这只是打了一个小胜仗，等待他的将是第二个没有硝烟的战斗——销售。产品销售不出去，一切等于零！

偌大的车间里“哒哒”声作响，伴随着“哒哒”声，五色的线团在旋转中被机器一寸一寸吞没，随之像一条长龙一样，出现在人们面前。他像个父亲不放心女儿出行一样，反反复复地在跟前观察着、欣赏着。有兴奋，亦有几分担忧。因为这一天下来，就是近千米甚至数千米的消防水带啊，这是工人们的希望。

办公室的窗户大大地敞开着，夜风轻轻溜了进来，把窗帘撩拨得一扬一扬的，不知道是什么花儿的香气漫溢过来，一阵一阵的，有些甜腻，又有点儿微微的腥涩之气。月光淡淡，把树影映在窗子上，一枝一叶，无比生动。他的心中却没有那么畅快，思绪犹如那一条条蜿蜒的消防水带，一直在蜿蜒着。

紧接着，他开始布一局“棋”，准确说是在借鉴“围魏救赵”的策略。因为据他掌握的情况，目前全国各地的消防水带厂近千家，仅他的家乡江堰就有数十家消防水带生产企业，虽然规模不大，但其产品往往充斥着市场，他的消防水带厂要想在“大军压境”中突出重围，必须得有战略决策布局。

行动是成功的先导。第一步，向西南重镇重庆进军，设立消防水带厂办事处。这是因地制宜的决策，这一地区为丘陵地带，交通设施相对滞后。以重庆为半径，向成都、武汉辐射，然后形成销售网络。不过在设立这个办事处时，与他之前的预计一样，遭到了许多人反对，尤其是总经理等人的反对。

反对理由其实很简单——他们希望等待企业先做大做强了再说。还有人说，大上海的客户就相当可观，没有必要跑那么远去劳民伤财，等等。

但他作为分管生产与销售的总经理、负责人，却不这么认为。他认为这种等待会错失良机，等到企业做大做强后，“阵地”早就被人家占领了，要想再去争夺，那就自然增加不是一点的难度了。因为人们的心里都有一种先入为主的观念。

一旦对某个产品使用出了感情，即使那个产品差一点，人们也不愿意尝试另一种产品。是占领容易，还是夺取容易呢？几句话之后，立即就让一些人无言了。

得到大家认可后，他又开始第二步的战略布局，开拓东北的市场。他知道，这是一个巨大的市场，等待他去占领。因为东三省虽然是工业重镇，但在消防设备和消防器材尤其是消防水带这些领域，还没有深入开发。这是他在查阅了一些城市人口、城市建设数据后得出的结论。

他在心里算了一笔账，东北三省作为地域大省、人口大省，消防设备一定非常欠缺，加之因为交通、地理、经济等原因，未来一定需要大量的消防设备。当他说出想法后，也依然遭到人们的反对，理由是这些地方经济滞后，加上运输成本较高、交通不便等，势必抬高了销售成本，收益自然低下。

老问题又来了，他又给大家分析起来，言之凿凿地说，虽然目前这些地区经济滞后但并不代表未来若干年就跟不上沿海地区的发展水平。再说，就算经济一直落后，势必也是给销售降低成本，而不是增加。这样他们不需要用大量的金钱去攻关，只需要少量的成本就能打开市场。如此种种，终于又说服了众人。

布的局越大，企业的领导们就担心得越多。但是，他们没有想到，彭礼和还有最后一个大布局放在后面没有说出来，他怕一开始就遭到人们的阻止，所以等待前两步完成后再拿出来。当他说出第三步要积极抢占国际市场时，令他意外的是，这一提议立即得到大家的认可。这倒令他意外了。很多人居然赞成说这才是有眼光之人，这才是企业应该关注的重点，咱们大上海也算中国的巴黎，很多品牌也在国际上是响当当的……

听到这些话后，彭礼和在心里笑了。他知道上海作为中国的重镇，这里的人已经被全国人民宠坏了，骄傲得不得了。于是他说，虽然上海是有许多名优产品不假，但在消防器材尤其是消防水带生产领域，还十分落后，至少落后于国际。然后他列举了许多国际品牌并对占领国际市场的困难做出了认真细致的分析。

一笔笔账算下来，一条条理论与实际分析下来，厂里的领导们在咂舌中向他投去佩服的目光。

市场决定成败，做语言的巨人是没用的。不过，为了抢占国际市场，他可没有少操心。因为他知道，国际市场不是那么好抢占的，无论从产品品牌、质量还是营销策略上，他们都竞争不过人家。因为受国有企业长期的机制制约，许多人的思想非常僵化，尤其在营销上，总以上海老大自居，不喜欢求人，更何况是去求国际友人，无论如何也放不下面子。

对此，他决定要亲自披挂上阵，这也是他实施“围魏救赵”中一个重要环节，相信只要打开国际市场的冰山一角，咱们的企业就可以在国内打响品牌，进而让崇洋媚外的人，另眼相待。他知道这是长期以来国内人自我贬低形成的痼疾。治疗这种“病”的唯一办法是成为国际品牌或在国际上占有一席之地。

从广交会到展销会，到处都有他的身影，面对林林总的国外国内品牌，他一方面因人家品牌、质量、款式而自惭形秽，另一方面也对打造自家的品牌开阔了思路。同时更重要的一点是，他感受到了品牌和质量的力量，那就是好东西是不需要过度宣传和饥饿营销的。

他在广交会上发现，国外的营销人员十分注重产品的理念讲解，更加注重产品的细节。细节决定成败，这是一个优秀产品必具备的品质。为此，从广交会回到厂里以后，他便立即着手完善产品细节。从消防水带的用色，到水带接口的简便化，再到使用时的人性化等，一一进行了优化。当他第二次再带着自己厂家生产的产品走进广交会时，拿出自己的产品与对方一比，毫不逊色，一些国外用户也开始上前询问他们的产品来。

三十五

“最后把那家企业搞得怎么样啊?”彭诚信好奇道。

彭礼和露出成功一笑说:“就如蜜蜂嗅到花香一样,随着企业产品质量的提升,国内外的一些用户开始订购企业的消防水带了,我也学着国际友人的做法,开始进行质量营销,跟用户谈产品生产理念,谈服务宗旨,跟用户密切交流。”

就这样,越来越多的用户向他们企业伸出了橄榄枝。只用了两年的时间,他们的产品就走进了新加坡、韩国、澳大利亚等国家,实现销售收入1000多万元。

与此同时,国内也时不时地传来好消息,这说明“围魏救赵”的战略战术是有效的。东北方面,秉承“开拓一片,占领一片”的理念,在开拓新的“战场”上实现了小规模的零的突破,当年实现销售收入300多万元;西南方面,立足于固有“阵地”,大举突围扩张,当年实现销售收入600多万元。突破了同行业的竭力围堵。

上海本土方面,他们坚持“精耕细作”,与许多老客户建立了长期的合作关系,原本一些已经丢失的客户,在他们的营销策略下,开始回归,销售收入实现了成倍增长。

“三哥英武!”彭诚信犹豫了一下说,“那他们企业兑现承诺了吧?”

彭礼和看了两个兄弟一眼,自言自语起来——

正如人们常说“成功在于合作,合作实现共赢”。可是人家只看到了扭亏为盈,却忘记了他的付出应该得到多少回报。按照合同当初的约定,他本人在当年应该得到100多万元的分成。

“分了没有？”兄弟俩问。

“哼！红眼病也是中国人的老毛病之一。”他说，“企业一把手说，企业尚处在起死回生的发展阶段，设备改造，支付过去拖欠工人的工资，偿还债务后，企业的账面上已经没有钱了。我也知道，事实摆在那儿，企业里也的确没钱可支配，再说身为企业主要领导之一，我也要有担当，应该顾全大局，应该先将自己的利益放在一边，为全厂工人们着想，对吧？”

“三哥就是顾全大局！”

彭礼和点点头说：“一开始，我也没有太计较这些，依然埋头于企业的进一步发展之中，相信只要企业做大做强了，一切都会迎刃而解。然而，令我意外的是，随着水带厂的起死回生，企业经济效益的一天天好转，中国人的劣根性渐渐显露出来并一发不可收拾。”

“不会是要卸磨杀驴吧？”

“谁说不是！大家忘本了，吃着肉开始骂人了，开始争功了。有人觉得我不重要了，认为企业的扭亏为盈是他们自己的功劳。还有人认为企业经济效益增长，是大家的功劳。还有人干脆认为，现在企业已经逐步发展起来，那外来的‘和尚’可以赶走了。”

“好阴险，”彭忠一惊叹，“多么无情呀！”

于是彭礼和又无奈地说：“一开始发现苗头，听到闲言碎语后，咱心胸宽广并没有跟那些人计较什么，觉得也许只是个别人眼红添乱。相反，咱认为既然人家信任咱，那把分内的事做好就行。”

“你这样肯定不行！”彭忠一像经历过一样，“他们一定会得寸进尺！”

对此，彭礼和叹气道：“面对我的忍让有些人在私下开始使绊子，搞起小动作来，明明是为企业发展好，可有人觉得我是存私心，为自己谋利益。明明是正确的工作方式，有人认为我太简单粗暴。

“更令我生气的是，有人开始争权夺利起来。本来我是管生产和销售的副总经理，我分内的事，却常常在企业会议上被拿出来，让别的副总经理插一杠子。还冠冕堂皇地说我彭总一个人太辛苦了，让某某帮我分担一些担子。

“我在官场商海打拼多年，自然知道这是企业一把手在削减我的权力，为他们心中的如意算盘做准备。生气归生气，但我还是没有太在意。心想，既然你们这么贴心，能力这么强，为什么不早点站出来，把企业发展起来呢？干吗这个时候争英雄了？

“想到这儿，我相信，这个企业离开我照样玩不转，照样可能一夜回到原地。为什么有这样的底气？因为我知道自己付出了多少辛劳，知道自己如何用心在经营这家企业，更知道国有企业固有的顽疾——人浮于事，争强好斗。把过多的精力用于琢磨人上，更见不得人家好。

“谁知，在一次企业经营分析会上，我认为应该加强产品创新，想对几间老厂房进行改造，结果，遭到企业领导们不痛不痒的反对。我还是没有气馁，知道顾全大局才能成就事业。好在，在我的耐心说服下甚至据理力争下，大家最终同意我的建议。但是接下来的几件事，让我彻底灰心了。打报告，重新打报告，审批，卡壳，如此几个反复，令我十分失望。

“你们兄弟俩也知道我曾经辞职下海，就是因为受不了体制机制的制约，就是因为觉得国企内办事难，想干成一件事难，现在如果又重蹈覆辙回到老路上，我哪受得了？与此同时，企业也不时放出传言，说上级准备让某副总来接替我了，说之前签订的合同不合理，给的报酬太高，等等。

“辛苦换来了折磨，我仔细一品味，细想之前工作中的重重阻力，意识到工人们的传言并非无根无据。再想想自己辛辛苦苦，把厂当作自己家一样付出，不仅没有拿到所谓的高报酬，还处处受人排挤，我感到了人情的凉薄，决定不干了。”

“这么便宜他们？”彭忠一气愤道。

彭礼和看了兄弟俩一眼，说：“递交了辞职信后，人家领导那叫一个高兴。很多人还得意扬扬不以为然地认为，反正企业现在发展起来了，这个外来的‘和尚’是应该走人了。而那些早就觊觎我位置的人，更是喜出望外，认为他们自己一定能够超过我，认为展示自己才能的机会到了。心想，你彭礼和能把一个亏损企业搞起来，我难道不能把一个好好的企业经营下去?

“兄弟们啊，你们不知道当时我多么痛苦。但咱并没有被现实的境遇所打倒，反而相信，只要我离开这家企业，这家企业一定是兔子的尾巴——长不了。”

“你这有点儿赔了夫人又折兵的味道。”彭诚信失望道。

“是呀，辞职了，意味着一切全无。一家人要生活啊！孩子还小，老婆也辞去了工作。”

“跟他们打官司呀!”彭忠一也附和道。

“也只能这样了啊，这是我最不愿意做的一件事!

“为了将自己的报酬拿回来，那些日子里，又是请律师，又是写诉状。真叫一个心累。然而，说起来容易做起来难，钱在企业的账上，要让企业拿出来，并不是一件容易的事。你请律师人家也请律师，如此下来，我已精疲力竭却毫无收获。诚信都去哪儿了？我在心里反复问着。

“多少个不眠之夜啊，我跟老婆在焦虑与痛苦中辗转。最终决定：东山再起，一定要成就最好的自己。”

“最后官司怎么样了?”兄弟俩着急道。于是彭礼和说拖了好几年才一点点给他。对此兄弟俩才松了一口气，说能要回属于他的也不容易!

“都怪我当时没听一个高人指点。”

“什么高人?”兄弟俩好奇道。

彭礼和说：“有一年，我去参加广交会，其间遇到一个五十多岁的男人，他拦住我说我天庭饱满，地阁方圆，吉祥之相啊。我抿嘴笑了笑，不以为然。于是那人继续说我五岳朝拱，四渎端正，显然是发达显贵之相貌。《麻衣神相》的‘流年运气部位歌’称，五岳四渎相朝拱，扶摇万里任飞腾。他猛地激灵了一下。他又让我赶紧找好出路。”

“真有这样的事?”

彭礼和嘿嘿一笑说：“假做真时假亦真。”

于是兄弟间意会地笑了。

三十六

“从头再来！说起来容易做起来难，一个人没有资金，没有设备，要在上海这里再开工厂，听起来让人笑话不是？”兄弟俩不由自主地点点头。

“面对种种困难，你们三哥没有低头。没有生产消防水带的机器设备，咱就跟生产厂家去赊账。”

“赊账？”彭忠一一怔，心想，你是谁？人家能把几十万元的设备轻易地给你？

“你们还真别说，等我风尘仆仆回到家乡，来到江堰洪林纺织机械厂说出了目的后人家还真同意了！”

“不可能吧？”彭忠一好奇地说，“哪有这么好的事。”

“当然是做工作了！”

“嗯，三哥人品好！”

彭礼和嘿嘿一笑，心想他在过去的多年里，已经在人们心中播下诚信的种子，当时他在当地也是一个有身份的人，口碑很好。再加上洪林纺机厂也要生存，产品也要卖出去，积压在那儿就是堆废铁。赊账出去了，虽然有风险，但总比让机器设备放在仓库划算。

他又向自己的兄弟娓娓道来。

十多台纺机就这样被敲定下来。然后他开始选厂址。那时候的上海，土地贵，租金也高了许多。因此，要选择一个合适的生产厂地很难。

为了节约生产成本，他把目光放在上海嘉定地区，因为这一地区在上海的大发展中尚处于开发之始，与浦东比起来那是天壤之别。这里大型企业相对较少，交通也相对欠发达一些。但是租金低，优惠条件也多。经过考察，权衡利弊得失后，便决定把新厂地址选在嘉定陆马镇仓厂村。

不得不说，仓厂村在上海来说，是一个比较偏僻的地方。全村共有16个村民小组，622户村民，村常住人口2006人，外来人口8000人，注册企业总数30家，实际本村内现有企业58家，其中集体企业2家，民营企业36家，外资企业20家，村可安排资金300万元，村总产值3亿元。

土地肯定是买不起了，只能在仓场村寻找空置的厂房。结果找来找去，不是人家不愿意租给他这样的小企业，就是价格太高他根本租不起。难，非常难。最终，他得知村里一个农机站一直闲置着，就去与村里领导协商。几番讨价还价，总算将厂房的事彻底给解决了。

越过一座山，又面对一道梁。紧接着又一困难横亘在他面前，那农机站实在太破旧了，漏风漏雨的，无法成为厂房。需要整修，整修当然又需要资金。于是他只好硬着头皮跟亲戚朋友借。可是，那时候亲戚朋友大多不富裕，因此只能一点一点地凑，最终，集腋成裘，总算把厂房维修好了。

厂房也有了，生产设备到来了，高兴是高兴了，可是设备安装又成为一道难题。请人安装，基本不可能，没有资金，他也出不起那笔资金。正当工人们不知道怎么办时，他亲自上阵了，决定自己动手带领工人们一起安装。虽然他不懂得安装机器，但是并没有被困难吓倒。因为早在江堰消防水带厂当厂长时，他就亲力亲为，早就积攒下一身的本领。

他一边看着说明书，一边摸索着安装。简陋的厂房子里，他挥汗如雨，加班加点。时间就是金钱。经过半个多月的时间，生产设备终于轰鸣起来。但是，又一道难题摆在他面前。生产需要生产资料啊，我又老方法重来——四处赊账。

一次次碰壁，一次次不气馁，最终，生产消防水带的资料解决了。看着平机上的水带一寸一寸地生产出来，他心里真是百感交集，多么不容易啊！

汗水、泪水交织着。他的企业正式兴办起来并正式命名为“上海鹏晨消防器材公司。”

为了快速实现盈利，兑现之前欠债时的承诺，彭礼和带领厂里的工人们常常一天工作十七多个小时。随着水带毛坯一天天的生产，又遇到难题了。前面的一切，只是万里长征中的第一步。原材料若要成为客户手中真正的消防水带，还要进行胶里等多道工序。否则水带只能是一条布袋。

因为资金困难，他们没有资金购买胶里的机器设备。于是他又与江堰消防水带厂协商，以购买服务的方式，让人家帮他进行第二次加工，即半成品拉到几百里之外的家乡，让人家加工好后运输到上海再组装部件，最后装箱销售。如此一来，他就常常奔波于江堰与上海之间。

那时的上海嘉定交通还不是很发达。一车货物运出去后，往往要十天半月才能到达。然后再等那边加工完成后运回上海。很多时候运输司机为了防止路上出现关卡，常常会选择夜里进行运输。因此，加班，甚至是半夜起床卸货是司空见惯的事。但是，工人们没有叫苦，没有出现过一次差错。

看着工人们同心协力的样子，看着工人们如此卖力，他在感动之余也有些愧疚。因为工人们不仅没有住所，平时只能住在轰鸣嘈杂的车间里，而且过节也不能回家。有些工人虽然家就在上海，但也要一个月才能回家一次。

更令他感动的是，工人们领不到工资时，也没有什么埋怨，而是相信随着企业的发展一切都会好的。工人们更知道他在创业初期的艰难，知道他心中也十分着急，知道工厂里用于工人们的生活开支，也是靠他之前那点工资在维持。

困难在大家的努力下终于一天天战胜了。随着消防水带一批一批地销售出去，厂子开始盈利了。这时，他开始着手解决工人们的生活条件问题。因为纺机的轰鸣声实在太吵了。日日夜夜的生产，无法使工人们休息好。于是，他在资金困难的情况下，在村里给工人们租了一间民房，供大家休息。

随着住宿条件的改善，工人们的干劲更大了。这时候，他与上海青浦消防水带厂的官司也终于打赢了。资金开始周转起来，工人们的工资月月有了保障。但是，这时又一个问题摆在彭礼和面前，那就是生产成本过高的问题。他意识到，如果这一问题得不到解决，等于是在给别人打工。因为他的毛坯水带从上海运输到江堰进行第二次加工，运输费、人工费、时间等耗费就是一个大问题。于是他想到曾经在上海普陀区的一家消防水带厂。何必舍近求远呢？

想租人家的车间加工自己的产品，这不等于鸠占鹊巢置人家于死地吗？大家一致认为几乎不可能。但是他还是决定一试。因为这家工厂他非常了解，曾经他在普陀区挂职副镇长时，就分管生产，与这家厂有过比较深入的联系。对此，当他说出想法后，人家说他们也要生产，有些为难。

他开始做他们的工作，说你们工厂生产忙时，就以你们的生产为主绝不占用你们的时间。同时，他还提出给对方车间的生产工人免费提供住宿。如此好的条件，真是太划算了。因此对方愉快地与他达成协议。

他自己在心里算了一笔账，他的产品现在就近放到普陀消防水带厂加工后，不仅生产成本降低了，还节约大量的时间。这可谓是一箭双雕。如此一来，他的生产步伐开始加快了。

原来的一批产品要一个月的周期才能投放到市场，现在一下子缩短到只要十五天，而且他的资金周转也加快了。他又把注意力放到销售上来。

第一步，组建销售部门，首先在浦东成立上海鹏晨消防器材公司销售门市部。这基于两个策略，一是解决本地销售的问题。立足上海，辐射全国。二是解决老员工就近上班的问题。在创业初期，这一决策，深得人心，更加令员工们敬重他，也让公司的工人们感到跟着他干不会吃亏，因此工作更加努力起来。

第二步，他开始在西南地区成立自己的销售部，决定在那里打开自己的销售市场。他知道，用不了多久，鹏晨消防器材公司的产品就会走向全国甚至世界。因为，他敏感地意识到自己最艰难的时期已经过去，那么，好的时期一定不远了。

同时，作为老板的他，也做起了销售员。销售对他彭礼和来说，太熟悉了，只要用心去做，如此好的产品，就没有打不开的市场。他又拿出曾经在家乡担任服装厂销售员的劲头，放下开发区副主任的架子，大踏步地向商海游去。

随着租借车间这一“借船出海”方式的转变，上海鹏晨消防器材公司的生产能力一下子大幅提高。然而，产量的提高也带来一个新问题，那就是产品开始积压起来。这一苗头很快被他发现了。他意识到是到了解决根本问题的时候了——办生产许可证。这是摆在他面前最难的一个问题，比过去没有资金还要严重。

这些年他的小作坊之所以能够生产、销售消防水带，那是打的政策的擦边球，是借人家许可证在生产、销售，然后再给人家一定报酬，借人家的船出海就必然要受到人家制约。

尤其是随着国家改革开放进程的加快，品牌保护越来越受重视，国家对消防器材生产企业的管理更加规范，加上自己企业生产规模越来越大，再借用别人的生产许可证已经渐渐行不通了，更重要的是要创造自己的品牌，否则他的上海鹏晨消防器材公司就不可能走向全国乃至世界各地。

正在困惑之时，正在彭礼和焦头烂额之际，他得知青浦那家消防水带厂又向他伸出橄榄枝，希望他们不计前嫌，再度一起合作。真叫人哭笑不得呀。正如他当初预想的那样，那个厂离开了他还真的就玩不转了，一个在他手上起死回生的企业，再度面临倒闭。

谁都知道请神容易送神难。这一次他吸取上一次教训，再也不想跟他们打官司了，直接开出强势的条件——收购他们的消防水带厂。人家一听，觉得简直不可思议，说他这是典型的蛇吞象啊！人家当然断然拒绝了。

这让他多少有些失望，原本希望通过收购青浦消防水带厂，进行重组后，将生产场地和生产许可证一并解决。如此看来，走捷径不是那么容易的。

不过通过这次事情，也提醒了他，收购是解决上海鹏晨消防器材公司生产许可证的最好办法。对此，他开始四处打听起来。说来也巧，在打听中，得知之前合作过的普陀消防水带厂因为城市建设面临拆迁。他立即前往商讨。

商讨的结果，人家也很爽快，说你要收购我们企业可以，但要连厂里的工人一起才行。一个大包袱！沉甸甸的包袱！这下倒是给他难住了。因为依他现在的生产规模，根本就用不了那么多人，再说接受那些人，从工资到社会保障，都要承担起责任。

然而，目前他的上海鹏晨消防器材公司承担不起，他也不想做欺骗大众的事。对此他又跟对方厂里领导商量，大家相互退让一步，他可以接收他们企业部分人员，可以将该厂的部分设备购买过去等。

几个回合下来，终于，与普陀消防水带厂达成了协议。他以比较低的价格购买普陀那家消防水带厂。

收购付出了代价，也有了巨大收获。因为有了生产许可证这个尚方宝剑，他的腰杆一下硬了起来，更理直气壮起来。如果说，前面他的航船在小河行进，那么，从此以后，他就可以直奔大海而去。这是一个历史性转折，这是上海鹏晨消防器材公司从此走向国际市场的良好开端。

在兴奋和欢喜之余，又一个大胆设想在心头出现了。他要自己盖厂房，而且是在农机站里面盖。为此，很多人觉得这个想法好是好，生产规模也是到了应该扩大的时候了。但是资金呢？他又采取老办法，东借西凑。

他亲自动手，硬是在荒芜的农机站里盖出一千多平方米的厂房来，还添置了衬里机、锅炉等设备。原来由别人代为加工生产的方法也不再用了。这样一来，不仅节约了生产成本，也节约了时间。这时的上海鹏晨消防器材公司才是真正意义上的设备齐全了。这时的上海鹏晨消防器材公司才是真正意义上的兵强马壮了。

轰鸣的车间里，工人们干劲倍增，生产线上，一条条消防水带生产出来。企业的规模上去了，自然利润也开始了大幅度增长。这时的彭礼和又萌生一个更大胆的想法——他要买地。建造自己的生产厂房是他一直想做的一件事。但是买地在别人听来，真是好大的口气啊，在上海购买土地建设厂房，也许只有彭礼和想得出来。

当家人和朋友们得知他的想法后，嘴上说好，但心里却不是特别赞同。他彭礼和哪有钱啊，现在也仅仅是企业发展良好。因为，大家都知道，他的上海鹏晨消防器材公司，才刚刚摆脱借钱过日子的境况，才刚刚有所盈利。哪来那么多的资金购买土地呢？简直是天方夜谭。

大胆设想，稳中克难。人们又一次在疑惑中低估了这位敢说敢干的男人。他跟妻子提出将自家的房子卖了。卖房？疯了不是？那可是他们一家三口在上海的栖身之地啊。见妻子霍秋萍不解也不同意，他便拉着她的手，跟她仔细分析买土地建厂的利弊，还告诉她，土地作为一种稀缺资源，将来价值一定会成倍地增长，等等。

知夫莫若妻。霍秋萍知道自己的丈夫是什么人，知道他说了就要干的性格。因此，也就没做多少劝阻，任由他去折腾了。

那时正值二〇〇〇年，彼时的上海嘉定区，一亩土地需要 8000 多元，而在其他城市才几百块钱一亩。如此大的反差，有人为他担心，有人等着看他的笑话。但他彭礼和心里清楚，这一定是个多赢的买卖，不做会后悔一辈子的。然而，当他准备好一切准备出手时，土地政策开始变了，他得知上面开始控制土地出让了。

就在前两年，嘉定区有关部门在招商引资中主动找到他说土地可以便宜卖给他，而且只要 4000 多一亩，结果他当时没资金，没有购买成，眼巴巴地看着便宜的土地叹气。人家主动送上门没买，时隔一年就成了另一个模样，能不懊恼吗？然而，这世界上没有后悔药，他只好又想起办法来。

坐等，只能错过难得的良机。他是个无路开山之人。每一次遇到困难时，总是沉着冷静地去应对。在上海市土地出让政策收紧的情况下，他以壮大生产规模为由而赢得了上海市最后一批小规模企业土地出让的购买权，而且一次拿地 15 亩。

购买土地成功了，此时正是一个金色的秋天。这是一个收获的秋天，也是他彭礼和深深扎根于嘉定区的第一个秋天，来得不早不迟，一如他的人生才刚刚开始。

“三哥的故事好精彩！”彭诚信赞叹道。

三十七

彭礼和望着远处，陷入沉思中，又继续讲起他的故事。

15 亩土地到手后，他开始建设自己的标准厂房，他要让自己的企业深深扎根在上海这片土地上。

如果说之前是在上海创业，那么现在是扎根于上海了。过去的那种漂泊感一扫而空。人们看着他高兴的样子，在替他高兴的同时，也在为他担心。因为，建设标准厂房需要资金。规划设计，需要钱；地下管道管线，需要钱；看不见的隐蔽工程，需要钱；钢筋水泥，人员施工，需要钱！一切都需要大把大把的钞票。谁都知道此时的彭礼和已经倾其所有了。

看到大家，包括妻子一脸的担心，他安慰他们，因为他早已胸有成竹。建设标准厂房的资金可以说在买地前已经在他心中细细盘算好了。于是，那些天，他一声不响地早出晚归，没人知道他要干什么，没人知道他去了哪儿。

妻子霍秋萍也不问，她也没有工夫去问他，工厂里的一大摊子事需要她一人去操心，一帮人的吃喝需要她去操心，工人们每月的工资资金发放她也要操心，工厂里财务管理她要去筹划，总之，丈夫彭礼和，她是没有精力去关心了。

他们各自在自己的岗位上奋斗着，心照不宣地一起干一番事业。直到有一天，霍秋萍看到丈夫彭礼和一脸兴奋的样子时，她才知道他一定干成了什么，便故意问他这些天都干吗去了，他嘿嘿一笑说，还能干吗，借鸡下蛋，借船出海了。

借鸡下蛋，借船出海？她知道丈夫主意多，她知道他又想出什么新点子了。

于是她扑哧一笑，彭礼和故意显摆地告诉她，这些天来，他一直在跑工地，与建筑队的老板们周旋着，跟他们谈借鸡下蛋，跟他们谈借船出海……说这地也买了，他们也知道他没有资金建设厂房，总不能看着土地躺在那儿睡大觉。因此他就与建筑队的老板们商量，让他们帮助他建设厂房，建设厂房的资金他出利息等。霍秋萍没等他说完，便轻蔑一笑说，天底下哪有这等好事。

为此，他笑着说事在人为。的确，那些天他跑了许多工地，也找到许多熟悉或不熟悉的建筑老板，人家一听他的条件，不是说缺少资金，就是说这样的合作风险太大。但是，最终他还是找到了愿意与他合作的老板。

霍秋萍听了他的一番话，表示怀疑地说："不可能吧！"他非常得意地笑着说："你还真别不相信，我还真就找到合作单位了。"说着他从包里拿出签订的合同在她眼前扬了扬。这下，霍秋萍彻底相信了他。

能耐倒是真的挺大的，霍秋萍接过合同问："你怎么说服人家呢？"因为她知道，这厂房的建设需要300多万元，90年代，300多万元在上海来说，也是一个巨大的数字，人家怎么可能去冒这个风险呢？

于是他说在寻找合作伙伴过程中，遇到了一个资金雄厚的建筑商，上海嘉良建筑工程公司的老板，他手头正好缺少建设项目，像正等米下锅一样盼着有活儿干。为此，当他提出按当前市场利率换取建筑商垫资的建议后，一开始那人虽有些愿意，但担心他以后还不起垫付的资金。他告诉那位建筑商，只要标准厂房建设好了，办好产权证，就有固定资产了，然后就可以还他的垫资了。

当时，也许那位建筑商还是没有反应过来，只是怔怔地看着他。对此他说有了固定资产他就可以从银行贷款啊。对方算是明白了他的话，可是人家又说，就算你说的可行，但就那10%的贴息还贷也不是一个小数目啊。彭礼和嘿嘿一笑说，这个你不用操心，我上海的房子卖了100多万元，除去买地花了46万元，还有几十万元在那儿放着，保证没问题。

一席话后，对方听到他的账算得如此清楚，终于放下心来与他签订了合作协议。那位建筑商还很佩服地竖起大拇指，称赞他懂经济，会运作，头脑灵活。

听了丈夫的一席话，一直沉默的霍秋萍，脸上仿佛如春天的树枝，迅速吐出新叶，然后开出了花，结出了沉甸甸的果实。他更加佩服起丈夫来，眼里流出欣喜与心疼的热泪。她不善言辞，却非常聪明。他知道丈夫一定付出了许多许多，并不像他说得那么容易。

事实也正如霍秋萍所想的一样，无论是在官场，还是在商场，他彭礼和始终在砥砺前行。

合作共赢是一每位商战者走向辉煌的必由之路。15亩地上机声开始隆隆响起来。看着那火热的场面，他心潮澎湃。这里既有成功的喜悦，也有辛酸。

创业，再一次让他意识到艰难，再一次让他感受到每一次成功的不易。但是他知道，成功就在不远处等着他。此时，正值彭礼和辞职下海的第四个春天，也是他企业做大做强的上升阶段。这一年，他的上海鹏晨消防器材公司实现销售收入700多万元。

面对可喜的销售收入，他决定再一次抢抓机遇。他相信士不可以不弘毅，任重而道远。他不想贻误战机，畏首畏尾。一个企业的成功与否，其关键因素是用人。

在关心员工以及帮助员工解决问题的同时，他还在企业实行绩效考核，通过有奖有惩使员工为实现目标而积极奉献。他知道，企业只有定期对员工的工作数量、质量、能力、态度进行绩效考核，才能提高大家工作的积极性。

在绩效考核中，他将考核的结果作为对员工实施奖惩的依据，让员工学有榜样，赶有目标，掀起了学先进、赶先进的热潮，促使员工在今后的工作中取长补短，力争比过去做得更好。

他意识到，一个企业的发展壮大，不仅要有好的产品，还要有健全科学的管理机制。他并不满足小作坊式的企业，他的雄心是要把企业做成中等规模。因此，一方面他开始着手加强企业内部管理到外部管理机制措施的落实，为将来企业发展壮大打好基础。另一方面，进一步加强了营销队伍实施绩效管理，制定出按劳计酬的奖励激励机制。这一措施的实施，果然很快就收到立竿见影的效果，第二年就实现销售收入 900 万元。

销售收入 900 万元，这是多么大的成绩啊。那些天里，他非常兴奋，脸上总是挂着成功的喜悦。然而兴奋之后，他认为这离他的目标还有较大的距离，他的目标是将企业做成威震一方的大企业、优秀企业。

销售收入显现着企业的生机与活力。随着销售收入大幅度提高，他没有只等待新厂房的建设，而是开始因地制宜，对原有的老厂房进行改造和扩建。因为新厂房建成最快也需要两年，等待只能延误大好的商机。此时，随着改革开放的深入，我国城市建设处于大发展之中，城市面貌日新月异，消防水带供不应求。

一直在商海中打拼的他敏感地意识到，如果不抓住这一机遇，以后后悔都来不及。他清楚地记得，就在前两年，村里跟他商量，准备出让 20 亩土地，只要交 4 万元定金，就可获得使用权，但是他当时没有资金，白白地让土地一下涨了三倍。这一次一定不能再错失良机了。

扩建厂房没有资金，他依然采取老办法，跟朋友借，向银行贷。但是资金依然不能满足需要。面对资金短缺问题，他跟工人们一起动手，尽可能地把有限的资金用在刀刃上。

在农村长大，特别能吃苦在这个时候再一次为他实现自己的梦想发挥出巨大作用。一身汗水一身泥，起早贪黑不休息。只有他知道，只要苦过这一回，就能收获甜。因为他的产品此时已经有了品牌，加上质量好，价格低，根本就不愁销售这回事。

经过一个多月的奋力拼搏，一千多平方米厂房在人们的惊讶声中建设起来。他又开始着手更新设备，这是保证企业发展的根本。可是依然没有资金，资金短缺的问题一直困扰着他，于是他还是采取老办法，去设备生产企业租赁。这是彭礼和唯一的办法了。

大概因为前一次与江堰那家消防水带生产设备企业建立了良好的关系，这一次当他又一次提出要求后，人家二话没说就让他拉走了设备。良好的信誉让大家都获利。他的上海鹏晨消防水带器材公司像一棵树一样，一天天长大起来了。他的“鹏晨”再也不是人们眼中的小作坊了，而是偌大一片厂房并形成了生产流水线。

不过，这时的他，意识到这还不是真正意义上的工厂，不是他想要的那个企业模样。他知道只有有一天他的产品在标准化的厂房里生产了，才是真正的企业。

为此，只要他一闲下来，他便到工地去转转。一来是去了解工程进度，希望标准厂房早日建成；二来是查看场地，规划未来生产线的布局。他从来都是一个打有准备之仗的人。他相信新工厂一旦建设投产，从资金数量到生产规模再到产品质量，都将发生一个根本性的提高。

夜已经很深了，人们早已经入睡了，但他还在辗转反侧，筹划着未来的发展。明日万般明日事，难得今宵无问津，待到绿苔铺石上，欲语时，有谁闻？

三十八

“三哥真是不容易呀!”彭忠一不无感叹地说，“每一个创业者所走过的路，无不充满了泥泞。”

彭礼和得到一些安慰说：“是呀，你们还不知道在那场金融危机中，我是多么痛苦。”说到这儿，眼里还闪出些泪花来。

“三哥别激动嘛，”彭诚信故意轻松地说，“要不三哥你把你创业的血泪史今天全说出来算了。”

于是彭礼和下意识地抹了一下眼睛说：“你们不知道，那场危机爆发后，很多企业资金链都断了。出现了倒闭潮。

“是呀，资金是企业的命脉，”彭忠一说，“我的企业也受到了重创。”彭诚信也说：“是的，资金链断裂给许多企业带来致命的一击，经济步入困境。”

彭礼和吸了一口气：“谁说不是，我的企业也同样受到了严峻考验。为此我开始调整营销战略，将原本在国外的业务渐渐缩减。”

“你怎么做的?”彭忠一问。他非常想从这个弟弟身上学到一些东西。

彭礼和说：“因为当时我国虽然受到世界金融危机的影响，但影响并不太大。而且大规模的城市建设依然保持旺盛的势头，尤其在中央把扩大内需作为保增长的根本途径后，国家一下投入几百亿元用于基础设施建设之中。”

该政策的出台，让嗅觉灵敏的他意识到这又是一个很好的商机。利用好了就可以渡过难关。对此，他在国内又展开了新一轮的营销布局。

一方面进一步加强了之前几个地区销售部门的人员配备，强化营销力量；另一方面推出新的营销策略，加大对营销人员的销售考核。在企业里，实施降低成本的策略。如此几个连续的组合拳下来，他的上海鹏晨消防器材公司销售收入不仅没有减少，反而还实现上涨。

“嗯！逆水行舟，不进则退。”彭忠一赞道。彭礼和说，他的上海鹏晨消防器材公司在逆水行舟中打了一个漂亮仗后，他信心大增。与此同时，他的企业在资金流转上的困难也得到缓解。工人们的工资也得到成倍增长。企业运行顺畅并真正开始了稳步向前发展。

为此，彭忠一以诗人的豪情赞美：“宝剑锋从磨砺出，梅花香自苦寒来。有志者事竟成，破釜沉舟，百二秦关终属楚；苦心人天不负，卧薪尝胆，三千越甲可吞吴。多么真实的写照啊！”

彭礼和嘿嘿一笑又继续说了起来。企业走上健康发展之路后，他思考着如何让“鹏晨”更加发展壮大，如何在世界金融危机后抢占市场先机。他知道，无论哪种危机，都是暂时的，风雨过后是彩虹。对此，在企业兴旺发达的同时，他开始琢磨国际市场。他希望能够牢牢把握住下一次机遇。

他的上海鹏晨消防器材公司经济效益的不断增长，为他强化人才建设打下了经济基础，在喜悦之时，他没有忘记忧患，而是时刻想着企业如何健康、稳定发展下去。此时正值二〇〇一年，他的上海鹏晨消防器材公司员工已经达到60多人。

队伍的壮大让他知道，企业要走规模化甚至向集团发展，人才支撑已经迫在眉睫。对此，一个新的促进企业健康发展的战略决策在他脑海中出现。

加强人才引进战略正式实施了。一方面在招聘员工过程中，除了招聘一些能够吃苦的员工之外，更注重应聘人员的文化素质。同时，对高学历以及有技术特长的员工，给予特别优惠的条件。

不仅要解决员工的食宿问题，还力所能及解决他们家中遇到的困难。当他知道一名员工因故出现经济困难的情况后，及时送去了企业的经济支持，那位员工感到无比温暖。这种做法也增强了企业与员工的凝聚力。

另一方面高薪聘请了专业技术人员，目的是时时瞄准国际市场，不断开发出适应市场的新产品。因为二〇〇〇年以后的国际市场，对消防水带的产品质量、产品舒适度有了新的要求，即不仅需要有抗压性，还要在轻便、花色上有新突破。

市场总是跟着需求前行，停滞不前最终会被淘汰。通过引进人才，培养人才等一系列措施，上海鹏晨消防器材公司的产品核心竞争力一下子就提升到一个新的高度。

公司先后开发出 PVC 涂塑水带、农用水带、消防水带、水管节头等多个系列。过去销售到韩国等地的产品，因为水带接口不匹配的问题，也在攻关中得到解决。如此一来，在减少产品二次加工的成本的同时，还能及时地将产品投放到市场。近而加快销售，对资产的流转、加快资金的流动也起到很好的作用。

在抓好人才引进的同时，他还注重发挥老员工的主观能动性。鼓励员工们在岗位上进行技术创新，鼓励员工提出合理化建议，从而及时调整生产方案，进行技术革新。他知道，优胜劣汰是市场竞争的基本法则。

在抓好人才引入，关爱员工的同时，又建立起考核机制。开除了一些不能干事、干不成事的员工。虽然这些员工中，有的是他的亲友，有的是跟他多年的老员工，有的是朋友介绍来的，但他知道，照顾了一个人，往往会影响一圈人。尤其在上海这个劳动力成本非常高的地区，养不起闲人、懒人。企业要发展，就得放下情面。

在整合、提升了企业人才队伍建设等一系列措施后，他又开始实施强强联合的战略。这一战略让他深刻意识到，如果能够与更多的大企业合作，一定能够让自己的企业在市场中立于不败之地。

许多企业为了占领市场，采取低价倾销，为的是先占领市场。但这又导致了劣质产品严重充斥着市场，如此一来，他这种注重产品质量的企业就会受到影响。大量的低价消防水带，使市场出现饱和不说，因其价格低廉迎合了中国人淘便宜的心理，因此大行其道。他的产品自然受到巨大影响。

他想到一个方法，通过与生产消防车辆的企业对接，进行点对点、一对一的配套生产来解决企业困境。这种方法不仅能解决产品销售的问题，还能节省大量的人力物力，更能稳稳占领市场。

知易行难，他非常清楚。但是这又是他必须面对并一定要解决好的问题。对此，他在踌躇中行动起来。

数九寒天里，他奔波于全国各地。为了让一些消防车生产企业相信他的企业实力，他拿着二十多张经国家批准的许可证、专利证书给人家看。但是人家依然对他摇头。他当然知道人家为什么说不行。因为许多人、许多企业的先入为主，已经让许多消防车生产企业在人情、权力、金钱等灰色交易中，不能自拔了。你的产品再好，不如人家一个交易管用。

好产品不怕没人要。这一点他非常清楚。当然他也并没有因为人家一次次说不行而气馁、退缩。他知道，经济活动中，不可能没有灰色交易，他相信这只是很少的一部分企业或人会出现的情况。他更有理由相信一定有很多把企业产品质量视为生命的良心企业、好企业。想到这里彭礼和又增加了信心。

酷暑难耐中，艳阳烈日下。一身汗水的他继续穿梭在全国各大消防车生产企业的门前。人家不愿意见面，他就在厂外等待。人家挂了电话他继续再打。一次次打击，一次次受挫并没有让他这个硬汉子放弃。终于在他的执着下，东北一个消防车生产企业被打动，人家本着谈一谈的心态同意跟他见面了。

当他将二十多张国家级的证书呈现在那家企业的领导人面前时，他们眼睛一亮，终于动心了。对方说不错，但是条件提出了一大堆。他开始有些高兴不起来了，但是为了打开合作大门，他没有流露出不高兴，而是跟他们算起账来。

从原材料的购买到产品加工再到人工成本等，十几道工序算下来，那位企业领导不吱声了，这时他意识到合作快有戏了。于是又跟他们讲起了自己辞职下海创业的经历。

当那家企业的领导人得知他彭礼和是从开发区管委会副主任的位置上，辞职下海创业后，对他的胆识和勇气表现出极大的佩服。连声称赞他不容易，并说就算支持他这种精神也要帮他一把，更何况还是这么优秀的企业，如此好的产品呢。

“长风破浪会有时，直挂云帆济沧海。”彭忠一赞叹道。

就这样，他与这家企业签订了合作协议。上海鹏晨消防器材公司负责生产水带，他们的企业负责生产车辆。从二〇〇〇年签订协议至今，彭礼和的上海鹏晨消防器材公司已与那家企业合作10多年之久。

一个企业的成长如同一个人的成长，一旦顺畅起来便顺风顺水了。也许因为懂得营销，也许上海鹏晨消防器材公司产品质量可靠，随着与前面两家企业合作的成功，上海鹏晨消防器材公司的名气逐渐在国内家喻户晓。

之后几年中，上海鹏晨消防器材公司先后与全国各地20多家消防车辆厂达成合作协议，年销售额迅速达到800多万元。正当上海鹏晨消防器材公司在嘹亮凯歌中一路前行时，他意外得知另一个处女地等待他去开垦。

他得知部队尤其是消防部队每年需要大批消防水带，如果能够将上海鹏晨消防器材公司的产品打入进去，那么他们公司的销售收入就能成倍增长。然而，他彭礼和既没有当过兵，平时也没有与消防部队有过什么接触，要打进去何其艰难。

对此，他开始四处寻找关系。结果一番折腾下来一无所获。关系不能解决问题。于是，他开始在网络上，打听怎么能够将自己的产品推向消防部队。结果收获是，只能采取参加产品展销会的方式。于是他又开始四处跑展销会。

展销会既是产品的展销平台，也是企业家交流的平台。在这个平台上，如果把握好了，不仅能交到朋友，还能将产品轻松地交流出去。但是，实现这样的好结果从来都不是一件容易的事。但是，他做到了。

在一次消防器材展销会上，他与某消防部队的领导接触上了。说只要他的产品质量好，不用请客送礼，只要参加他们每年一次的招投标就好了。一听要招标，他就知道自己的机会来了。不怕潜规则，就怕没规则。他想，只要公平竞争，他相信他的产品一定能够取胜。

接下来的时间，他开始动手准备标书。从标书的制作到价格的申报，他事无巨细地把关。也许前期的准备工作做得比较充分吧，在第二年春天的一次招投标中，上海鹏晨消防器材公司一举中标。从此，他又照搬此法，先后在多家消防部队举行的消防水带招投标中中标。仅这一方面，他的上海鹏晨消防器材公司就实现年销售收入 1000 多万元。

在竞争中脱颖而出，上海鹏晨消防器材公司由此从地方走进了军营。上海鹏晨消防器材公司的销售市场也基本打牢了。这时的他并没有停止脚步。

全球金融危机渐渐过去，他意识到再次向海外进军的时机到了。于是他加大了海外的营销力度，除了多年开设在韩国的销售网点外，先后在新加坡、马来西亚等国家建立起销售办事处。从此，上海鹏晨消防器材公司真正从国内走向了世界并完成了他之前设想的战略布局。

国外销售网点的布局，成功地为上海鹏晨消防器材公司立足国内、辐射海外的格局打下基础。公司年销售收入达到 1500 万元。仅海外年销售收入就达到一千多万元。

“三哥你终于成功了吧!”

彭礼和看了一眼彭诚信说：“比人们想象中来得要快!”

彭忠一随口朗诵起一首诗来——

青海长云暗雪山，
孤城遥望玉门关。
黄沙百战穿金甲，
不破楼兰终不还。

三十九

“怎么这么热闹啊!”彭睿智一推门,“这哪像病房啊?”

大家一怔,几乎是异口同声问:“你怎么来了?”

彭睿智嘿嘿一笑说:“我们著名的三哥病了,当然要来看看啊!”彭诚信也开玩笑地说,怎么今天搞得像聚会一样。

“你们刚才有说有笑在讨论什么?”彭睿智疑惑地左右看了一眼。

彭诚信说:“我们在听三哥的创业史。”

“俗人!”彭睿智故意脸一沉说,“你们在一起就谈怎么赚钱,有意思吗?”

彭礼和知道他在半真半假凉薄他们,因此两眼一瞪道:“那不然谈诗?诗人就是天下第一号的废物。”

语气虽然是玩笑,但是立即遭到彭忠一的反对,那是深深伤害他这个自诩诗人的人了,只见他脸一沉说:“揭示悖论不正是作家、诗人该干的吗?”

谁知彭礼和眼一闭,不屑道:“你们这些诗人吧,就是把听来的夸大,由着性子天马行空。”

为此,彭诚信略带戏弄说:“对诗人来说,写诗就是生理发泄,换句话说,写诗的确与吃喝拉撒没什么两样。”

彭睿智难为情地一笑,说:“三哥和老五你们不懂诗,就不要随便下定义嘛,还有情调没有?懂不懂生活离不开风花雪月。”

“怎么没有情调?”彭诚信戏谑道,“三哥以前也风花雪月过对吧?”彭礼和立即难为情一笑,瘦削的脸颊不由自主地泛起红润来。

彭忠一连忙接话："对了，你跟那个夹桃现在还有没有联系?"彭礼和的脸涨得更红了。彭诚信也开始起哄道："说呀三哥!""对呀说吧!"彭睿智也挑逗道。

"去你们的!"彭礼和一脸此地无银三百两的样子，"我跟她什么事也没有，你们想多了。"

彭睿智再次挑逗地说道："这么多年的兄弟，谁还不了解你……没事怎么脸还有点红呢?"

"哪有?"彭礼和笑道，"你们这是没事找事，要是你嫂子知道还不跟我吵架呀!"语气里明显带着喜悦还有几分矫情。

爱情到来时真是难以控制，心里整天七上八下的。那是他青春岁月中最美好的回忆，一闭上眼睛就会立刻想起——

一次拥有，便注定了今生的无法割舍，在那灵动跳跃的起伏间，他推开记忆的窗，追溯流年。

一次提及，便拨动了灵魂深处那最柔弱的心弦，时光悄然，奏起那天籁之音，心波盈动，序曲成绵。

一次触动，便点滴成墨，笔尖为端，采撷下那内心最温馨的泪点，化为清雅的诗篇，续写长天。

一次入心，便扶摇醉梦，梦中那紫色的一叶帆，载着星星点点，恍若来到了眼前，悉听着那心动的声音，置身于海角天涯，感动自己。

今生遇见，若能得此这份遇见，便是一份最长情的陪伴!时光，总是在不经意间悄悄地溜走。枝丫上的青杧，不知何时，竟变成了今生的回忆。

只是因为生活实在太累，生活里富有诗意的部分慢慢随着年龄的增长而消失殆尽……

那次尿尿事件后，彭礼和更加喜欢夹桃了，然而，夹桃因为觉得无脸见人，辍学了，去了外地的一个亲戚家。不能相见，甚是怀念。"不饶人"也成为人们眼中的破鞋，没有人敢接近她们一家人，加之缪大虎死后，好兄弟缪敬亭非常痛苦，因此他把全部的情感，用在帮助和同情兄弟身上。

直到他高中毕业，因为没有考上大学,没有当上兵，才想起了夹桃。然而，夹桃此时已为人妇。于是，在他当上村里的民兵营长后，突然有一天，他们不期而遇了，这是久别的重逢，那长长的睫毛和杏仁眼简直是绝配，仿佛是意犹未尽的邀约，那动人的嘴唇绽出一丝微笑，足以让他心跳加速。

爱的火花迸发而出，那极为深邃又极为复杂的眼神，是光阴在岁月一隅的光亮，热烈、真诚。留下的淡淡的印记若起若落若绽放。

记忆如狗，总是趴在它喜欢的地方……她柔软的手，慢慢地攀上来揽住他的脖子，他不由自主地把头低下去，顺势将她搂在了怀里，她身上的气味像潮水一样涌上来，外面一层是汗水的味儿，里面渗透出的是肉体的清香，那味道实在太美妙了……他心里止不住颤抖，牙齿也抖，胸膛在紧缩，青春复苏，渴望得到禁果。

然而，她却突然挣脱，若从苦海风尘中孤身归来，木然地打量着眼前这个熟悉的陌生人，眼神中流露出害怕。天上难得升起大大的月亮，于是他和她有了千万种想落泪的缘由，却只是鼻子一酸，沉沦到往事无法回首的经年。

母亲吕桂芳发现苗头后，既惊讶又害怕。她开始找儿子谈话，说夹桃已经为人之妇为人之母，这样发展下去是要遭到村里人唾弃的……

于是他将燃烧的火焰慢慢熄灭，写下婉约的文字，送给自己和她。一切终将远去了，包括美，包括爱。世事如有意，江山如有情，但他会依然一往情深。

他期盼，一切安好，便是晴天。

“没事，说吧！”彭睿智笑道，“都是男人哪能没有故事呢？”

彭礼和像找到机会一样说：“你还是说说你跟医院护士那事吧。”

“哇，”彭诚信惊讶道，“四哥还有这样的故事呀。”说着还撸起袖子做出一副必须好好听听的样子。

彭睿智一笑说：“今天真是个好日子，既然三哥不说，那我就丰富一下你们的业余生活，这可是一个长长的故事啊！

“大胆描写，细处着墨！”彭忠一来劲道。于是大家露出期盼的眼神来，立即凝神倾听，带着欢喜，仿佛被带到遥远的地方。

抱团取暖是战友们度过枯燥军营生活的方式之一。彭睿智、牛东文、陈胜军是好朋友。他们曾经提议，不管他们三个谁过生日，就是再忙也要一起聚聚。

提干后的当年，首先轮到牛东文过生日。牛东文在电话中提议，大家都得带女朋友一起给他过生日。因此彭睿智立即没好气地骂他。不一会儿，陈胜军又打来电话，问彭睿智：“东文生日想好带哪个女朋友没有？”彭睿智的火直往上蹿，说他们两个人是成心跟他过不去呀！

因为牛东文知道那时彭睿智正在追医院的女护士裘珊珊。他在电话那头嘿嘿一笑说：“还有三天时间，争取把她搞定。一万年太久，只争朝夕。你的语录没有学好啊？”

彭睿智没好气地说：“你以为我是你陈胜军呀，洗个头就能把女人肚子搞大。”

“你怎么这样啊！”陈胜军不无生气地说，“人家伤疤才刚长出鲜红的肉，你再戳一刀有意思吗？”

彭睿智于是又打趣道：“不忘记历史，才能展望未来呀。”

“去你的！抓紧啊。”

于是彭睿智依旧说：“可别在这事儿上被荷尔蒙给害了。”

“谁都有被别人拿在手里的时候。”陈胜军说。

那是在上军校的时候，陈胜军在上街时，不知道怎么就走进了一家洗头店。那时候流行洗头敲背，说三天不敲背，不知道现在是新社会。进门一看，他立即愣了一下，那是一个“小号”的女人，门外的阳光打在她的身上，她顿时给人一种虚幻之美，瓜子脸，白净，五官紧凑而精致，那丰满的胸脯，在V字形的领口的半遮半掩下，把陈胜军撩拨得热血沸腾。

陈胜军的话立即多了起来，说漂亮……意思是她这么漂亮给人洗头、敲背，实在太可惜了。谁知她嘿嘿一笑说："革命工作都一样，只是分工不同嘛。"

陈胜军觉得这人挺有意思，结果没等他开口，她又说："你看你不一样，这么帅气，当兵实在可惜了。""你怎么知道我是当兵的?""猜猜看?"女的诡异一笑，"物以类聚，人以群分。"

"什么意思?"陈胜军转过头，"不妨直说。"

"从你的头发到你的裤子再到你的气质，哪一样都能显出你是军人。"说到这儿，女人又停顿一下，又带着意犹未尽的表情说，"你们当兵的其实都一样。"陈胜军一怔，看向她，女人也正看着他，媚媚地笑着，还重重往他头上挤压了一下，陈胜军觉得仿佛她的胸都使上了力气。陈胜军笑着说，有谁不爱美女?

他们彼此哈哈一笑，聊着聊着，陈胜军发现他们居然是老乡，巧合的是，还是一个镇上的。老乡见老乡，两眼泪汪汪，这句让当兵的人特别有感触的话，使他们的话越发多了起来，还迫不及待地彼此交换了姓名，尤其当女人得知陈胜军是军校学员后，表情里既有对家乡人的自豪，也散发出一种暧昧的光芒。

一个有心插柳，一个有心开花。一来二去他们就走得很近了。对此，陈胜军一到周六，便打着上街购物的名头请假，说一个星期演习累死了……总之是必须外出。

四十

爱如蜜糖。

一个周六的下午，陈胜军像打考勤一样又来到那家洗头店。一进店，陈胜军就发现管彤的脸色不对，不过，依然是亲切、有说有笑的样子，但他看得出来，她那是装出来的。因此，他偷偷地打量了一下她，发现她的腿上有块乌青。陈胜军一惊，问："你腿上怎么回事?"

管彤脸一沉，说："没事，快躺下，我给你洗头吧。"

陈胜军也不知道是表面上的关心还是真的关心，又问："怎么摔这么重?"语气里明显流露出关心。不过，他没有得到答案。

沉默像雨水倒灌进来。正当陈胜军试图没话找话时，似乎感到有雨滴打在他的脸上，他莫名一抬头，发现管彤已经泪流满面。

"你怎么了?"陈胜军站起来，再次问，"你怎么了?"说着还下意识做了一个帮她擦眼泪的动作，这时，管彤一下扑进他的怀中……

陈胜军得知，管彤的老公是一个做生意的，一年四季在外面跑生意，很少回家。可是，有一次老公回家后，管彤亲热地迎上去与他撒娇，结果，她老公像触了电一样，躲开了她。管彤立即觉得不对劲，心想，过去只要一回来就猴急，今天主动投怀抱送他居然把她推开，肯定有鬼。

在她再三追问下，她的老公才说出他在外边嫖娼，染上了病。管彤一听，表示马上就跟他离婚，结果他死活不肯，就打了她。

两个人抱着抱着，就抱到了沙发上。他们一直保持着一种说不清楚的关系。怎么说呢，陈胜军曾经跟彭睿智说过，有过娶她的想法，可是一想到自己将要娶一个离婚的女人为妻，对于他这个青年军官来说，有点接受不了，更别说家里了。因为他爸还是当地一名不大不小的官。

脸面往哪儿搁？丢不丢人？在这样的思考中，陈胜军打消了与她结婚的念头，不过管彤让他从男孩变成男人的美好，又令他异常留恋，比鸦片还要吸引他。

不能娶，又舍不得丢，就这样一直患得患失，直到毕业前一天晚上，陈胜军决定找管彤并与她告别。这是思考了很多天的一个结果，一直没有前去，只因为开不了口说分别！他带着异常复杂的心情一路思考着。结果，当他推开洗头店的门时，发现管彤的老公也在，他一看到陈胜军就上前破口大骂他是第三者……陈胜军还没反应过来，就被重重打了几拳，鼻子里血流淌不止。对此，陈胜军几乎是落荒而逃，直到回到宿舍，才想起是手里拎着的礼品暴露了他的身份。人家是在守株待兔。

被打得鼻青脸肿的陈胜军在学校立即引起了系领导的注意，领导便问他是怎么回事。陈胜军说是因为喝多了，不小心摔倒摔的。系领导用疑惑的眼神看着他。他连忙说："不信问彭睿智呀。"彭睿智说他们几个因为要毕业了，结果一庆祝，就喝多了……

在此之前他已经跟彭睿智交过底，他俩早已统一了口径。系领导看到他们言之凿凿，觉得也在情理之中。男人，谁没有醉过？

那时彭睿智刚跟初恋女友巫小平分手，当然是她不要彭睿智的。那天，牛东文的女朋友曲雅依还真来了。小姑娘漂亮得跟牛东文平时形容的差不多，五官精致，那一双特别大的眼睛炯炯有神，令人向往。

酒过三巡，彭睿智给牛东文挤挤眼说："你女朋友真漂亮。"结果不知道牛东文是太活跃，还是表达出错，一脸喜悦地说："那是，她不仅具备漂亮、热情、大方等优点，还有一个关键之处是，做到了喜新不厌旧，不会因为攀了高枝而忽略了先前的朋友。"

"你怎么说话呢！"曲雅依立即嘴一噘，假装生气道。为此牛东文连忙扇着嘴巴说："口误，口误。"其实只有牛东文自己知道，他是故意为之，因为曲雅依已经办好出国手续，这次来部队既是重逢，也是告别。

牛东文当然也知道曲雅依此行的意思。如果说是对他的爱，倒不如说是对他身体的留恋。而牛东文之所以故意这样说，既有试探的意思，也有内心的愤懑。客观上说，他倒是真配不上曲雅依。人家长得凹凸有致，腿也长，性格开朗，谈吐大方，还带来一大包吃的喝的东西，让大家对她印象更好。反观牛东文，费了二十多年的劲，身高也没突破一米七，每次叫他请个客从来都说没钱。为给牛东文撑足面子，身为排长的彭睿智安排了几个兵去基地围墙边的一个空地扎了个凉棚，考虑到牛东文跟曲雅依有可能酒后失态，就专门在地上铺了几件崭新的军用雨衣。蛋糕没处买，陈胜军到军人服务社买了一些面包，表示牛东文过的是生日。

对此，彭睿智跟陈胜军连忙起哄转移话题——让他们喝交杯酒。还别说，曲雅依倒还真是大气，懂得把握场合，真就和牛东文喝起交杯酒来。

气氛由此活跃起来。于是牛东文开始责怪彭睿智为什么不把女朋友带来，彭睿智尴尬一笑，打趣说："人家医院多忙，失恋割腕的，感冒发烧的……要值班没空。"结果，陈胜军开始揭起他的老底，说不是吧，还是没上手吧。牛东文接话，说他也太丢兄弟人了吧……总之全是恨铁不成钢的话。

彭睿智的脸，那是一阵白一阵红的，毕竟当着曲雅依的面。陈胜军连忙帮彭睿智解围，说牛东文这是皇上不急太监急，人家彭睿智这是欲擒故纵，慢慢把鱼儿钩上来……哪像他牛东文那么猴急。

没想到，这话刺激到了牛东文，不过牛东文没有生气，反而以成功者的姿态说道："那你小子跟宁紫霞的事怎么说?"

陈胜军一愣，说："快了，鱼儿就快要上钩了。"

牛东文一愣，看着彭睿智问："通信连还是……？你这也太快了吧，简直就是轻伤不下火线啊！"陈胜军脸一窘，像小偷一样，快速看了曲雅依一眼。

彭睿智连忙给牛东文、曲雅依敬酒，说祝他们恋爱甜蜜，千里明月寄相思，不要相思愁断肠……

陈胜军与宁紫霞的故事，彭睿智是前不久才知道的。陈胜军说宁紫霞的出现简直就是天意。那时，正好赶上老兵退伍。老兵退伍也正常，政治部决定让宣传科每天中午和晚上组织半个小时的广播，而这事以前从来没搞过。

这还不算，那个放广播的兵当时也面临退伍。情急之下，宣传科科长便安排陈胜军广播，陈胜军一听，连忙说不行。科长一怔，责怪地说："你是宣传干事，你不播难道我去播？再说你的普通话还算标准。"于是陈胜军挠挠头，说让他一个大男人自己广播是不是单调了一点儿？

科长一愣，说："你还要学中央电视台呀！这好办，你去联系通讯连或基地医院，让他们挑一个普通话标准的来。"陈胜军立即心里一喜，基地医院工作人员宁紫霞的身影和容颜，已经在他割包皮时牢牢留在他的脑海中挥之不去。

四十一

谁的青春没有痛？不过，这种痛，是一种狼狈的痛，手术后，大概年轻军官身体实在太捧，雄性激素实在太旺盛了，刚要睡着，下面就疼得直打战，那东西还像只刺猬一样，不能碰，于是只能不断地哈着气降温。

陈胜军彻夜难眠，疼痛不已时就大喊大叫，想喊护士问能不能让医生开点止痛药。立即，就有一名护士跑来，是宁护士，大家说的美人。第一眼见到宁紫霞，他就被她的大眼睛和厚嘴唇迷住了。宁护士一听他要止痛药，神情一怔，脸颊瞬间绯红，几乎是逃走的，这一瞬间一下子把陈胜军给俘虏了。

陈胜军梦里脑子里全是宁护士，于是他那剪断一寸皮的东西更不省心了，把缝的线都给挣断了，还渗出血来。陈胜军疼痛得在床上翻来覆去，嘴里还嘟囔着，作孽呀，作孽呀。谁知，他的声音越来越大，便惊动了宁护士。

然而宁护士问他什么情况时，他龇牙咧嘴，哼哼唧唧就是开不了口。僵持中，宁护士转身丢下一句话："少做点梦啊!"于是陈胜军在心里恨恨地说：你就不能救我一下吗？然后自己都扑哧一下笑了。

不一会儿，宁护士又像风一样走进病房，把一盒药往他的床头柜上一丢说："晚上吃吧。"

陈胜军立即窃喜，说了声"谢谢"。结果宁护士头也不回地说："按照上面要求吃啊，吃多了……"

"吃多了断子绝孙?"陈胜军轻声一笑说。

陈胜军一个电话打到基地医院政治处，说政治部领导点名让宁护士参加退伍期间播音室工作，说她是个业余文艺骨干，能歌善舞，字正腔圆。

就这样，宁护士被他有预谋地请到播音室。她礼貌有余，之前的事像没有发生过一样，一口一个陈干事，陈胜军倒是有些不好意思起来。他俩眼神碰在一起的时候，他脸上似乎还有些窘。为此，陈胜军开始彬彬有礼起来，但内心中，却是蠢蠢欲动。

老兵退伍前一个星期，陈胜军每天把各单位送来的广播稿筛选修改一下交给身边的宁紫霞，她会冲他微笑一下，然后他们分时段开播。他播一篇，她播一篇。那时三楼广播室只有他们两个，孤男寡女共处一室，多么理想的状态。在认识宁紫霞之前，陈胜军可从来没对老兵那么恋恋不舍，觉得铁打的营盘，流水的兵，那几天他非常希望他们站好最后一班岗，等他把宁紫霞追到手之后再挥手告别。

广播结束那天，陈胜军很痛苦，是如坐针毡的痛苦，他希望时间能够停止，在他的焦躁不安中，最后的时间来到了。陈胜军默默地从后边看宁紫霞，多少次冲动使他想扑上去。

那是思绪与肉体的冲撞，他在痛苦中活着，又仿佛死去。播完最后一篇稿子，宁紫霞关掉麦克风后，轻轻地转身，与他对视一眼，说："陈干事，那我走了啊。"

陈胜军连忙说："这几天辛苦你了，晚上请你吃饭吧。"

"谢谢不用了，"宁紫霞笑着往外走，"我晚上还有事。"

"不会是跟男朋友约会吧？"宁紫霞回头给他一个说不清的微笑。

"那就改天好了，"陈胜军追上去说，"以后常联系啊。"那时宁紫霞已经到了楼梯口，不知道她究竟听到没有。听没听到是她的事，反正他已经为他们的关系埋下了一个伏笔。然而，这个伏笔埋了好几个月，总也派不上用场，给她打了几次电话约吃饭，在电话里陈胜军不再称她宁护士而是直呼其名，可宁紫霞都说有事去不了，而且依然叫他陈干事。

对此，陈胜军决定主动出击了，装病去医院想让她给他打针，结果军医一问情况，再一量血压，再把他们胸前的铁疙瘩往他身上一放，一脸不屑，说他没病，总用甘草片或者酵母片打发。于是他跟宁护士的事，毫无进展。

“你呢？你怎么样了？”牛东文在彭睿智分心走神时，突然问道。

于是彭睿智尴尬一笑，说：“你不是知道吗？”

“我哪知道！”牛东文激动地站起来说，“我不是帮你扫清外围障碍了吗？”

曲雅依一愣问：“什么障碍？”为此牛东文带着成就卖弄说：“你都不知道我兄弟多么单纯，连追女孩的胆量都没有……”说到激动处，便把他如何帮彭睿智出谋划策的事说了出来。

那时，彭睿智也正喜欢基地医院的一名叫裘珊珊的女护士。他面临的困难在于，裘珊珊对他似乎没有什么感觉，在他面前总是一副干部子弟的傲慢，还有某种说不出的优越感。他请裘珊珊吃饭，人家不去。几次下来彭睿智像掉到一个黑洞，找不到出口。于是他便求助于牛东文。牛东文一听，说：“她说不吃就不吃？由不得她！”彭睿智一愣，一脸疑问。于是牛东文说追女孩你得脸皮厚点，你下班时就站在她的面前拦住她。“这样行？”“不信你试一试就知道了。”彭睿智果真试了一试，还真成功了。因此对牛东文佩服得不得了。

然而，吃过饭之后的一段时间，裘珊珊又对彭睿智的请吃饭表示拒绝了。牛东文说：“你硬的不行，得来软的。你不是会写诗吗，一天给她写一首看她还是不是无动于衷！”

彭睿智认为，此主意相当文明，这也是他的强项。心想，有位诗人的那句“在那开满栀子花的山坡上……”迷倒多少少男少女，咱就不信迷不倒你裘珊珊。于是只要一有空他就在笔记本上写起来。

结果是石沉大海。为此，彭睿智不服气地问牛东文难道裘珊珊软硬不吃，难道这辈子不想嫁人啊？说到这儿他还不服气地拍拍胸：“咱好歹也是一名军官，长得英俊潇洒……”

“你都写的什么啊!”牛东文一脸蒙说,“你的才华呢!才华呢!”

“我的才华你还不知道?”彭睿智看着他舔了舔嘴唇,“不都是情呀爱的,诗还能写什么。”牛东文泄气一笑,很不服气地说:“按照我的经验就是铁石心肠也应该被打动了啊。”他对自己的经验突然失效很是纠结,脸上写满了不可能。

“你怎么交给她的?”

彭睿智说:“放在《雷锋日记》书里,又放她桌上的。”牛东文立即像发现水库险情一样惊呼:“这就对了!这就对了!彭睿智啊,不是我说你,你把你的情诗放在书中,人家怎么知道,人家还以为你叫她学习雷锋好榜样,做红色革命战士,讨厌你还来不及,怎么可能看你的诗。”

一番责怪后,牛东文又说:“你别用这种无辜的眼神看我,不信你去她桌上看看,那本书肯定放那儿原样没动。”于是,彭睿智带着一脑子的疑问和被骂后的怨气,来到裘珊珊办公室,一看,果然那本书静静地躺在原地,连挪一下窝也没有。

彭睿智一回到办公楼就遇到了牛东文。没等他开口,彭睿智就佩服地说:“你简直就是神算子。”

“必须呀,”牛东文得意地说,“这回你记好啊!”说完还不解气道:“你还天天吹嘘自己是什么诗人,诗人就这样谈恋爱?”

于是,彭睿智又重新写了一首诗。不过,他把诗放在兜里几天都没有送去。因为裘珊珊办公室的人实在太多,进进出出的人看得他莫名地两腿发抖。终于有一天,他看到办公室只剩下裘珊珊一个人的时候,把那首诗像掷手榴弹一样,扔到她桌上,扭头就跑。

也是太喜欢裘珊珊了,他几乎爱屋及乌,连裘珊珊脸上的青春痘都令他痴迷。尤其是她那清脆的北京腔,简直比柴可夫斯基的《第六交响曲》还要动人。就连裘珊珊打个饱嗝,那都是曼妙的音符。

对他来说,面对喜欢的人,他没办法不小心翼翼。就像踮着脚尖走上一座独木桥,每挪一步,都生怕一脚踩空,把自己搞得粉身碎骨。但在牛东文眼里，过度的热爱，就像一根绳索捆住了诗人彭睿智的手脚，就算再怎么挣扎，也显然无法纵身追逐他渴望的猎物。

情书亦石沉大海，正当彭睿智在焦虑中等待牛东文再出主意时，他接到了裘珊珊的电话，说周六晚上一起吃饭。彭睿智以为听错了，一边一连说好，一边怀疑自己是不是耳鸣。为此彭睿智带着感激和愧疚，在电话中说请牛东文喝酒。牛东文一听他激动的语气，说了一句佛性十足的话："你所欠下的终归是要还的！"

那一晚牛东文醉了，哭了。这就像一个四处炫富的财主，突然就破产了，那种感觉彭睿智能够感觉到。因此，他迎合着牛东文说这个女人真不是个东西，说女人都是水性杨花……

"你住口！"牛东文吼道，把彭睿智吓了一跳。接着，他又哭起来，说他多么爱她，为什么她就要分手呢，说他可以等她啊……声音如泣如诉。

彭睿智被弄得有些不知所措：

> 人生愁恨何能免，
> 销魂独我情何限！
> 故国梦重归，
> 觉来双泪垂。

"你滚！"牛东文一抹泪，"有你这样的兄弟吗？"

彭睿智嘿嘿一笑举杯："这世界最靠不住的就是爱情。"其实，他是想说"女人"，又怕刺激了牛东文。结果牛东文说他依然相信爱情。彭睿智知道他一如既往把自己打扮成一个伟大的爱情殉道者。

四十二

初夏的西昌之夜，如水的凉风轻轻涤荡去了白天的喧嚣和浮躁，空气中处处都是弥漫的花香，那样的沁人心脾。不经意间抬头，一颗小星星悬挂在西南方的上空。又大，又亮，就那么一颗，却是那么耀眼。星星的倒影，就像无数珍珠洒落在波光粼粼的邛池上，郊外的夜晚是如此的浪漫多姿。望着远方，天影落虚净，山光随动摇。彭睿智默默地伸展着麻木的四肢。

彭睿智与裘珊珊在如诗如画的景色中，一不小心走到了山崖边上。彭睿智利用休假时间去见了裘珊珊的父母，结果是一顿饭还没吃完，她的父母就宣布，他们就这么一个宝贝女儿，过些时间是要回到他们身边的，不可能跟他在那鸟不生蛋的地方待一辈子……

对此，裘珊珊跟她妈闹了一场，说这辈子非彭睿智不嫁……彭睿智觉得再待下去已经无趣。正在这时，他接到牛东文的电话，说一个领导给他打电话，母校新成立了一个教研室，正缺一个有基层经验的技术人员，问他愿意不愿意。彭睿智一怔，脱口而出："我去了裘珊珊怎么办?"

"以后把她调去呗。"说完牛东文又帮他分析，说兰州总比现在部队这地方好，毕竟大城市，说不定你调去后，裘珊珊的父母就同意了……

"不可能吧?"彭睿智疑惑地说，"你认为这样可行?""当然啦，人家是嫌弃你现在部队太偏僻，什么非北京人不嫁，那都是借口，不信你试试。

彭睿智找到裘珊珊，把这事告诉了她。裘珊珊一听，立即泪如泉涌，在彭睿智的再三追问下，她哭着说她支持他。然而，等彭睿智回到部队后，一跟领导提出调动的事，便遭到领导的强烈反对，不，是劝说。说他这样优秀的人才，怎么能调走呢，说他要是调走了，他们技术部怎么办……总之全是堪当大任的话语，彭睿智心里被说得热乎乎的。

谁知，没过多久，裘珊珊的调令到了。裘珊珊给彭睿智的解释是她父母背着她办的。彭睿智很久没有说话。于是裘珊珊连忙安慰他说这只是短暂的分开，他们还是恋人……

一席话说得彭睿智心里暖暖的。他相信这只是短暂的分开，相信裘珊珊是爱他的。正如他相信妈妈说的，无论他走多远，妈妈永远都是爱他的。

时间一晃，半年过去了。正好出差到北京的彭睿智寻思着去看一看裘珊珊，当面看她变心了没有。毕竟书信上白纸黑字，看不到表情。然而，当他满怀希冀地到了北京，找到裘珊珊的家时，已是人去楼空，他们搬家了。彭睿智这才明白，爱情是个会跑的精灵，你以为你们会是与众不同的一对，其实每个人都很平凡。

从北京落寞而回，牛东文找了一家饭店给彭睿智接风。说是接风，其实是陪他怄气。等到彭睿智一落座，牛东文便看到他手上缠着纱布，问道："这手怎么了?"

彭睿智苦涩一笑，"车门夹的。"

"胡说!"牛东文非常肯定地说，"你以为你是小孩?"

"你就当一个小男孩不小心把手伸进门里去了一下。"

"没事吧?"

"没事。"于是彭睿智编起故事，他说："你不知道裘珊珊在车站送我的时候多么痛苦，她拼命扒着车门不放，哭着喊着要跟我一起，这个时候车开动了，怕她受伤，我便一拳砸开玻璃，把她推了下去……"

"你说这不是爱情的见证吗?"牛东文嘿嘿一笑，"简单爱，世界就大了起来。”

“四哥你的故事好精彩呀！”彭诚信十分羡慕地说。

彭睿智又故意卖弄地说：“还有好多故事没有告诉你们呢。”

“过头了啊！”彭礼和装作一本正经说，“你现在可是处级干部啊，这么轻佻也不怕人家笑话。”彭睿智嘿嘿一笑，说：“哪个人没有青春？哪个男人没有故事呢？”

正在这时，霍秋萍走了进来好奇道：“你们兄弟在聊什么呢，老远就听到笑声。”大家又是哈哈一笑。这时霍秋萍才看到彭睿智背对着她一脸羞涩，于是连忙说：“老四你怎么今天也来了？”彭睿智连忙说，三哥病了，这不大家都来了。想把刚才未尽的故事掩饰下去。

彭礼和马上接话说：“哥儿几个来得正好，刚才也跟你们汇报了我的过去，现在有件事得跟你们商量一下。”

“什么事？”兄弟几个同时问。

他说，前不久回家乡访友的时候，区里一位领导朋友问他的企业在上海发展得怎么样，他便实话实说，说由于上海地理位置特殊，无论从企业用地还环境保护上都与二三线城市不同……那位领导朋友立即接上话，说，老伙计啊，回来办企业好啊，这里是你家乡，理应回来做出你的新贡献，等等。

这一番话，立即让他想起当年他下海时，曾向领导征求意见，浑身上下充满了力量和决心。当初若不是自己的坚持和朋友们的鼓励、支持，他或许还真下不了辞职下海的决定。

虽然内心非常激动，但他还是有所顾虑，毕竟他在上海的企业才有所起色，他怕一激动做错了决策。对此，那位开发区的朋友又步步紧逼道：“老朋友啊，既然你的企业在上海发展受到环境制约，何不回到家乡来呢，这可是你的根据地啊。”

这一提醒，他一下动心了。心想，你的话也正是我想的，我还想回来回馈我的家乡人民呢，只是他激动得一时找不到恰当的词语来表达心情。那位朋友又说，你彭礼和当年是从江堰经济开发区管委会走出去的，对这片土地有着深厚的感情吧，现在江堰经济开发区正是发展的好时机，无论是投资环境还是政策，正是最好的时期，也正需要像你这样的企业家来投资兴业。

一席话让他更来劲了，说："不瞒您说，您刚才的那一席话，也正是我彭礼和想说的，常言说得好，吃水不忘挖井人，当初得到家乡人民和各级领导的支持，才使我的人生之路越走越宽广，这些我一直铭记在心。不错，目前我的企业在上海的确发展不错，但是家乡这片热土我没有忘记，更没忘记我曾经在这里的成长发展之路。"

一拍即合，那位开发区的朋友很爽快干脆地说："既然你已经考虑到回馈家乡人民，没有忘记这片热土，一切都好办了！"说到这儿，彭礼和心里又是一阵激动。

不过，随即他心里却是一梗。心想，说起来容易做起来难啊，你也不是不知道，我的企业，从生产到加工环境都是有特殊需求的，否则我投资的本钱就太大了。再说我的上海鹏晨消防器材公司现在在上海也是知名企业，每年给当地就业、给当地政府税收做出不少的贡献，人家能不能让我迁移出来还不清楚。

大概那位朋友看到他脸上露出几分难色吧，又继续说，只要他回到家乡投资兴业，江堰经济开发区管委会会像支持一切来江堰投资的企业一样，帮助他的上海鹏晨消防器材公司在当地解决好一切困难，请他打消一切顾虑！

如此诚恳的话语，他相信老朋友不会说假话。于是，他很干脆地说："既然家乡政府对我们企业家如此厚爱，我也不客气地把我想说的话说出来了。"

那位开发区朋友立即接上话说："说说也无妨啊，现在改革开放形势这么好，各级政府对招商引资从未有过如此重视，把它放到很高的高度，或许这是一件共赢的事，何乐而不为呢。"

于是，彭礼和把企业用地、企业需要的配套设施，例如生产消防水带非常重要的蒸汽等说了出来。

那位朋友一听，十分恳切地说："你所提出的问题我相信开发区一定会全力以赴去解决，这一点请放心。"

"你们兄弟觉得怎么样？"

"当然好呀！"几个兄弟不约而同地说。

四十三

“老五你现在在位子上，说说你的想法吧。”彭礼和点名道。

彭诚信略加思考说：“党的十九大提出，中国特色社会主义进入新时代，我国社会主要矛盾已经转化为人民日益增长的美好生活需要和不平衡不充分的发展之间的矛盾。关于经济发展，十九大也做出明确的指示，我国经济已由高速增长阶段转向高质量发展阶段，正处在转变发展方式、优化经济结构、转换增长动力的攻关期，建设现代化经济体系是跨越关口的迫切要求和我国发展的战略目标。去年年底召开的中央经济工作会议，总结了5年来我国经济的发展历程，并指出我国经济发展也进入了新时代，基本特征就是已由高速增长阶段转向高质量发展阶段。”

“时机是好，”彭礼和感叹，“可是资金周转不开呀。”

“我们兄弟跟你一起想办法呀！”彭忠一说。

“是呀，兄弟同心，无往不胜！”彭睿智说。

“好！有兄弟们的支持，我就放心啦。”

“好了，该吃饭了吧？”霍秋萍提议道。

“吃饭吃饭，”彭忠一说，“今天太高兴了，大家都得好好喝一杯啊！”

“必须呀，”彭诚信哈哈一笑，“四哥的故事比三哥的故事还要精彩。”

“你四哥什么故事？”霍秋萍转身问。彭诚信又是嘿嘿一笑，算是回答。“你们兄弟的故事一个比一个精彩，”霍秋萍说，“别以为我不知道。”

彭诚信嘿嘿一笑，轻轻亮起嗓子——

故事里的事是那昨天的事
故事里有好人也有坏人
故事里有好事也有坏事
故事里有多少是是非非
故事里有多少非非是是
故事里的事
说是就是不是也是
故事里的事
说不是就不是是也不是
……

回家乡开办企业的事就这样定了下来。这件看似临时决定的事，其实在他心中已经酝酿很久了。他只是在等待时机。现在机会来了，必须牢牢抓住。

抓住机会就是抓住成功的绳索。其实，每个人都一直被机会包围着，但是机会只是在它们被看见时才存在，而且机会只有在被寻找时才会被看见，关键在于你如何抓住机会并利用它们。

他们一行人离开后，彭礼和透过窗户，看到遥远的天空，不知何时起天空已经露出一个圆形物，明镜一般，镜内映照出一些影影绰绰的事物，看不真切。这与他小时候看到的月亮一样，透明、温润、饱含深情，他感到天地间除了自己，还有怎么也无法忽略的、他回到家乡再展宏图的事。

明天就出院！

接下来，彭礼和就开始着手起草办企业的各种所需报告。他知道乡长的表态虽然是真诚的，但要真正到落实上还有许多政策甚至人的因素。深化改革多年了，条条框框的限制在实际运作中起色不大。“门好进，脸好看，事难办”依然存在，这也是中国的“特色”。不过，他相信事在人为，于是他开始研究江堰经济开发区管委会的招商政策和措施。

这是他一贯的作风，他是一个不打无准备仗的人。作为一名企业家，他知道面对不断变化的市场，企业经营方案总是不止一个，决策就是要对各种方案进行分析、比较，然后选择一个最佳方案。企业领导者的价值在于“做正确的事情”。而这个正确的事情，关键在于决策。一旦决策失败，注定之后的一切都会失败。失败对于他这样才刚刚走向壮大的企业来说，是致命的，他必须小心谨慎。

把当地的招商政策研究透后，彭礼和便将企业用地和所需要的配套设施呈报给江堰经济开发区管委会。不过，直到这时，彭礼和还是打算走一步看一步，因为他曾经在体制内工作过，知道政府部门办事拖拉，不给好处不办事。

然而，令彭礼和非常意外的是，当他的报告递出一周后，便接到江堰经济开发区管委会招商部门的电话，告诉他江堰经济开发区管委会经过研究论证后，同意了他的相关要求。于是办企业中最重要的一环——征地开始了。

给企业选择一个家如同给一个家庭安家落户，既要考虑到企业未来发展，又要考虑到周边的环境，更重要的是交通一定要方便。他的企业是加工制造企业，消防水带的运出是一件大事。交通便利必须放在首位。为此，彭礼和决定到江堰经济开发区管委会所处的地域好好考察一番，虽然江堰经济开发区管委会曾经是他工作的地方，但是几年后，那里的变化实在太大了，他必须慎之又慎。

彭礼和要回到家乡开工厂的消息迅速传遍了江堰，这一消息也从其他子女的话中，传到彭礼和母亲吕桂芳的耳朵里。一开始，吕桂芳还有些不相信，当她跟彭礼和通电话后，确定三儿子不仅要回家办厂，还要给她盖别墅。

这下可把吕桂芳高兴坏了。穷了一辈子的吕桂芳，住别墅是这辈子想都不敢想的事。因为当时在江堰彭缪村，她依然还住着几间旧瓦房，冬天漏风，雨天漏雨，村里人嘴上不说，心里却还是多少有点看不起她。相比之下，村里很多人都住上了小洋楼。当然只有吕桂芳自己心里清楚，她目前的状况只是暂时的，是孩子们没有腾出时间来操持这些事，她一定会住上别墅的。

那些天，原本就非常健谈的吕桂芳那叫一个高兴。见到乡邻们便会说起她的三儿子要回家开工厂的事情，见到熟人就夸奖她三儿子有出息。不过村里的人似乎并不相信她的话，虽然很多人知道她三儿子的一些事情，但到底在上海过得怎么样，没有多少人亲自见到过。他们更相信吕桂芳的儿子在外面混不下去了，回家乡来是不得已。对此，很多人只是礼貌性地恭维一下，应付过去。

不过，一向精明的吕桂芳多多少少从他们脸上看出疑惑，因此心里也打着鼓，她在心里问，盖别墅那得多少钱啊？不过，她依然盼着三儿子彭礼和能够给她盖别墅，更相信三儿子的能耐，那么多年过去了，三儿子在她的心中，那是说一不二的能人。他在家乡企业里做事时就是顶呱呱的人物，从销售员干到厂长，哪次不是在当地响当当的，哪一次让她失望过？因此她相信三儿子一定能让她住上别墅。人嘛，毕竟多数时候注重颜面，尤其在乡村里，谁家盖了新房，谁家娶了媳妇，那都是大喜事，更是面子上的事。

吕桂芳期待着。

经过一番实地考察后，彭礼和看中一片地，这块地位于江堰经济开发区管委会的北边，东靠高速公路，西靠江堰一个大型的小商品城，更重要的是那里视野开阔，非常利于企业的发展。于是他把征地位置、用地数量报给了江堰经济开发区管委会，又令彭礼和意外的是，管委会很快就批了他用地 20 亩的请求。不过，这时候，彭礼和却为难了。

要问企业家总缺什么，那一定是钱。除了钱还是钱。于是人们会好奇地问他们的企业是不是做得很好，年产值多少多少，净利润多少多少。通常有这样疑问的人都是做企业的外行。因为他们不知道一个企业的产值也好，利润也罢，那只是账面上的东西。

做过企业的人都知道，一家企业获得的利润除用于发工人们的工资以外，绝大多数会用在生产材料的购买和企业各项投入之中。因此，企业家常常喊手里没有钱那是再正常不过的事。这不，当江堰经济开发区管委会批准了彭礼和的 20 亩企业用地后，他却拿不出钱来了。尽管当时他的企业已经年产值几千万元了。

巧妇难为无米之炊。这把彭礼和给难住了。不过这只是暂时的，此时的他与当年进入上海时的他已经有天壤之别，因为他有上海鹏晨消防器材公司在那里做后盾。更重要的是他如今的关系网已经大不相同。因为在过去经商的多年中，他维护好了各方面的关系，他懂得一个好的企业领导者要擅长维护关系。

他知道，关系已成为个人成长、企业成事的重要条件与资源。关系就如同网络，使人与人、群体与群体、企业与客户、企业与企业之间互动。为了企业的发展，任何一个领导者都要学习“关系管理”。西方国家的大企业常常邀请其他大企业的管理者加入自己的董事会，不仅拓宽了眼界，而且在经营管理中会得到意想不到的助力。

经过筹措和资产抵押，彭礼和没有太费多少力就把 20 亩地的购买资金解决了。这只是万里长征的第一步，还是那句老话，兴办一家企业，从来都没有那么简单。

有了土地后就意味着后面需要更多的开支，更多的资金投入。建设企业厂房中的图纸设计要钱、基础设施建设要钱，等等，这些就像一只张开大口，等待食物到来的大鳄鱼。

设计规划没有难住彭礼和，因为过去三十多年他在江堰上名气很大，朋友也很多，请人帮忙应该没问题。可是接下来的事就没有那么容易了，办一个企业需要政府许多部门来配合。虽然那时各级政府已经开始转变工作作风了，办事不是那么难了。

彭礼和虽然心里有所准备，但在跑部门中，还是遇到了好多“门槛”，阻挡了他前进的步伐。彭礼和又拿出以前在江堰燃气钢瓶厂当厂长时的精神，一家一家地跑。可是并不是那么容易，人家也不说不办，可就是慢慢地办着，彭礼和不得不动用自己的人脉。最终，开办企业的前期工作总算解决了。

这时，彭礼和总算松了一口气，但也只是暂时松一口气。接下来还有更头疼的事等待着他。建设厂房需要资金，哪来资金？反正他自己没有，再说那也不是一笔小数目。

他自己预算了一下，在20亩土地上建设一万多平方米的厂房需要1000多万元的资金。虽然他的上海鹏晨消防器材公司年收入已经达到500多万元，但也只能维持它自身的开销，根本不能再从中去抽出资金。

面对这一困难，彭礼和又是无数个日日夜夜睡不着。妻子霍秋萍看到他憔悴的样子，很心疼地责怪他不要铺那么大的“摊子”，亲戚朋友们对他也是有心无力。但是彭礼和没有退却，而是心中早已经有了主意，不过这个主意好是好，真正行动起来也是十分困难的。他“故技重施”，像在上海建设厂房时一样，借人家资金建设自己的厂房。这无疑是借人家的鸡下蛋。

借人家的鸡下蛋哪有那么容易？彭礼和知道“人不能两次踏进同一条河流”，但他觉得为什么不能？我就要再试试。于是他开始四处寻找合作伙伴。但结果是没人愿意跟他合作。因为在人们的传统观念里，用自己的钱垫资给别人建设厂房，那太亏了。更重要的是万一资金垫下去了，厂房建设起来后，你赖账不还那不赔了夫人又折兵？不能干！坚决不能干。

在几番碰壁之后，彭礼和依然没有气馁，他相信他的这种做法是合作双赢，对方帮他垫资建设厂房，他给对方利息，然后等他的厂房建设起来后，通过银行抵押再还对方的垫资。没有问题啊！为什么这么难？说白了还是人们的观念没有转变过来。

他开始把目光聚焦到他熟悉的建筑企业上。抱着双赢的目标，彭礼和找到江堰某建筑公司。一开始，这家企业的老总也是跟许多建筑企业一样，一听说让他们垫资连忙说这样亏本的买卖不干。不过，大概因为老熟悉人的缘故，彭礼和不客气地说出了自己的心里话。他说：“你别光看着你帮我垫资好像是吃亏了，其实你一点亏也没有吃，相反你们占了大便宜。”

那位建筑公司老总一听，甚是奇怪地问：“那你说说我怎么捡了大便宜？”彭礼和脸一沉，认认真真地给他算了一笔账，说：“你们这样的建筑企业现在经营形势并不好对吧？那么我把工程给你们做，你们是不是不用与其他企业竞争了？”那人不置可否地点点头。接着彭礼和又说，“你给我建设厂房垫的资，我按高于银行的利息给你是不是捡了便宜？”

那位企业老总立即摇摇头说：“要是你的企业发展不好，别说利息了，还不了我的垫资怎么办？”彭礼和顿时一怔，不过好在他之前已经做过充分准备，立即从包中拿出自己企业的财务报表往他面前一丢。

那位企业的老总拿起财务报表看了看说：“这些东西都是纸上谈兵。”话中意思是财务报表有什么用，在什么都可以造假的今天，那些东西不可信。

彭礼和看破他的心思说：“那你说说我彭礼和在这一方土地上为人怎么样？”

那位老总连忙说：“你是个好人，值得信赖。”

彭礼和说：“这不就结了。”

然而那位老总依然没有决定与他合作。于是，他把他在上海这样操作建设厂房的事说了出来。对方又说：“你何不再次与他们合作呢？”彭礼和真是无语了。

人家说的也是大实话。彭礼和解释道，那家企业已经是大规模企业了，对他这样的小规模建筑已经没有多少兴趣了……说到最后，还直接一个电话打给了之前帮他建设厂房的老板。结果在电话还没有接通时，那位老总开口说：“看在多年老朋友的面子上，看在你以前在江堰创造的传奇上，那我们就合作一次。”

解决了合作之事，彭礼和肩膀上的千斤重担才算放了下来，这才真的是松了一口气。这也让他总结出一个道理，那就是，懂得做人，尤其讲诚信，对于一个企业家多么重要。会做人，诚信做人，别人喜欢你，愿意和你合作，才容易成事。怎么让别人喜欢自己呢？好的企业领导者都习惯发自内心地欣赏他人的优点，对人诚实、公正、和善和宽容，对人的生活、工作表示深切的关心。

的确，一个普通人也好，一个成功的企业家也好，如果没有诚信做支撑，行走在人生的道路上一定是艰难的。而诚实做人、诚信做事也一直是彭礼和的行为准则。这让他觉得过去所吃的一些亏都是值得的。于是彭礼和更加坚信诚信一定会让自己和自己的企业走得更远。

接下来，就是厂房的建设了。正如彭礼和所设计的那样，江堰那家建筑公司行动也比较迅速，工地机器声就很快"隆隆"响起来。看着工地上那火热的场面，彭礼和心里有着说不出的激动，他设想着，一年之后，在那片荒地上将会出现起一片崭新的厂房，那时候，他的上海鹏晨消防器材公司就如雄鹰展翅，一定会飞得更高。

可是，问题也随之来了。新厂房不是一天两天可以建设起来的。他这个企业老总只有一个人，无分身术。上海那边的企业需要他，而这边也时刻需要监督。在左右为难中，他想到一个人，这个人就是曾经和他一起打拼过的石金余。对石金余这个人，彭礼和对他的评价是，他曾经在部队服役，忠厚老实，办事靠谱，头脑非常灵活。

他知道，人的精力是有限的，不可能一个人做所有的事。所以，作为一个企业领导必须学会把权力授予适当的人。既然授权，就要赋予授权人责任与权力，授权人也要及时、准确地反馈信息。

当彭礼和问好朋友石金余可否帮他照看一下工地时，看到自己的老大哥如此信任自己，石金余爽快地应下来。石金余便成为他在江堰建设工地上的代言人。白天，他在厂里干活，下班后就往建设工地上跑。双休日，他更是全身心地扎在工地上，他既是监工，也是服务人员。那家建筑企业在施工中遇到问题，他能够自己解决的，就自己做主，不能解决的就请示彭礼和。

而彭礼和呢，随着江堰这边厂房的开工，更忙了。一边要抓好上海那边的生产、销售，一边还要抽出时间到江堰这边查看工程进度，解决工程建设中的问题。

那一年多的时间，彭礼和忙得很少有休息时间。有时候他觉得累得不行了，但依然坚持着。就这样，通过一年多的奔波，到 2010 年年底，一座占地 2000 多平方米的厂房建设起来了。看着那一片崭新的厂房，彭礼和就像一个父亲看着自己的孩子一样，有种说不出的感情。

四十四

万事俱备，只欠东风。这个“东风”就是生产消防水带的设备了。而此时彭礼和手里真的没有资金了。按照当初建设厂房时的计划，他准备建设四个车间，这四个车间连成一体便成为消防水带厂的生产主力，它们分别是造粒车间、并线车间、硫化车间以及后续安装车间。

这边需要资金投入，那边需要兑现之前建筑商垫资的承诺。于是彭礼和在通过亲戚朋友筹措资金的同时，又打出一系列的组合拳。第一拳是立即办理产权手续。将新建设的厂房通过银行抵押，来兑现之前建筑商垫资的承诺。

这一条路走起来说容易其实不容易，首先厂房的产权证办起来遇到了很多只能意会不能言说的难题。那些天，彭礼和心里有太多说不出的痛苦，但是他还必须在痛苦中去努力，否则就是失信。于是彭礼和费了九牛二虎之力，才把产权证办了下来。但是，抵押的贷款也只能解决建筑商的垫资。四个车间的设备购买，需要 500 多万元。

这是一个不小的数字。彭礼和又拿出他在上海开办工厂的办法，向设备生产企业“赊”。爱面子的彭礼和此时真的不想这样做了，常言说，事不过三。一直这样做，他真心不愿意，可是企业建设到现在这样了，总不能让一根稻草压垮自己吧?

彭礼和去到那些消防设备生产企业时，一进门人家仿佛就看清了来意，问他是不是又要赊账。彭礼和也不客气，说这不叫赊账，这叫合作共赢。一句话化解了大家的尴尬。

大概因为有了之前的合作，那些设备生产企业负责人在同他的说笑中很愉快地与他签订了合作协议。而此时，彭礼和遇到一个更大更头疼的问题，那就是在生产消防水带中，需要蒸汽的问题。

这一问题可以说是致命的，这也是他这个企业在生产中的关键一环。当初在与江堰经济开发区管委会签订协议时，明确了江堰经济开发区管委会要解决他在生产中的蒸汽问题，可真正在落实起来就不是那么容易了。

由于江堰经济开发区位置相对偏僻，原先说好的从化肥厂接通蒸汽供他的企业使用的方法却无法实现。客观原因摆在那儿：管道连接距离实在太远了，更重要的是，蒸汽管道要接到他的企业里来，不仅要通过一条河流，还要通过居民区。

这就意味着居民搬迁。拆迁，多么难的事。江堰经济开发区的领导也很为难，拆迁需要资金补偿。资金从哪儿来又成了问题。当彭礼和之前赊账的生产设备全部安装就位后，硫化车间所用的蒸汽问题迟迟解决不了。

此时此刻，彭礼和不仅仅是睡不着觉，急得要跳楼的心都有。之前自己从亲戚朋友那儿借的钱要还、赊账的设备要付款等，这一切都如大山一样压在他的头顶。怎么办？怎么办？当然要找江堰经济开发区相关负责人了。可是人家说他们也不是不解决，此事只能一步一步来，慢慢来。

慢慢来怎么行？时间就是金钱，而且是他彭礼和的血汗钱。那些天，他几乎每天都在江堰经济开发区商量着如何处理此事。但是，速度上并不如他意，于是彭礼和也通过自己的人脉，与拆迁居民协商，与化肥厂协商。然而，事情并不是那么顺利。人家化肥厂也算了一笔账，人家铺设那么远的管道，前期需要投资百万元不说，化肥厂本来的经济效益就不好，一时间，还真的拿不出钱来，更何况还不知道他这家企业将来情况能不能让他们换回成本来。

这是许多企业不得不算的一个成本。彭礼和理解他们的心情，但是自己也是有苦说不出来。彭礼和只能求助于江堰经济开发区负责人商量处理此事。

这一次，江堰经济开发区也本着负责的态度，通过协商，开发区与化肥厂各出一部分资金，才算解决他的企业用蒸汽的问题。至此，彭礼和的上海鹏晨消防器材公司分厂在江堰才算真正建设成功了。

那么接下来，还有一件重要的事要做，办理工商执照、生产执照。彭礼和以为这件事问题不大了。令他意外的是，这也不是一件容易的事，因为他的这家企业，牵涉环境保护等问题，于是，跑部门又成了他那些天的任务。可是上海那边的企业也需要他，分身乏术，他便把这个重担又交给了石金余。

石金余接受任务后，三缄其口，心想：你彭礼和在当地人脉那么广都跑不下来，我怎么能行。于是彭礼和胸有成竹地说，只要经常盯着点就行，相信政府部门很快就会批复下来。因为彭礼和知道他的企业不是污染企业，只要程序走完以后，就一定没有问题。

彭礼和的上海鹏晨消防器材公司分厂终于在二〇〇一年底在江堰开始搞生产了。四个车间的轰鸣声让彭礼和再一次名声大震。面对热火朝天的场面，彭礼和心里有太多的话想说，他想告诉世人：每一个企业家的成功之路都不平坦甚至遇到过诸多的艰难险阻。只要我们坚持，再坚持一下，就一定能够成功！

随着上海鹏晨消防器材公司分厂开始生产，彭礼和的企业发展之路又进入一个新的发展阶段。这也是他辞职下海以来又一次向世人展示出自己的才能与成功。尤其令彭礼和无比欣喜的是，自从分厂开始生产后，他的上海鹏晨消防器材公司年产值达到3000多万元，年利润超过1000多万元。与此同时，分厂还促进了当地群众的再就业，带动上下游生产企业的发展。

现如今，人们走进上海鹏晨消防器材公司江堰分厂，已经看不到这家企业工人们忙碌的身影，但这并不代表这家企业生产不景气，相反这家企业的许多工序已经被自动化程度非常高的机械所代替，四个车间24小时连轴转，一名工人就可以负责一个车间的生产，他们只需要像监工一样，看着轰鸣的机器正常运转，遇到机械“偷懒”或出工不出力时，去检查一下即可。

正是因为企业生产自动化程度比较高，企业一改过去每台纺机一天只能生产百十米水带的情况，现在一台机器一天就可以生产出200多米的水带。如此一来，不仅增加了产品数量，也大大提升了企业在同行中的竞争力。目前这家公司生产的有衬消防水带已经销售至全国各地和东南亚许多地区。

现如今，公司以上海为发展的“桥头堡”，以江堰分公司为驱动，正朝着东方的朝阳，扬帆前进。

彭礼和成功了，他的母亲吕桂芳更是乐不可支，因为她住进了洋气的别墅。这栋别墅占地500多平方米，就坐落在上海鹏晨消防器材公司江堰分厂的西侧。这座别墅高档却并不奢华。为了让母亲住得舒适，彭礼和还按照老人的生活习惯，进行了精心装修，并配备了高档的家具。更令吕桂芳幸福的是，她的一日三餐都有人送到跟前。而身体健康和健谈的她，每天在厂里像“董事长”一样，时而到厂里巡视，时而与来往的人们攀谈。不过，攀谈的内容多是三儿子彭礼和如何从河里摸鱼改善生活、如何捡粪挣工分到如何一步一步当上副主任的那些事。

这是一位母亲发自内心的对儿子的欣赏，也是对一个企业家的褒奖。

四十五

彭礼和太累太乏了，午休期间他身体一落床就睡着了。夹桃像仙女下凡一样来到他的面前。

“我爱你，无论别人怎么说。”

“不可能！”彭礼和后退着。

“为什么？为什么？”

“没有为什么！”

“我就要！”夹桃义无反顾冲进他怀里，“在彭家庄人的眼里我早就是你的人了！”

“不可以，夹桃！”

“我就不！我爱你，我需要你，我要把我给你，就在今晚，你不能拒绝我，也不枉我蒙受的耻辱，也不枉我们的爱。”说着她就开始解胸前的扣子。

“不要！”彭礼和大喊着用力一推，从梦中醒了过来。

“儿子你怎么了？”吕桂芳疑惑地看着他，“这一头汗是不是做噩梦了？”

彭礼和如释重负地叹了一口气说：“怎么会梦见她？”

吕桂芳嗔笑道：“不会是梦见夹桃了吧？”

彭礼和不答，问道：“夹桃现在怎么样了？”语气中不乏思念和关怀。

吕桂芳装作生气的样子，脸一沉说：“老大不小的人了还好意思提这个人。”

彭礼和嘿嘿一笑说："经过长时间的打磨，所有的一切已经成为一堆废墟。"

吕桂芳不明其意，嘴唇动了一下，正要开口时，销售部长石凡突然在客厅说："彭总不好了！"

彭礼和一怔，问："什么事这么紧张？"

"那批货退了回来！"

"哪批货？"

石凡说："就是你好不容易打进东北消防的那批。"

"怎么回事？"彭礼和腾地从床上坐了起来。石凡说人家在抽检中发现有些消防水带存在抽线和漏针的现象。

"怎么可能！"彭礼和抓起衣服，边穿边吼，"把检查员给我找来！"这是他怎么也没有想到的，拿下这家客户的订单十分不易，从允许招标到招标成功，里面的艰辛只有他知道。

彭礼和抓起退货的产品一看，的确如此。"你是检验员？"不敢抬头的巫艳艳默默地点点头。"你是怎么检查的？"彭礼和强压着心里的怒火问。巫艳艳吓得颤颤地抬起头，说和平时一样检查的。彭礼和眼睛一瞪说："开除！"

"不要！"巫艳艳大喊一声，抱着他的腿说她不能没有这个工作。

彭礼和非常惊讶地把她扶起来问："为什么不能没有这个工作？"

巫艳艳抹着眼泪说她爸前不久去世了，最近妈妈又查出了癌症，需要很多的钱做手术。彭礼和的心一颤，开始打量起巫艳艳。

饱满的唇，流水般的头发，百合花一样的脸，那双清澈的眼睛很大、很美，里面充满了迷茫，仿佛隐隐蒙着一层雾。

"夹桃！"彭礼和失声叫了出来。

巫艳艳猛然一抬头："你认识我妈妈？"

彭礼和脑子嗡地一下，胸口像被车轮碾压过一般。"你妈是夹桃？"巫艳艳找到了希望一样，点点头。

"怎么回事？"

彭礼和看着石凡，“她……”后面的话没有说出来。

正在这时，吕桂芳走进门来。左右瞥了两眼，不无责怪地说：“你们这是在干吗？”

“妈，没你的事。”彭礼和说着想把吕桂芳往外推。

“艳艳怎么了？”

“你们认识？”彭礼和盯着吕桂芳又问，“你们怎么认识？”

“我是董事长，哪个不认识？”吕桂芳上前摸摸巫艳艳的头，“没事，奶奶在这儿，别怕！”

彭礼和没有好气道：“妈，你在这儿添什么乱！”他便把客户退货的事说了出来。

“就为这事要开除人家？”吕桂芳眼睛一闭又忽然睁开说，“大不了再生产一批啊！”说完还很有主见地说，“你彭礼和什么困难没有克服过，就这点事把你打倒？这孩子多好，多乖，见到我总是‘奶奶，奶奶’地叫。”

“妈！”彭礼和一瞪眼说，“这哪儿跟哪儿呀！”

“反正不允许开除她！”吕桂芳命令道。

彭礼和一闭眼说：“这关系到咱们企业的声誉，企业的生存发展！”

吕桂芳咂摸了一下嘴说：“儿子，企业声誉也好，生存也罢，难道比人家一家人生存下去还重要？”彭礼和真有些生气了，不过，还没等他开口，吕桂芳又说道，“咱们老彭家绝对不能做出见死不救的事来。”

“妈，这哪儿跟哪儿啊！”彭礼和一跺脚，“企业是靠产品来提高声誉的啊！”

“那人的声誉呢？”吕桂芳冷冷地反问。

于是彭礼和对巫艳艳一挥手说：“你去吧！”巫艳艳抬头看了一眼彭礼和，又求助地看了一眼吕桂芳，吕桂芳立即拍拍她肩膀说：“去好好上班吧，有奶奶在，没事。”

巫艳艳这才露出欣然一笑，满眼都是对吕桂芳的敬爱。

“你知道她是谁？”彭礼和阴沉着脸，“你添什么乱？”

“你哪知道她是谁！”吕桂芳像是捉迷藏一样一笑，说：“好好看看她像谁。”

彭礼和仔细打量着眼前人，接着惊愕、困惑，他坠入了记忆的迷雾，突然像患病了一样，用手指紧紧按压额头，咬咬牙挣扎着说：“她是夹桃的女儿。”

“哎哟！”吕桂芳一脸惊讶状，说，“我说怎么跟我这么亲。”

彭礼和立即哭笑不得说：“你想什么呢，妈？”

“你说想什么？”吕桂芳眼睛盯着他寻找答案。

“我跟她妈什么事也没有！”彭礼和说道。吕桂芳把嘴一撇。

彭礼和说：“我跟她妈真的什么事也没有……”

吕桂芳则始终用一种怀疑、揣测、欣喜的目光看着他，令彭礼和差点儿窒息。

“儿子，艳艳不能开除啊！”吕桂芳丢下一句话走了。彭礼和心想：您现在让我开除她我也不会了。夹桃是他青春岁月里的白鸽，总在他面前飞呀飞呀。因为爱没死，所以情依然在，于是，他决定去看看夹桃，不过随即他又打消了这个念头，毕竟过去的已经过去。

因为，当年轻过去，青春的繁华已经落幕，生命的辉煌不再，心里的太阳也已经下山了。

巫艳艳没被开除的消息很快传到彭仁爱耳朵里。他怒冲冲地找到彭礼和，质问他一个外人把他的销售网都破坏了，把他的声誉都败坏了，为什么不开除。亲侄子犯了错却被开除了。这口气一直憋在彭仁爱心里，他终于找到了机会放了出去。

彭礼和没好气地说：“这不一样！”

“怎么不一样了？我儿子，你亲侄子不就是没有管理好你的分厂，不就是订单少了一些，值得你把他开除？”彭礼和不知道怎么说才好，他一想起这件事就气恼，本把一个分厂给侄子让他大干一番，他却心思不在那上面。如果不是客户问他怎么经常缺产品、断货，他还不知道侄子把心思用在别处了。他痛下决心，把分厂接了回来。

就因为这个，大哥仁爱几乎跟他变成了仇人。在彼此的沉默中，彭礼和只好说不开除巫艳艳是妈妈的决定。彭仁爱当然不相信，脖子一梗质问："是妈是总经理，还是你是?"

"妈是董事长!"彭礼和没好气道。

"你……"彭仁爱恨恨地指了指他，转身而去。彭仁爱知道他妈做出这样的决定自然有她的道理，他更不敢去与她较量，他妈是谁？那可是彭家庄最会讲道理的人，没有之一！这件事就此平息下来。

一年一度的春节到来了。敞亮的客厅里欢声笑语，一家人围坐在餐桌边，等待着新年的到来。兄弟姊妹们看到母亲吕桂芳进进出出高兴的样子都很开心。不知道哪个孙子还是孙女喊了一声"奶奶，咱们是不是可以吃饭了!"这时吕桂芳才意识到她该坐上上席开饭了。吕桂芳说了一声"开饭"，便迈着蹒跚步子来到客厅坐下。

这是从未有过的团圆之年，吕桂芳实在太高兴了，一家人全部到齐了。尤其值得庆贺的是，她最喜欢的三儿子彭礼和的病也康复了。因此她一落座，便举起酒杯说："今儿，咱们老彭家大团圆，大家举杯共庆团圆吧。"

顿时，儿子、儿媳、孙子、孙女、外孙女等齐声高呼祝她新年快乐，永远健康。吕桂芳乐得再次发声："咱们共干这杯酒，祝你们新年快乐。"于是碰杯声此起彼伏。

伴着电视里的声音，彭家老老少少们那是一个欢喜。兄弟或相互祝生意兴隆，或祝身体健康。看着一大家人欢乐的场面，吕桂芳不由感叹起来。不过她首先夸赞的是老三彭礼和，说大家都要向老三学习，为官深得人心，生意做得响亮……然而，还没等她说完，老大彭仁爱不干了，以功臣的口气说，没有大家哪有他老三的今天。一句话，令桌上的气氛瞬间凝固了。

大家你看看我，我看看你。老五彭诚信连忙附和说："大哥也是我们家的骄傲……"

"骄傲什么呀!"没等说完，吕桂芳不满意地打断，"天天不务正业卖什么保健品……"

彭仁爱立即脸红脖子粗地质问："妈，您这样说就不公平了，我也为这个家付出过很多，没有我就没有他们……我卖保健品那是拯救生命，是大爱无疆做善事，这也是振兴直销……"

吕桂芳怒其不争地看了他一眼，说："还是拯救一下你自己吧！你看你兄弟老三多为咱们老彭家争光，你看这么大的房子都是他造的……多向他学习不行吗？"

"老妈，我也风光过！"彭仁爱异常生气道，"我也英雄过！"

吕桂芳不温不火地说了一句非常智慧的话："英雄不能躺在功劳本上睡觉，英雄只属于老三这样的人。"

彭仁爱刚要发怒，被老二彭忠一阻止。他说："大哥也是我们心中的英雄！咱们这些人都得感谢大哥，没有他救济家里，咱们兄弟姊妹别说读书了，说不定早就饿死了……"

"谁说的！"吕桂芳像戳到痛处似的责怪道，"你妈会让你们饿死吗？"

兄弟们又开始附和起吕桂芳来。说这个家里最不容易的是老爸老妈，把他们养育成人太不容易了……然后兄弟们又相互说起了各自的不容易……老六彭秀凤突然站起来责怪道："你们有什么不容易，我天天照顾老妈容易吗？"

见大家一下怔住了，她又责怪道："你们做官的做官，只是过年过节才来看看母亲；你们做生意的做生意，一年也回来不了几次。到底谁不容易？"屋子内瞬间安静了，正在这时，电视里响起歌声——

这么多年的兄弟
有谁比我更了解你
太多太多不容易
……

吕桂芳灵机一动，发布命令似的说："今天不说不容易，只说明天更美好，大家一起干杯！"

大家立即欢快地附和起来："干杯，祝大家明天更美好！"

后 记

“静而不静，动而不动，言而不言，忧而不忧，喜而不喜，活而不活，死而不死”是习武之人的极高境界。而作为一名优秀的小说创作者，应该把作品塑造成完美的“伴侣”，即读者的“精神伴侣”。《始于青春　葳蕤于岁月》这本小说描写了“三哥”及其家人的成长，既是中国改革开放历史进程中许多奋斗者的缩影，也是新中国七十年筚路蓝缕的见证。

这本小说之所以能够如此之快与读者朋友们见面，是因为彭智东先生在一次聚会上的建议，他说：“作家，三哥的成长史是中国改革开放四十年来一个很好的见证，你应该好好写一下我的三哥并将书名定为跟三哥、青春、奋斗有关的。”于是，我在综合掌握资料的情况下，结合讴歌彭忠礼先生的报告文学《彭忠礼传——誓不言弃》，创作出这本带有纪实味道的小说。

“三哥”这代人，可谓是苦难与幸运交织的一代人。他们生于和成长于物资匮乏的年代，经历了艰难的岁月，为了生存，他们竭尽所能，甚至一定程度上不择手段。在改革开放这个伟大的洪流中，他们把特别能吃苦、特别能奋斗、特别能创造的精神展现出来，并在改革大潮中，娴熟地驾驭理想之船，向幸福的彼岸扬帆而去！这个时代是属于许许多多“三哥”们的。

小说从顽皮的“三哥”童年的一个事件开始，仿佛一下子把人们拉回到童真的岁月，亲切而不失戏剧性。由此，“三哥”的成长史展开了。我将兄弟五人的故事，用穿插、嵌入的写作手法，一一展现出来。

小说中的故事，是根据情节需要而创作的，有实有虚。毕竟艺术源于生活而高于生活。

“我只想活出自己，活出人样来。”这是“三哥”经常说的一句话。这话让人觉得亲切又励志。每当想起这句话，我创作时就倍有动力，倍加清醒，灵魂仿佛出窍，并穿过重重雾霾越升越高。

过去的终究会过去，时间依然昂然前行。在这个时代，总能看到无数人功成名就，也总能看到无数“英雄豪杰”折腰，归于落寞。从他们这些人身上，我们既看到美梦成真的惊喜，也看到青春老去的哀伤。这个世界没有人不老，这是自然规律，也是众生之宿命！但我们绝对不能堕落：人们所展现出来的精神，是无穷无尽的，总会在半空中盘旋，进而合奏成激情澎湃的乐章。

在创作小说《始于青春　葳蕤于岁月》期间，我得到了彭忠礼先生、彭忠智先生的倾力支持，他们提供给我很多翔实的素材；彭忠义先生还将他多年来创作的诗篇拿出来，供我在小说中使用，使得本小说更具生动性与真实性。在此一并致谢。

达　墨

2018 年 7 月创作于无锡达墨斋